《歌剧魅影》电影剧照 1

《歌剧魅影》电影剧照 2

奥斯卡
经典文库

[009]

The Phantom of the Opera

歌剧魅影

(法)卡斯顿·勒胡●著　汪蕾●译　何亮●丛书主编

首都师范大学出版社
CAPITAL NORMAL UNIVERSITY PRESS

图书在版编目(CIP)数据

歌剧魅影/(法)勒胡著；汪蕾译．—北京：首都师范大学出版社，2014.8(2021.3重印)

(奥斯卡经典文库)

ISBN 978-7-5656-2050-8

Ⅰ.①歌…　Ⅱ.①勒…　②汪…　Ⅲ.①长篇小说—法国—现代　Ⅳ.①I565.45

中国版本图书馆CIP数据核字(2014)第207222号

GEJU MEIYING

歌剧魅影

(法)卡斯顿·勒胡　著　汪　蕾　译

责任编辑　王慕飞

首都师范大学出版社出版发行

地　址　北京西三环北路105号

邮　编　100048

电　话　010-68418523(总编室)　68982468(发行部)

网　址　http://cnupn.cnu.edu.cn

印　刷　北京虎彩文化传播有限公司

经　销　全国新华书店

版　次　2015年1月第1版

印　次　2021年3月第3次印刷

开　本　880mm×1230mm　1/32

印　张　10.25　插页　2

字　数　228千

定　价　36.00元

总序：电影的文学性决定其艺术性

不是每个人都拥有将文字转换成影像的能力，曾有人将剧作者分成两类：一种是“通过他的文字，读剧本的人看到戏在演。”还有一种是“自己写时头脑里不演，别人读时也看不到戏——那样的剧本实是字冢。”为什么会这样，有一类人在忙于经营文字的表面，而另一类人深谙禅宗里的一句偈“指月亮的手不是月亮”。他们尽量在通过文字（指月亮的手），让你看到戏（月亮）。

小说对文字的经营，更多的是让你在阅读时，内视里不断地上演着你想象中的那故事的场景和人物，并不断地唤起你对故事情节进程的判断，这种想象着的判断被印证或被否定是小说吸引你的一个重要原因，也是作者能够邀你进入到他的文字中与你博弈的门径。当读者的判断踩空了时，他会期待着你有什么高明的华彩乐段来说服他，打动他，让他兴奋，赞美。现实主义的小说是这样，先锋的小说也是这样，准确的新鲜感，什么时候都是迷人的。

有一种说法是天下的故事已经讲完了，现代人要做的是改变讲故事的方式，而方式是常换常新的。我曾经在北欧的某个剧场看过一版把国家变成公司，穿着现代西服演的《哈姆莱特》，也看过骑摩托车版的电影《罗密欧与朱丽叶》，当然还有变成《狮子王》的动画片。总之，除了不断地改变方式外，文学经典的另一个特征，是它像一个肥沃的营养基地一样，永远在滋养着戏剧，影视，舞蹈，甚至是音乐。

我没有做过统计，是不是20世纪以传世的文学作品改编成电影的比例比当下要多，如果这样的比较不好得出有意义的结论的话，我想换一种说法——是不是更具文学性的影片会穿越时间，走得更远，占领的时间更长。你可能会反问，真是电影的文学性决定了它的经典性吗？我认为是这样。当商业片越来越与这个炫彩的时代相契合时，“剧场效果”这个词对电影来说，变得至关重要。曾有一段时期认为所谓的剧场效果就是“声光电”的科技组合，其实你看看更多的卖座影片，就会发现没那么简单。我们发现了如果两百个人在剧场同时大笑时，也是剧场效果（他一个人在家看时可能不会那么被感染）；精彩的表演和台词也是剧场效果；最终“剧场效果”一定会归到“文学性”上来，因为最终你会发现最大的剧场效果是人心，是那种心心相印，然而这却是那些失去“文学性”的电影无法达到的境界。

《奥斯卡经典文库》将改编成电影的原著，如此大量地集中展示给读者，同时请一些业内人士做有效的解读，这不仅是一个大工程，也是一件有意义的事。从文字到影像；从借助个人想象的阅读，到具体化的明确的立体呈现；从繁复的枝蔓的叙说，到“滴水映太阳”的以小见大；各种各样的改编方式，在进行一些细致的分析后，不仅会得到改编写作的收益，对剧本原创也是极有帮助的，是件好事。

——资深编剧　邹静之

主编的话：跟随文学人物走进各种各样的命运险境

能参与《奥斯卡经典文库》丛书的编辑工作，我感到特别的荣幸和高兴。说实话，这套丛书的编辑过程不仅给我，也给我们整个编辑团队带来了莫大的兴奋感。

兴奋之一：这是国内首次以大型丛书的形式出版经典电影的文学原著，这无疑是奉献给广大读者的一场阅读盛宴，我们相信无论何种口味的读者，都会从这套丛书里找到自己的最爱，甚至找到陪伴自己一生的精神伴侣。

兴奋之二：我们选择的书目全部是奥斯卡奖得奖或者提名的电影原著。奥斯卡本身就是全球最值得大众信赖的品牌之一，在奥斯卡异常严格的选拔标准下，这一批电影原著小说的艺术质量，还有部分原著是第一次出中文版本，我们之前也并未读过，但读过之后，深为震撼——世界一流的小说确实能带给人直击心灵而又妙不可言的独特感受。

兴奋之三：这套丛书让我们重新认识了文学原著和电影作品之间的互动关系。有的作品我们只看过小说，没有看过电影；而有的作品我们只看过电影，没有看过小说（后一种情况更多一些）。于是在编辑的过程中，我们重新补课，将同一故事的两种艺术形式尽量都补看完整。补完课才发现，文学与电影之间的关系真是太有趣了——电影或者因为时长所限、或者因为视听特性的发扬、或者因为求新求变，通常都要对原来的文学作品做出取舍和改动，电影编剧和导演如何取舍如何改动，背后其实都隐藏着电影创作者的深入思考。而很多文学名著又被不同的电影创作者多次改编，这些不同的电影版本所体现出来的电影创作者的不同趣味、不同表达以及独特个性，每每让我们生发出一种“又发现了一片新大陆”的感觉。我们作为读者和观众，往往会为哪一个电影版本改得更好而争论得面红耳赤——而对于那些两种艺术形式都没看过的朋友来说，我个人的建议，最好先读小说，充分展开自己的想象世界之后，再去看电影，收获绝对不一样。

兴奋之四：比起编剧和导演对文学作品的改编，演员、明星们对文学人物的演绎无疑更能引起大家的好奇和关注，在看完小说之后，带着悠闲而挑剔的眼光，再去评论、比较电影里的明星的表现，甚至去评论、比较不同版本的明星的表现，这给我们带来了数不清的快乐时光。

因为部分原著小说和电影也是我们第一次接触，以上所呈现的，都是我们在编辑过程中非常真实的感受。我们也非常期望我们的工作能带给广大读者同样的兴奋和快乐。《奥斯卡经典文库》为您精心挑选的这些非常优秀的原著小说，完全值得您腾出一点业余时间，全身心投入其中，跟随着那些精彩的文学人物走进各种各样的命运险境，去迎接那些意想不到的感动和震撼。

——北影老师　何亮

导读：一个丑陋奇才的悲剧

法国作家卡斯顿·勒胡的小说《歌剧魅影》，其实原本说的是一个下水道怪物的故事。

时值1870年，住在巴黎歌剧院地下迷宫的丑陋“魅影”艾瑞克，他有一张奇形怪状、惨白而丑陋的面孔。他从小就被嫌恶抛弃，后被马戏团收养并跟随马戏团游历过欧洲、亚洲，后来波斯王宫任职。经过离奇的事件之后，他又到达土耳其，而且还做过苏丹国王的门客。他知识广博、才华横溢，有过很多不同寻常的经历，最后厌倦了游离不定的生活，选择了常年隐居于巴黎下水道系统，建立了地下庞大的迷宫一样的王国。他常坐在巴黎歌剧院的二层五号包厢看戏，通过和歌剧院经理的博弈，强大的制造事故的能力，控制着整个歌剧院，“如同一个邪恶的诅咒”。直到有一天，他爱上了默默无闻的美丽少女克莉丝汀，他用自己毕生的音乐才华和造诣，完美的艺术灵魂，暗中教她唱歌，发掘了她同样惊人的音乐天赋。在他的培养下，克莉丝汀从一文不名的后起之秀，成为了震惊四座的巴黎首席歌剧名伶。然而，这最初发自于精神层面的音乐之爱，却逐渐转化成为强烈的占有欲。走火入魔的“魅影”想和克莉丝汀组建家庭，相守终老。他以实际行动，把所有妨碍克莉丝汀歌唱事业的人用诡异的方式一一除掉。然而，不幸的是当克莉丝汀揭下他的面具，看见了他骇人的容貌，她对他的感情化为乌有，只有惊恐。克莉丝汀和青梅竹马的拉奥子爵的再相识和相爱，更让剧院里的魅影嫉妒发狂。他几度制造了恐吓和谋杀事件，并绑架了克莉丝汀，要和绝望的她在下水道长期生活。

最后，在一场地下的混战中，魅影意识到自己是个真正的"非人"，他的爱注定是扭曲和无望的，也永远得不到回应。于是他解脱了克莉丝汀，也解脱了自己，留下披风和面具，独自消失在昏暗的地下迷宫里。

二

小说将近三十章，恐怖惊险，充满悬疑，是推理小说的调子。作者以自己写《黄色房间之谜》奠定的法国 20 世纪初首席推理小说家的笔力，营造出不可思议的内容与场景以及玄异的气氛，并且在黑暗中淋漓尽致地表达了人性。

原作以一个虚构的局外人的视角，介入调查这一起"陈年旧案"。他收集了各种回忆录、札记、叙述，更主要靠的是一个目睹整个事件并且和"魅影"有深交的波斯人口述，挖出了这个"爱恨交织、荡气回肠"的故事。

一个令人毛骨悚然的虚幻男声，一个相貌如骷髅的神秘来客，几封给剧院经理的恐吓信，各种旁观者的对话和描述。布景师上吊自杀事件，水晶灯砸人事故，前首席女优演出时嗓中跳出癞蛤蟆，当红小花旦克莉丝汀被劫，伯爵溺亡，子爵意外失踪。一连串匪夷所思的情节，贯穿了整个小说的外部事件。而克莉丝汀和拉奥子爵的爱情，又充满了一种当时流行小说的通俗浪漫主义的风格。

其实，故事的原型是"两眼空洞，面如死灰，丑陋不堪"的鬼魂爱上了一个人类，一个和自身呈现极致的反面的少女。而并不是所有的"美女与野兽"都能终成眷属，丑陋和残疾浇灭了“魅影”艾瑞克一切美好的幻想。一个歌者交付给另一个歌者灵魂，克莉丝汀幻想的音乐天使却是阴郁和黑暗的“魅影”，而“魅影”艾瑞克从起初的爱慕渐变成了一种扭曲的占有和贪执。可“魅影”内心却极度自卑，只因他丑陋至极的外表不配拥有一份“炽热的爱”。女主人公对他除了恐惧，还是恐惧。他仿佛是一个残暴和疯狂的怪物，在感情关系中丧失了理智，妄图毁灭一切。

二

你可以将“魅影”理解为死神，钟楼怪人卡西莫多，卡里加利博士，或科学怪人弗兰肯斯坦，“魅影”本身是一个极致的悲剧人物，却被塑造成一个引人憎恶的怪物，未免有所不公。然而，这本小说从出世以来，确实是无声电影和早期恐怖电影的宠儿。在中国，1937 年早期的经典黑白恐怖片《夜半歌声》也是根据此书改编，1995 年的同名电影也是出自于此。而更为改写历史的创作是，1986 年安德鲁·洛伊·韦伯将这个故事谱写成了音乐剧，首度于伦敦 Her Majesty 剧院公演。歌剧大量采用古典音乐如维尔第、奥芬巴赫的歌剧旋律，剧中舞台灯光、布景及服饰也是极尽奢华之能事，全球演出后至今门票收入已累积达 32 亿美金，总计巡回多达 18 个国家、超过 100 个城市，观众人数逼近 7 千万人次，票房超过《猫》、《日落大道》等同级一流音乐剧。彼时，只要上演此剧，就会座无虚席。

诚然，韦伯的歌剧，让这个丑陋奇才的悲剧成为不朽。让一个非常通俗的惊险故事，变成了来自地底的吟唱。一个亡灵渡过冥王哈得斯的地狱之河，给世人带来的无尽恐怖和惊厥。名为“歌剧魅影”的一个最著名唱段，艾瑞克的声音中包含了一切的绝望和痛苦，克莉丝汀的高音直破天际，烟雾缭绕的哥特风，饱含一切阴暗和壮丽的元素，如一种毁灭性力量。

小说给歌剧提供了一个极好的框架。小说本身对歌剧也有一定的研究和造诣。小说中如数家珍的说出了各种歌剧的曲目和调度。而歌剧未诞之前，电影已经开始，最经典的默片是1925年的好莱坞惊悚片，片长93分钟，表现主义的极致，在所有影史榜单上都是恐怖片的翘楚。1937年，马徐维邦的《夜半歌声》也是由此而引发美学灵感。而后者在剧情上则更接近好莱坞1943年的版本，被强权势力毁容的男性主角在歌剧院内徘徊不去，鬼魂一般的报复，以及和女主人公唱谱写一段爱情悲剧。

在片长92分钟的1943年版美国电影中，小提琴家柯丹暗恋女演员克莉丝汀，聘名师指导其演技，克莉丝汀渐受重视，升为主唱。柯丹则因伤被迫退休，不久发现其作品被剽窃，愤而勒死出版商，自己则被毁容。之后，歌剧院开始闹鬼，除克莉丝汀外，女演员均离奇死亡，克莉丝汀亦受“鬼魂”掌控，剧院弥漫阴森的气氛。

1962年的同名英国电影，片长84分钟，剧情则更为接近原著。而1989年，片长93分钟的美国版，导演为德怀特H. 利特尔，这个《歌剧魅影》对原作故事改变比较大，故事穿插在现代和过去，纽约和伦敦(把巴黎改成了伦敦)，梦魇和现实交接过度的很好，音乐沿用了韦伯的版本。2004年，华纳兄弟影业发行的《歌剧魅影》则是原样改编自舞台剧的，是迄今为止最大场面的制作。

自由撰稿人　李彦霖

目　录

前　言

在这部伟大的杰作里，作者用他的奇思妙想向广大读者证明了巴黎歌剧院的魅影确实曾经存在过。长久以来，有关剧院魅影的传说不绝于耳，有人迷信有人质疑，有人声称见过，有人矢口否认，众说纷纭，混淆视听。无论剧院经理，还是芭蕾舞女演员，抑或是她们的母亲；无论是包厢管理员或是剧院看门人。他们都跟剧院里的魅影产生过千丝万缕的联系，种种证据表明剧院里的魅影真的存在！是的，他曾像我们所有人一样有血有肉地存在过，哪怕卑微得像颗尘埃。

当我翻遍国立音乐学院(National Academy of Music)①的档案馆时，我立即被发生在巴黎上层社会无数扑朔迷离的神秘事件和种种令人惊讶不解的意外巧合之间的逻辑关系给深

---

① 国立音乐学院：全称为“巴黎国立高等音乐学院”是在“国民自卫军音乐学校”的基础上发展起来的。该校由贝尔纳·萨莱特(Bernard Sarrette)创建于1795年。——译者注

深吸引了。这让我不得不把它们和剧院里的魅影联系在一起，希望借此能解开一个个尘封多年、错综复杂的谜团。时间还要追溯到三十年前，想要找到当年化妆间的演员来重现此事并非难事，我几乎跑遍了巴黎城去走访当事人。即使他们已成白发老人，他们的德高望重和亲身经历毫无疑问让我们可以完全信赖。这些老人们在讲述当年发生的一切时就好像在描绘发生在昨天的事情一样，克莉丝汀·戴伊(Christine Daae)被绑架，沙尼子爵(Vicomte de Chagny)神秘失踪以及其兄长菲利普伯爵(Count Philippe)意外死亡，伯爵的尸体被发现在斯克利布大街(Rue de Scribe)①与地下室水道相交汇的湖岸边。这一连串骇人听闻的恶性事件接连发生，但当时没有一位目击者认为该把剧院的离奇事件和剧院里的魅影扯上关系。

真相总是会慢慢浮出水面，只是时间问题罢了。

在进行调查采访时，我常常为各种奇异事件感到无比震惊、扼腕叹息。人就是这样，在遇到一些无法解释的诡谲事件时，总是下意识地把它和超自然力量联系起来。有好多次在追查过程中，我被扑朔迷离的真相弄得疑神疑鬼、晕头转向，怀疑自己的调查到头来只是一个幻影，因而一度想要放弃调查。最终，随着手中搜集的资料越来越多、越来越充实时，我可以充分坚定我的正确判断，即剧院中的魅影绝不仅仅是一个幻影。

我的辛勤付出终于换来了回报。

那天，我花了一整天仔细研读《剧院经理回忆录》(*The Memoirs of a Manager*)，这是部琐碎又草率的作品，作者是

---

① 斯克利布大街：位于巴黎歌剧院附近的一条大街，今天是巴黎市中心主要繁华地段。——译者注

剧院前任经理阿曼德·蒙沙曼(Armand Moncharmin),此人生性多疑,刚上任时对剧院的离奇传闻不屑一顾,认为这是个天大的玩笑,在被魅影写信索要巨额薪酬时,他仍然不把这当一回事。结果在他任职期间,饱受魅影的捉弄与调戏,却完全无法掌握魅影的行踪轨迹。

我原本希望能从回忆录中挖掘出蛛丝马迹,结果令我大失所望。我只好失望离开,在半路上遇到了国立音乐学院的执行主任,他正在楼梯间和一位活泼有趣,衣着考究的小老头闲聊,于是他热情地介绍我俩认识。执行主任对我正在进行的调查研究早有耳闻,并且知道我在设法找到当年沙尼子爵失踪案的主任法官弗尔先生(M. Faure)并且得知他已退休而感到非常失望的种种过程。没人知道那位法官后来过得如何,是生是死,去了哪里?在做什么?最近才得知他在加拿大定居十五年后又重回巴黎,一到巴黎便直奔巴黎歌剧院,想托熟人在秘书办公室谋求一职。此时,站在我对面微笑着和我握手的小老头正是弗尔!

我们几乎一整晚时间都待在一起,弗尔和我讲述了当年他所亲历的沙尼事件。因为没有充分证据,他只好把起因归结于子爵先生的疯狂行为,而其兄长菲利普伯爵之死完全是个意外事故。然而,他无比肯定的是两兄弟的悲剧一定和克莉丝汀·戴伊有关,至于克莉丝汀和沙尼子爵后来怎么样了,他表示说不知道。当我提到剧院魅影时,他只是一笑而过,并未多言。其实,剧院所有人,包括他都听说过关于魅影的种种传闻,人们坚信在剧院地下室的某个阴暗角落一定寄居着某种超自然生命。他也听说过“神秘信件”的事情,然而他无法从中找出能支撑沙尼子爵失踪案的有力证据。即使后来,事件目击者(大家都叫他波斯人,他一直自称多次见过魅影)前来作证,弗尔也不能断案,反而认为此人患有严重的“妄想症”。

不过，我对这位波斯人的故事倒非常感兴趣。我曾计划如果时间允许，我一定要找到这位极具价值和可靠性的证人。在我的不懈努力下，我终于在里沃利大街（Rue de Rivoli）①的一间小公寓里找到了他，而他在接受采访后的五个月后便去世了。

听完波斯人的叙述后，我彻底惊呆了，感觉难以置信。但当我看到波斯人的绿色眼睛中流露出如孩童般的坦诚和老者般的智慧目光时，我也不得不信服了。我听到他无比详细的描述，并看到他拿出一系列实物来证明魅影的存在，特别是当他讲到魅影和克莉丝汀·戴伊之间的种种特殊又紧密的联系时，我眼前仿佛闪过一道光芒，那光芒瞬间照亮我的疑惑。我不再感到怀疑，完全没有了！歌剧魅影，他绝非幻影，他真的存在过！

看到这里，我知道仍然会有人嘲笑我说的这一切仍是痴人说梦，只要稍微读过一些神话传奇，再辅之以天马行空的想象力，就可以编造出无数比这还要动人的传奇故事。值得庆幸的是，我除了获得大量亲历者的第一手资料外，还收到了当年事件女主角克莉丝汀的亲笔信。于是，在反复研究各种资料，对比信件和采访记录后，我心中的疑虑消失得无影无踪。为了确保准确可靠，我又暗中对波斯人的人品做了番调查，发现他为人正直诚信、忠厚善良，根本无意编造故事来扭曲案件的调查。

---

① 里沃利大街：确切意思是“极乐田园大街”，在协和广场和凯旋门之间，是巴黎大街中心的女王。直到 17 世纪中叶，这里还被沼泽和森林所覆盖。1667 年宫廷庭院设计师安德烈·勒诺特雷命人修建此林荫大道。——译者注

同时，我也深知这些信件资料中所指的一位从始至终都未露面的神秘男人的真实形象被无数荒诞又极具吸引力的传说给扭曲变形了。无论如何，我在一堆浩如烟海的信件文字中找到了克莉丝汀的亲笔字迹，这更加有利于我做出判断。

为了了解更多事件真相，我也曾走访过沙尼家族的其他成员，询问与二位兄弟交往密切的亲友，我把我的调查证件出示给他们看并说明来意，他们倒也很配合，给我提供很多资料。以下是D将军(General D)信函选段：

先生您好：

我深知现在无权要求您公布调查结果。我依稀记得优秀歌手克莉丝汀·戴伊被绑架事件以及让整个圣日耳曼区(Saint-Germain)①陷入哀悼的惨剧发生前的几个星期，剧院上下弥漫剧院魅影的恐怖传说和肃杀气息。直觉告诉我，魅影传说一定会持续到它真正发生那一天，没想到预言成真了。听闻您的调查和推测，我更加确信我的预想，我恳求您说出您的调查真相来澄清居心叵测的人对一对相亲相爱的手足兄弟的污蔑。

希望您相信并采纳我的建议……。

最后，根据我取得的一些资料，我决定将歌剧魅影生活的世界，那座雄伟的歌剧院进行更加深入地挖掘，魅影早已把歌剧院当成了自己的私人王国，无处不在地存在与穿梭。眼前我所看到的一切都让我更加坚信波斯人的叙述，直到一个不可思议的发现宣告我的工作取得完全胜利，因此我可以总结出满意的调查结果。那一天将永载史册，当工人们开挖

① 圣日耳曼区：圣日耳曼区为巴黎十六区之一，它穿越巴黎第五区、巴黎第六区和巴黎第七区，是巴黎的主要街区，它因圣日耳曼德佩教堂而成名。——译者注

歌剧院的地基掩埋一些艺术家的过期录音带时，无意中发现一副无名尸骸，我当即肯定那就是歌剧魅影的尸体，并且我把证据呈递给我的执行主任。然而，后来报社仍然报道那具尸体是巴黎公社（Paris Commune）①时期牺牲的一名起义者，对此我不屑辩驳。

根据史料得知，当年公社革命进行时，确实有部分牺牲者被关进剧院地下室残酷屠杀，但并不是该具无名尸体所发现的位置。据说，巴黎公社组织被伏击的时候，歌剧院宽敞的地下室被公社成员用来存放物资，而现在“牺牲者”的遗骸竟然被埋在很远处，这难道不可笑吗？讽刺的是，人们为了掩埋销毁活人的声音，却挖出了死人的身躯，冥冥之中自有天意。也许，这将永远沦为一桩悬案，随着时间推移变得更加扑朔迷离。

随后，我会继续就这具无名尸体展开讨论。现在，我不得不到此为止，结束本章所述的必要内容。在此，我谨代表个人对参与和协助我调查的相关人士表示诚挚感谢，感谢他们在整个事件调查取证工作中所作出的不懈努力。

他们分别是：

米佛罗伊德（M. Mifroid）（克莉丝汀·戴伊绑架案警察署首席代表）

瑞米先生（M. Remy）——剧院前任秘书长

加布里埃尔先生（M. Gabriel）——剧院前合唱团主席

梅西埃先生（M. Mercier）——剧院前执行经理

---

① 巴黎公社：巴黎公社是法国无产阶级在1871年3月18日革命后建立的工人革命政府，也是人类历史上第一个无产阶级政权。巴黎公社革命，是在法国同普鲁士之间爆发战争，民族矛盾和阶级矛盾极端激化的情况下产生的。——译者注

在此，我要特别感谢卡斯特罗·巴比扎克男爵夫人(Mme. la Baronne de Castelot-Barbezac)，她就是那个小梅格(little Meg)(她从不觉得这个称谓有多难为情)，她后来成为歌剧院的首席芭蕾舞女伶，她的母亲是已故五号包厢管理员吉莉太太(Mme. Giry)，小梅格是她的大女儿。

正是有了他们慷慨无私的大力帮助，我才得以还原一段爱恨交织、荡气回肠、扣人心弦的陈年往事。最后，在正式叙述这个真实的诡异故事之前。请容许我再向一些与此案无关的有关友人进行鸣谢，他们一直给予我帮助与配合。第一个要提名的是梅萨热先生(Mr. Messager)，其次是德高望重的执行经理加比翁先生(Mr. Gabion)，巴黎歌剧院这座宏伟建筑的设计者之一。当我需要某些重要资料时，他毫不迟疑地把查尔斯·卡尼尔(Charles Garnier)①的著作借我阅读，虽然明知道我很可能不会再归还了。

最后，感谢我的老友，老搭档勒克罗兹先生(M. J. Le Croze)，他总是允许我浏览他庞大又精致的剧院藏书室，还让我借出某些珍贵文献资料的单本。

再次感谢你们的一路支持！

加斯东·勒鲁(Gaston Leroux)

---

① 查尔斯·卡尼尔：(1825.11.6—1898.8.3)法国著名建筑师、艺术家。曾参与巴黎歌剧院兴建竞标后承包兴建，建筑风格以巴洛克风格为主，极尽各种奢华之能，历时十余年方才建成，直到如今还有人把今天的这座巴黎歌剧院称为“卡尼尔歌剧院”。——译者注

第一章　有鬼？

是夜，一场告别演出正在巴黎歌剧院进行，欢送两位退休的剧院经理——狄比尼（Mm. Debienne）和波利尼（Poligny）。剧院女主角索瑞丽（La Sorelli）正在她的化妆间专心排练稍后的告别致辞，突然间，闯进 6 个刚跳完波里尔特（Polyeucte）舞①的女演员，她们面色惊恐，惴惴不安，有的故作镇定佯装假笑，有的则干脆受惊大哭。原打算独自一人安静排练发言稿的索瑞丽被这突然的闯入弄得不胜其烦，面带愠色地转头望着这群乱作一团的女孩子们。这时，一个面如玫瑰、肤若凝脂，鼻梁高挺、大眼灵动的女孩抖索着说出“有鬼！”二字，便锁门而去。她的名字叫小雅姆（Little Jammes）。

索瑞丽的化妆间一眼看去是那种大众流行的装修风格，

---

① 波里尔特舞：一种步伐轻盈敏捷的芭蕾舞种。——译者注

并不显得有多么脱俗，一面壁镜、一个沙发、一个梳妆台、一个衣柜以及其他两件必要的家具就是全部的家什。此外，房间墙壁上还挂着她那经历过普勒提街(Rue le Peletier)①老剧院辉煌时光的母亲的遗物，几幅意大利著名舞蹈家的雕版画和肖像画。但对于其他几个只能几人挤一间房的小芭蕾舞演员来说，索瑞丽的个人化妆室可真称得上是天堂。这些小丫头们每天嬉戏打闹、吵架斗嘴、喝酒玩耍好不快活。黑醋栗酒、啤酒、甚至兰姆酒喝了一瓶又一瓶，直到半夜更夫敲钟才肯散去。

索瑞丽本就迷信，对剧院由来已久的魅影传说深信不疑，这会儿听到小雅姆说“有鬼”，她冷不丁地打个寒噤，又恐惧又迫切地嗔怪道：“你个小调皮!”继而追问小雅姆。

“你真见过?”

“真的，不骗你!”说完，双腿瘫软不听使唤一头塌进椅子里。

吉莉太太的小女儿也在场，一个眼珠黑亮，发如浓墨，皮肤略黑，身形瘦削的女孩子插嘴道：“如果那是鬼，那一定是个丑鬼!”

“就是！就是！肯定奇丑无比!”芭蕾舞小演员们叽叽喳喳叫到。

然后，众人中间炸开了锅。说那个黑衣男如何神不知鬼不觉地出现在走廊上，倏而消失踪影，就像钻进了墙里似的，诡谲神秘。

“噗”众人之中一个看似冷静的女孩说道：“简直是如影随形!”

---

① 普勒提街：巴黎市中心的一条主要大道。——译者注

确实如此。几个月来，剧院里的人天天议论神秘黑衣男的各种神出鬼没，讲他如何在剧院上蹿下跳如入无人之境，他从未说话，也没人敢和他说话。他来去无踪，行走如风。没人知道他如何出现，又去了哪里，真真儿的像个魅影！起先，人们还会嘲笑魅影穿着打扮独具时尚感，后来又戏谑他长得像个入殓师，关于他的各种传闻急剧增长。几乎所有女孩子都声称遇到过他，那些笑得最大声的遇到的频率最高。到后来，魅影不现身众人反倒不自在了。

有时候剧院女演员粉扑不见了，平白无故被戏弄了，别人都会怪罪到魅影头上，没错就是他干的！但是，谁又真正见过他呢？剧院绅士都是清一色黑色礼服装扮，但女演员们异口同声强调魅影的黑色礼服底下包裹着一颗骇人的骷髅头，那空洞的眼窟窿让人不敢直视，这一点让魅影显得与众不同。

这是真的吗？

魅影的形象其实是根据剧院负责换布景工作的约瑟·比凯(Joseph Buquet)添油加醋的描述炮制出来的，这位首席布景师坚称自己曾见到过魅影，地点就在通往地下室的楼梯上，借着微弱的脚灯，他足足盯着看了魅影一秒钟，然后魅影在他眼前逃走了。从此，他逢人便诉说这段个人奇遇。

“哎呀，我跟你说，那鬼可真是瘦得像鬼，两眼空洞、面如死灰，一张蜡黄蜡黄的皮裹着空荡荡的身躯，鼻子就像被削掉了一样，整个就是一张骷髅脸，额前耷拉着几缕乱糟糟的稀疏头发，可真是又丑又吓人。当时，约瑟本想跟踪魅影，结果让他给跑了。

首席布景师是一个为人严肃、冷静呆板的人，基本没什么想象力也就没有造谣的潜力了。听他这么一说，众人都倒吸一口凉气，一时间弄得人心惶惶。有了老实人约瑟的可信爆料，其他人也开始大胆说出类似的经历。也有偏不信邪的人认为，肯定是约瑟手下的人给他开的玩笑，然而其后接二连三发生的一系列恐怖事件让最淡定的人也变得不淡定了。这不，剧院前经理普德罗·加拉尔先生(M. Pedro Gailhard)就给我讲了个怪谈。

说的是有个英勇强悍的消防队长，名叫庞潘(Pampin)，他什么都不怕，尤其最不怕火了！一天，他下到地下室进行例行安全检查，这次比往常检查得更认真更仔细，在地下室走得比平时更深，结果就“撞上”了。本来在地下室的他一下子出现在舞台上，瞳孔放大，神志不清，全身颤抖，整个人忽地栽倒在小雅姆母亲怀里。天哪！他身上究竟发生了什么，让他吓成这样？事后，他告诉我们他在地下室看到一颗没有下半身的火焰人头，那熊熊烈火骷髅头正不断向他靠近。这位不怕火的消防员着实被吓软了。庞潘事件让全体剧院再次陷入无名恐慌中，因为庞潘撞见的火焰头与约瑟的奇遇根本不是同一个魅影，很快，女演员们宽慰自己认定魅影就是魅影，肯定不止一种形态，一定是同一个魅影的变装诡计罢了。虽然如此，大家还是处于极度恐惧中，前排和后排的领舞女孩在走过黑暗角落时总是不由地加快脚步，生怕撞见什么东西。

庞潘事件次日，索瑞丽在剧院工作人员入口的桌子上放了一块马蹄铁(Horseshoe)①，任何非剧院之人在进入剧院时都必须触摸一下这块马蹄铁，借此保护剧院不受邪恶势力的

---

① 马蹄铁：据说从古罗马时代开始，人们就相信马蹄铁具有辟邪镇魔的功效，可以抵御恶灵侵扰，现在多放置于大门口用来镇邪。——译者注

侵扰。这块马蹄铁可不是我凭空捏造的，它确确实实存在，今天如果你从工作人员入口走进剧院，你仍能看到它就在桌子上。

回到今夜，不难想象，刚才闯进索瑞丽房间的那群女孩子看到马蹄铁时做何感想。

“有鬼！”正如小雅姆喊道。可怕的寂静游荡在化妆间，女孩子们面面相觑，不知所措只剩压抑的呼吸。突然，小雅姆嗖的往后退到离墙很远的角落，全身每个毛孔都透露出恐惧。“大家听！”众人都屏息凝神侧耳倾听，外面却死一般的寂静，似乎有沙沙的脚步声，像丝绸划过表盘，随后戛然而止。

这个节点，身为一姐的索瑞丽只好硬着头皮佯装勇敢，走到门口，声音颤抖地问道：“谁在那？”无人回应。

索瑞丽感到自己身负众望，只好提高音量又问了一遍“门外有人吗？”“行了，行了，一定有人！”瘦成李干的小梅格·吉莉一把拉过索瑞丽的薄纱裙，一面扯住一面央求道：“上帝啊，求你别开门！求你别开门了！”

小梅格的央告更加激起了索瑞丽的英雄主义，再加上有了平日不离身的一把匕首来壮胆，此刻胆子更大了，直接开了门锁。其他女孩们全部瑟缩到化妆间最靠里的角落。

小吉莉一个劲地尖叫道：“妈妈呀，妈妈呀！”勇敢的索瑞丽再次探头出去观望，却发现走廊连个鬼影都没有。唯有一盏玻璃罩煤油灯在黑暗中发出微红闪烁的灯火，衬得黑夜更黑了。无处不在的恐怖从四面八方聚拢过来。索瑞丽哗地拴上门，舒了一口凉气。

“没有，外面没人。”她补充道。

“怎么会，我们真的撞见了！”小雅姆一边反驳，一边不由自主地凑到索瑞丽身边。

“他一定就在附近游荡，我是不敢一个人回去换衣服了，我提议我们大伙应该一起下去到休息室排练告别仪式然后一起上来。”说着，这个小女孩便用手摸了摸戴在手指上用来辟邪的珊瑚色戒指，索瑞丽则偷偷地用右手粉红拇指指甲盖在戴着木质戒指的左手无名指上划了个圣安德烈十字架（St. Andrew's Cross）①，模样无比虔诚。

“来吧，姑娘们，让我们靠近点儿！”

“我敢说没人真的见过鬼！”

“真的！我们刚才真的撞见了！”女孩们尖声叫道，“他那张死尸般的面孔和那身黑衣跟约瑟·比凯形容的完全一样！”

“再说加布里埃尔昨天也看到了，对，就在昨天下午，光天化日之下！”小雅姆辩驳道。

“加布里埃尔？就是那个合唱团团长？”

“是啊，你才知道？”

“你说他大白天里也穿一身黑衣？”

“谁？你指加布里埃尔？”

“不是他，我说的是鬼！”

“千真万确！我是亲耳听到加布里埃尔说的。一身黑衣是他最明显的标志，加布里埃尔一眼就认出来了。那天下午，加布里埃尔正在舞台经理办公室里坐着，突然门就开了，走进来个波斯人，波斯人啊！你们知道的吗？据说只要被他们双眼盯住的人都会遭殃。”

“噢！天哪！”一群芭蕾舞小演员们这会儿又开始吵吵嚷嚷

---

① 圣安德烈十字架：希腊十字架旋转45°后的形状，即X形十字架，因圣徒安德烈在土耳其殉难时被钉死在X形十字架上而得名。——译者注

起来了，仿佛波斯人就站在她们面前，双眼注视着她们一样。有的人竖起食指和小拇指，大拇指扣住中指和无名指做了个鄙视波斯人的手势，意在祈祷神灵保佑免遭波斯人的“目光厄运”。

“嘿！你们知道加布里埃尔有多么迷信吗？”小雅姆开始八卦了，“不过迷信归迷信，他待人倒还是挺客气周到的。当他看到波斯人时，他正无聊的双手插口袋里摆弄他的钥匙串。谁知道，当波斯人推门而入的那一刹那，我们的客人加布里埃尔一下子忘了礼节，腾地从座椅上跳起来直往衣柜里钻，却不想一头撞上锁柜门的铁锁上。这一撞可不轻，他摸索着爬起来，大衣里衬又被指甲勾破了个口子。他发疯似地往外狂奔，完全不看方向，额头又一下子撞在衣帽架上，当场肿了个大红包，跌跌撞撞往后倒退时，胳膊肘又被靠近钢琴的玻璃镜子刮破了皮，好不容易扶着钢琴作为支撑点，琴盖又中邪了样的突然砸在他手上，差点没把他的手指砸断，十指连心那个疼啊！他惨叫着往楼下冲，脚底一滑，整个儿从楼梯上滚下来。我和我妈刚好路过，连忙扶起他，只见他摔得那叫一个惨，满脸鲜血、鼻青脸肿。我和我妈被吓得六魂出窍，有生以来从没看到一个人如此惊慌失措。我们呆呆地怔住了，而他却大叫：‘感谢主，终于逃出来了！’少顷，等他好点，我们忙问到底怎么回事，慌成这样。他心有余悸地告诉我们原来当波斯人推门而入的那一瞬间，他抬头便看见站在波斯人身后那张长着死人脸的魅影，跟老实人约瑟描述的一模一样。”

小雅姆讲得绘声绘色，就好像她亲身经历了一样，她刚讲完，全场顿时鸦雀无声只听见大家不规律的呼吸声此起彼伏，索瑞丽神情不安，两手来回绞着手指头。小吉莉打破沉寂，只见她说道：“约瑟最好管住他的舌头，不要到处乱讲。”

“为什么不让他说呢？”一个人问道。

“我妈妈这样认为。”小吉莉一面回答一面将声音压到最低，两眼四处环视，生怕外面有人听到她的话语。

“那你妈妈为什么这样认为呢？”

“别吵！妈妈说了，鬼怪不喜欢人类谈论他们。”

“你妈妈又是如何知道的呢？”

“这……这……这我就不知道了。”

这下可惹恼了年轻又好奇的女孩们，小吉莉支支吾吾不知如何回答，女孩们却四下围拢过来，或站或靠，纷纷央求小吉莉给出更多解释，众人脸上是清一色的混合了恐惧、猎奇、兴奋等各种复杂感情的表情，她们想寻求血脉贲张的刺激感。

“我绝对不可以讲！”小吉莉像泄了气的皮球。

女孩们仍然不依不饶，非要她说出来，还信誓旦旦地保证绝对会保守秘密。最后，小吉莉拗不过大家的逼问，只好坦白了。讲的时候双眼死死盯着门口，那模样真是又可爱又可笑。

“还不是因为那个私人包厢。”

“哪个私人包厢？”

“歌剧魅影的包厢啊！”

“歌剧魅影还有间自己的包厢啊？说来我们听听，说啊！说啊！”女孩们又是新奇又是激动，才产生的恐惧被一种莫名的兴奋取代。

“姐姐们小点声！”小吉莉不耐烦地嘟囔了一句，“那是五号包厢，靠近舞台左边的一个贵宾席，歌剧魅影的专用包厢。”

“胡扯!”

“信不信由你！我妈妈就是负责那间包厢的领班。你们发誓绝对不要说出去行吗?”

“行啦行啦，你快说吧！我们发誓还不行吗?”

“那间歌剧魅影专属包厢除了他时常来光顾外，无人敢订。现已空置了一个多月，而且歌剧魅影警告过包厢经理，谁敢把它租出去，他就叫谁好看。”

“那歌剧魅影真的会来包厢?”

“真的。”

“那有没有其他人来呢?”

“只有歌剧魅影来过，没有其他人。”

女孩们互相递了个眼色，她们认为要是鬼真的来过包厢，他那身黑衣装扮，还有他的骷髅头、死人脸肯定很容易被大家发现。她们希望借此来推翻小吉莉的荒谬故事，但只听小吉莉不慌不忙地解释道：“鬼就是鬼，鬼如果能被所有人看到那就不叫鬼了。什么所谓的黑衣包裹骷髅头，熊熊火焰在燃烧，全是一派胡言，他根本没有谣言描述得那么恐怖。我妈妈虽从未看到过他的正脸，但总能听到他走进包厢时轻微的沙沙声。我妈妈每次都会把节目单递给鬼，然后退出去，从没敢跟他说过一句话。”

索瑞丽听不下去了，打岔道：“小丫头，你不会在骗我们吧?”这一句话哽得小吉莉忍不住大哭起来了。

“早知道我就不该告诉你们了，这下要是让妈妈知道了可怎么得了！约瑟万不该这样嚼舌根的，多管闲事，自吞苦果，我妈妈昨晚才告诫我这个道理。”

说话间，门外走廊传来急匆匆的脚步声，发出好大动静。一个中年女人上气不接下气地喊道：“瑟西！瑟西！(Cecile)

你在吗?”

“是我妈在喊我。”小雅姆回应道，“发生什么了?”

小雅姆忙打开门让她母亲进来，瑟西·雅姆的母亲是个相当壮硕的中年女人，有着波美拉尼亚人种(Pomeranian)①特有的高大强壮，走起路来又稳又重，门一打开，她就扑进椅子里不住地呻吟叹气，两眼通红，如临大敌。“太惨了！太惨了!”她不断地悲叹道。

“怎么了？怎么了?”小雅姆焦急地追问。

“竟然是老实人约瑟·比凯!”

“约瑟·比凯他怎么了?”

“他死了!”房间里一下子被各种惊呼、尖叫和追问塞满。

“真惨呐！他被发现吊死在地下室第三层!”

“一定是那个鬼干的!”小吉莉不假思索地说道，旋即矢口否认自己的判断，双手捂嘴无比惶恐地尖叫起来，“不！不！不是我说的！不是我!”围在她身边的同伴呼吸急促，恐惧地认同小吉莉的话。

“没错！一定是那个鬼干的!”

索瑞丽脸色煞白。“我永远不敢这么说。”

小雅姆的妈妈也来发表自己的见解，随手端起桌子上的一杯烧酒一饮而尽，挤出几个字：“这次事件一定与鬼有关系。”

然而，无人知晓约瑟是如何死亡的，这件诡异的死亡案一直没有查出真相，到最后只得定性为“自杀”。后来，在狄比尼和波利尼之后上任的剧院经理蒙沙曼出版的《剧院经理回

---

① 波美拉尼亚人种：一种分布在原德国北部连接东普鲁士的走廊地区，今属波兰和爱沙尼亚的波罗的海沿岸的欧洲人种。——译者注

忆录》里他这样写道：

一桩神秘惨案突降巴黎歌剧院，时值剧院经理狄比尼和波利尼的卸任晚会举行之中，而我正在经理办公室里，这时行政经理梅西埃飞也似的冲进来告诉我们伙计们在舞台底下三楼农场布景和拉合尔王宫(Roi de Lahore)[①]布景之间发现首席布景师上吊自杀的尸体悬在那里。

我当即吼道："快把他放下来！"

可正当我急忙跨过绳梯往楼下冲时，我却突然发现缠在死者脖子上的那根绳子竟然凭空消失了。

事情就是这么发生了，蒙沙曼无论如何也想不通，一个人用绳子上吊自杀，当众人去解救他时上吊的绳子竟会不见。蒙沙曼先生试图找出一个合理的解释，且听他是怎么说的：

那会儿，芭蕾舞表演刚谢幕，小演员们或许是乘乱从一个刚上吊自杀的布景师尸体上拿走绳子用来辟邪，来保佑她们免遭什么所谓的波斯人邪恶目光的诅咒。

我对这个解释完全怀疑，在那么短的谢幕时间里，一群年轻女孩们绝对不可能拿走绳子，更别说就算有这个时间，她们也没这个胆！

在我看来，只有一种可能，那就是在舞台地下室三楼或者尸体被发现的位置一定有某条神秘暗道。假想，凶手肯定是故意拿走绳子来迷惑众人的判断。我相信时间会证明我的正确判断的。

然而，这个悲惨消息如预料的一样霎时传遍了整个剧院，不仅仅因为老实人约瑟深受大家敬爱，他的惨死更是激起了

---

① 拉合尔王宫：拉合尔王宫原是莫卧儿王朝时期的一座古王宫，里面的几座宫殿全是用大理石砌成的，雄伟壮观。——译者注

所有人的悲痛。化妆间里的人陆续离开了，一群芭蕾舞女演员们簇拥在索瑞丽身边就像胆怯的小羊羔依偎着牧羊人。一个接一个的穿过灯光昏暗的走道和楼梯，只见一排粉色紧绷的小绑腿迈着急匆匆的小碎步慌慌张张地走开了。

第二章　新星诞生

正当索瑞丽准备下楼时，在楼梯口碰上了往楼上去的沙尼伯爵，沙尼伯爵为人一向低调谨慎，此时情绪却异常兴奋。

“我正准备去找你呢!”沙尼伯爵向索瑞丽脱帽致礼，“噢，多棒的夜晚啊！克莉丝汀·戴伊的表演真是精彩!”

“这怎么可能!”梅格·吉莉(Meg Giry)感到不可思议。

“前不久我听她声音还粗笨得跟蛙叫一样呢!”

“亲爱的伯爵先生，麻烦您让我过去一下。”小吉莉俏皮地行了个欠身礼。

“我们正准备赶去现场看看那个可怜的老约瑟是怎么吊死的。”

小吉莉莽撞的话语一下子惹恼了正巧经过的行政经理，他立马对小吉莉大声吼道：“什么？你懂什么啊！在真相查出之前闭上你们的大嘴，不要四处嚼舌，千万不要让狄比尼先生和波利尼先生知道此事！要是让他们知道在他们告别演出当晚发生这样晦气的事情，他们一定会寝食难安的！”

小吉莉吐了个舌头便溜走了。

随后，女孩们都赶去了演员休息间，里面早已围满了人。沙尼伯爵的话没错，今晚的演出确实是盛况空前，无可比拟。所有当时最具知名度的作曲家都轮流上演了个人的得意之作，连福雷和克劳斯(Faure and Krauss)都热情地登台献唱。那一晚，克莉丝汀·戴伊第一次展示了她真正的实力，她精彩的表演征服了台下热情又惊讶的观众。古洛(Gounod)演奏了《牵线木偶的葬礼》，雷叶尔(Reyer)演奏了美妙的《西谷进行曲》，圣桑(Saint Saens)带来的是《死亡舞蹈》和《梦幻东方》，马斯内(Massenet)演奏了他尚未发表的《匈牙利进行曲》，吉劳德(Guiraud)是《一个人的嘉年华》，德利贝斯(Delibes)的是《西尔维娅慢华尔兹》和《葛蓓莉亚拨奏曲》。克劳斯小姐(Mlle. Krauss)和演唱了《西西里晚祷》中的《波列罗舞曲》，丹妮丝·布洛赫(Mlle. Denise Bloch)则演唱了《鲁克蕾齐亚·波吉亚》中的一段《祝酒词》。

尽管这些名家大师的精湛演出博得场内掌声不断，但今晚最叫座的当属于克莉丝汀·戴伊这个一直默默无闻、一文不名的后起之秀。她选唱《罗密欧与朱丽叶》中的部分篇章作为开场秀，尽管她是第一次演唱大师古洛的作品，却拿捏得恰到好处。这部戏由卡瓦略夫人(Mme. Carvalho)在利瑞克老歌剧院(Theatre Lyrique)首次上演，随后由大师古洛改编成歌剧，赋予其新的活力在滑稽剧院(Opera Comique)上演，说到底该剧目一共也就上演了两次，在克莉丝汀的演唱下，别具一番风味。那些见识过她婉转歌喉的人都纷纷称赞她的声音简直是天籁之音，仿佛天使降临人间，那么纯洁、优雅轻灵又不失力度。这些还不算最震撼的，在随后的《浮士德》(Faust)[①]歌剧中，克莉丝汀演唱的监狱送信场景和临时替代生病的卡洛塔(La Carlotta)演唱之后的三重唱让整个剧院为之疯狂，那是人们从未听到过的优美歌声。

那一晚，克莉丝汀重新诠释了“玛格丽塔(Margarita)”这个角色，一个光芒四射的“玛格丽塔”，一个不容置疑的美丽尤物。全场观众表现出几乎失控的疯狂，他们上到座椅上欢呼、尖叫、鼓掌，表达对克莉丝汀精彩演出的狂热崇拜。我们的克莉丝汀被这盛大的场面和自己全力以赴的演出感动得放声大哭，直接哭晕在同伴的怀里，被小心扶回了后台化妆间。克莉丝汀的一夜成名让不少评论家为之打抱不平，他们质疑为什么这样一块璞玉被雪藏了这么久？一直以来，克莉丝汀只能扮演卡洛塔版物质女郎“玛格丽塔”身边的小角色——西贝尔(Siebel)，多亏卡洛塔临时缺席，这位西班牙歌剧女主角从来都是担任主角，今晚不知何故没有登台。评论家纷纷猜测为何狄比尼和波利尼会起用新人克莉丝汀，难道他们发现了她的过人才能吗？如果真是这样，为什么他们要一直雪藏她呢？为什么她又甘于默默无闻呢？最百思不得其解的是，没人知道谁是她的导师，尽管她一再强调今后得加强训练。这一切真是太奇怪了！

沙尼伯爵观看了整场演出，此刻按捺不住内心的激动之情，从他的包厢座椅上站起来为克莉丝汀热烈鼓掌。沙尼伯爵全名叫菲利普·乔治斯·马里耶(Philippe Georges Marie

---

① 《浮士德》：这是歌德的代表作，为诗体悲剧，是歌德倾注了毕生心血写成的鸿篇巨著。它描写主人公浮士德一生探求真理的痛苦经历，反映了从文艺复兴到19世纪初整个欧洲的历史，揭示了光明与黑暗、进步与落后、科学与迷信两种势力的不断斗争。——译者注

Comte de Chagny)时年 41 岁，是位英俊潇洒高大挺拔的上流绅士，微凸的前额和冷酷的眼神更增添了他的个人魅力。他有一颗极具正义与充满仁慈的心，为人正直不屈，对女士格外客气有礼，对那些勾结钻营的伪君子则从不正眼相待，这让他们都对他在社会上所取得的商业成功又妒又恨。

他的家族是当时法国最显赫最古老的世袭贵族家族之一，其历史可以追溯到 14 世纪，他继承已故父亲老菲利普伯爵的封号成为家族之主。老菲利普伯爵鳏居多年，去世时给儿子留下庞大的家产和琐碎的家族事务，对于年轻的菲利普这可不是一件轻易事，他还有两个妹妹和一个弟弟拉奥，兄弟姐妹们关系融洽和睦，弟弟妹妹们完全接受“长子继承制”的家族传统，倒也从未在分家产上动过歪脑筋。当两个妹妹同一天出嫁时，作为兄长的菲利普给每人分了一份本不与她们相干的家产作为陪嫁，两个妹妹感激涕零。

菲利普的母亲马提尼埃尔伯爵夫人(Comtesse de Chagny, nee de Moerogis de La Martyniere)在生次子拉奥时难产而死，那年菲利普刚满 20 岁，老伯爵去世时，拉奥还是个 12 岁的小男孩。于是，菲利普勇敢承担起照顾弟弟妹妹们的责任，引导他们的教育。起先，他让两个年纪稍长的妹妹帮忙照顾小弟弟，之后等弟弟年岁稍大些后又寻求住在布雷斯特(Brest)①的老姑妈帮忙，姑妈是位寡妇，丈夫是个水手，已去世多年，年幼的拉奥在姑妈那里第一次接触到了大海从此便爱上了航海探险。

小伙子曾经搭乘“博尔达号”(Borda)探险船进行了一次

---

① 布雷斯特：位于法国布列塔尼半岛西端，是布列塔尼大区菲尼斯泰尔省的城市，是一座海港城市，也是一座军港。——译者注

勇气可嘉的环球旅行，完成了他期待已久的荣誉之旅。多亏了那一趟勇敢的试水，后来他又被任命为“鲛龙号”(the Requin)官方探险队队员，被派往北极圈去寻找失踪三年的“阿图瓦(Artoi's)”号探险船幸存者。临行前，他正在享受6个月的休假，接到任务后毫不犹豫地要奔赴北冰洋。住在圣日耳曼近郊的老太太们都为他感到担忧和心疼，生怕这个文静漂亮的小伙子在海上出什么意外。

这个小伙子性格内向腼腆，文静秀气，因为在女人堆里长大，性格难免带有些许女性气质，除了没系上女孩子的围裙外，他的一举一动都像个含苞待放的少女，那么纯洁而真诚，没有一点污点。尽管他已经22岁了，看上去却只有18岁，嘴角上有些细密稀疏的小胡子，一汪蓝色的大眼睛像海水一样清澈，害羞时双颊会微微泛红，叫人好生怜爱。

菲利普十分宠爱他的这个小弟弟，为他进行的航海探险感到无比自豪，一想到弟弟未来将有可能继承先人海军上将沙尼·德·拉洛查(Chagny de La Roche)伟大而光荣的航海事业时，满足的幸福感更是油然而生。他常常在弟弟放假期间带他去巴黎见识各种上流社会的繁华与奢侈，在他看来拉奥这个年纪的男孩子学“坏”一点没什么坏处。菲利普是个很能把握工作与娱乐二者平衡的人，他的个人魅力和风度几乎让你挑不出一丁点儿毛病，他想给弟弟树立一个好榜样，锻炼他的社交和应酬能力。于是走到哪儿都把弟弟带着，甚至还介绍芭蕾舞女演员给弟弟认识。我知道，伯爵一直跟索瑞丽传出绯闻，这又有什么大惊小怪的呢？对于像伯爵这样风流倜傥、家境殷实，妹妹们又都成家立业的单身绅士来说，此刻正是享受生活的大好时光，约一两个脸蛋漂亮而思维简单的年轻芭蕾舞女孩们跳跳舞，聊聊天，喝喝咖啡也实不为过。再说了，就凭世袭的伯爵身份他也必须经常出席巴黎上流社会各种高端风雅场所，例如巴黎歌剧院演员休息室。

本来，菲利普不打算要带弟弟去剧院演员休息室的，后来拉奥苦苦央求他，他才带他进去。不过，他也是事后才想起来的。那晚，菲利普陶醉在克莉丝汀完美的歌声中，自顾自地一个劲儿鼓掌，一回头竟发现弟弟拉奥脸色煞白如纸。

“你看见没?”拉奥说道“那女孩怎么昏过去了?”

“你看上去也快昏倒了，怎么回事?”

伯爵关切地问道：“你还好吧?”

拉奥感觉好多了便站起身来活动了下筋骨，对哥哥说道：“走！我们去后台看看！她一定从没像今天这样唱歌过!”

伯爵向他弟弟投来一个赞许的微笑，眼神中满是欣慰的满足感。

“那好，就让我们去看看。”说着，伯爵已经拉着弟弟走到了舞台休息室门口。走道里早已挤满了前来探望的观众，他俩只好在队伍后面等候。拉奥很期待见到克莉丝汀，这会儿显得有点不耐烦了，自己的手套何时被划破了道口子他也不知道，哥哥早已会意，故意没有点破弟弟的那点小心思。他现在明白了为什么跟弟弟说话时他总是心不在焉，但只要是一说到歌剧院，他就来劲了。

他们穿越涌动的人流终于挤进了后台，里面各路名流来往穿梭，布景师、道具师、合唱团女孩进进出出。拉奥在前面开路，心儿怦怦直跳，感觉灵魂都不属于自己了，脸上是抑制不住的兴奋，差点就跟哥哥走失。伯爵紧跟在他身后，艰难前行，脸上却始终挂着满意的微笑。

在舞台后面，拉奥得时刻停下脚步为不断涌进来的工作人员和一群群芭蕾舞女演员们让路，人群把各个走道堵得水泄不通。有几个轻浮的女孩还拿他打趣玩笑，不过拉奥可没闲工夫搭理她们，一门心思地要去见克莉丝汀。最后，他总算穿过了长长的过道来到通往克莉丝汀休息室的走廊，在门外便听到众人一声接一声地高呼“戴伊！戴伊！”伯爵感到很诧异拉奥竟然知道通往克莉丝汀休息室的路，他可从没带他来过。转念一想，一定是拉奥每次趁他去索瑞丽休息室时一个人溜去了克莉丝汀休息室。每次伯爵去找索瑞丽，她总是让他陪着她一直等她登台表演，每次她会交给他她的鞋罩和衣罩让他帮她套在绸缎做的舞鞋外面，以此来保持她那舞鞋的干净无瑕和紧身衣的完美体态。每当索瑞丽让伯爵这样做的时候，她总有一个一成不变的借口，因为她母亲死了，没人帮她做这些事情。

这一次，伯爵没有像往常一样一到后台便去索瑞丽休息室，而是推迟了几分钟才去找她，伯爵跟在他的弟弟后面穿过长长的走廊，走廊尽头就是克莉丝汀的休息室，今晚里面被围得水泄不通，人们都为她演出的巨大成功兴奋不已，也为克莉丝汀的突然昏倒感到担忧，可怜的克莉丝汀还处于昏迷状态，众人熙熙攘攘。剧院医生不一会儿就赶来了，拉奥紧跟着医生走了进来，医生立马对她进行身体检查，拉奥一把把克莉丝汀扶在怀里配合医生进行诊治。伯爵和拥挤的人群包围着克莉丝汀，场面甚为混乱。

“医生，您觉得这么多人在这里不会干扰诊断吗？我们是不是该请这些绅士们出去等候？”拉奥镇定而冷静地询问医生。“我都快要窒息了！”

“对，您说的对极了！”医生附和道。

于是，他们把众人都请出了休息室，只剩医生和拉奥以及一个侍女，她一直诧异地盯着拉奥，眼神里是说不出的惊讶与怀疑，因为她从没见过他，所以也不好开口问什么。而医生呢则以为这位年轻帅气的小伙子和眼前这位昏迷的姑娘一定是老相识，因此他才敢这么把她抱在怀里。年轻的子爵呆呆地注视着克莉丝汀慢慢苏醒，这会儿赶来祝贺和慰问克莉丝汀的狄比尼和波利尼先生却只能和一大帮人在门外走廊等候，其中也包括沙尼伯爵，他就站在门外，这时忍不住得意地大笑起来："噢！噢！好家伙！好家伙！"然后又自顾自地哼哼："瞧这一对儿多般配啊！好家伙，真不愧是沙尼家的！"话毕，伯爵便转身走向索瑞丽的休息室，正好在半路上碰到她和一群叽叽喳喳的芭蕾舞女演员们慌慌张张地往外走，正如本章开头出现的那一幕。

这时，克莉丝汀·戴伊终于苏醒过来了，深深地呼了一口气，嘴里发出一声悲哀的轻微叹息。她转过头望了拉奥一眼，又回头对医生致以感谢的微笑，然后又看看她的女仆，最后目光疑惑地落在拉奥身上。

"先生"她虚弱地问道，声音小得只有自己才能听到："您是?"

"你醒了…… "拉奥屈下一只膝盖，温柔而深情地在克莉丝汀手背上吻了一下，继而又温和地回答道："小姐，你记得那天为你跳入海中捡回丝巾的人吗，就是我呀！"

听闻此言，克莉丝汀又转头看看医生和女仆，三人微微笑了起来，顿时，拉奥的脸刷地一下红到了脖子根，恨不得找个地洞钻进去。

"看来小姐可能不记得我了，这没关系，我想单独告诉你一些重要的事情可以吗?"

"不好意思，先生，等我好些后再聊好吗?"她的声音还是很虚弱，看来今晚的演出确实让她用尽全力了。"谢谢您，您真是个好人啊……”

“那就麻烦您先走吧!”医生微笑着对拉奥说:“放心吧,我来照顾她。”

“没事了,我已经好了!”克莉丝汀的语气坚决而有力,就好像有一股神秘的力量突然注入她虚弱的身体中,这让旁人很是吃惊。说着,她便站起来了,随后又用手揉了揉眼皮,整个人看似完全恢复了。

“谢谢您的好意,医生。不过现在我想一个人独自静一会儿。请你们都出去吧,我今晚实在是太累了。”

医生本想还说点什么,但发现她现在情绪不对,似乎随时都有爆发的可能便只好和拉奥一起退出了房间。拉奥心乱如麻,又窘迫又紧张又担心,一时间手足无措。医生告诉他:“她原来不是这样的,她一直是个温和又客气的姑娘,今晚就像换了个人一样。”说完,便和拉奥道别,提着他的医药箱离开了。

拉奥一个人还是呆呆地站在门外面,心里五味杂陈,人们都陆续离开,后台一下子变得空空荡荡就像拉奥此刻的心情,告别仪式应该正在外面如火如荼地举行吧。拉奥想着过一会儿克莉丝汀也会去吧,于是就守在门外想和她一起过去,他把身体往门后的暗处靠了靠,想淹没在这一片寂静无声的夜色中,此时此刻他感到心里一阵阵的疼痛,他等不及要向克莉丝汀表白这份心意,他想也只有她才能抚慰他的心痛与思念。正在他心驰神往时,门突然开了,走出那位女仆,手里抱着一捆捆花束。拉奥急忙走上前去询问克莉丝汀现在怎么样了,女仆笑着说她现在好多了,但是想一个人静一静,希望不要有人去打扰她。说完就去做她的事情了。

听到这话,拉奥阴郁的心情一下子变得明亮而又灿烂,整个人兴奋得快要蹦起来，心想一定是克莉丝汀支开身边的人为了等他进去找她，他刚才不是请求过她需要跟她单独谈谈吗？拉奥呼吸局促，无比开心，一个箭步冲到门边侧身靠门听里面的动静，正要敲门，却听到屋里传来一个陌生男人的声音在咆哮："克莉丝汀，你必须爱我！"拉奥举起的手无力地落了下来。

克莉丝汀的声音悲怆而颤抖，想必此刻一定是哭得梨花带雨。只听她痛苦地回答道："你怎么可以这样对我吼叫？你知道我只为你一人歌唱啊！"

此刻拉奥的心就像一只被剥空的蚕茧，只剩垂死挣扎的蚕蛹在烈日暴晒下急剧萎缩。他的心早已被克莉丝汀带走，他的灵魂已不再属于他，被撕裂的疼痛感像海浪拍击沙滩一样一波又一波地袭来。那一声浑厚有力的咆哮此刻仍然萦绕在拉奥的耳畔，像一根根刺一样不断挑动他的神经。他已经连站的力气都没有了，心想要是给他们发现他在门外偷听一定不会放过他，那将对沙尼家族的声誉产生多么恶劣的影响啊！他双手紧紧捂住汹涌澎湃的心口，试图压住自己内心的痛苦呜咽，却抽搐得更厉害了，似乎一颗血红的心脏正在急速膨胀快要爆炸了。

这时，那个男人的声音再次响起："你现在感觉很累吗？"

"今晚，我已为你献出了我的灵魂，而我的肉体已经死亡！"

"噢，好孩子，你的灵魂是那么的纯洁美丽！我要感谢你，没有一个帝王像我得到你一样得到一件稀世珍宝，今晚天使都为你美妙的歌喉而哭泣。"这些赞美的话语仿佛从坟墓里传出来一样，那么阴郁而低沉。然后，屋内寂静一片，再也没发出任何声音。

拉奥的心早已绝望透顶，但是他不想马上离开，他想搞清楚刚才说话的那位男子是谁，他有什么能耐得到克莉丝汀的芳心。嫉妒、怨恨和对克莉丝汀的无限爱慕此刻仍在纠缠斗争，他决定一探究竟。于是他又躲进刚才站着的那个阴暗角落，守着陌生男子出来。门突然开了，却只走出来克莉丝汀一人，只在见她把自己裹在皮毛大衣里脸上蒙上丝巾，模样依旧那样端正而可爱。她只把门轻轻带上，没有上锁，她从拉奥旁边走过并未注意到他，拉奥也没有看她一眼，双眼死死盯住那道门，但是门再也没有开过。

等拉奥确定走廊上空无一人后，他立马打开门，钻了进去，随即迅速把门关上。屋内伸手不见五指，煤气灯早已燃尽。

“有人在吗?”拉奥后背抵着门，用颤抖的声音喊道：“快出来！你在躲什么?”屋内仍是一片漆黑和寂静，除了拉奥自己的呼吸外，没有一丝声响。此刻，他已被愤怒和嫉恨冲昏了头脑，完全没有察觉自己的行为有失分寸。

“你不出来，我是不会放你出去的!”他再次激将：“你再不说话，你就是个胆小鬼！等着，我会把你揪出来的!”

他划了一根火柴，火光一下子照亮了房间，借着微弱的灯光。拉奥开始在各个角落，还是没有人影。拉奥又点亮煤气灯，拉开衣柜又一个个打开所有橱柜，用冒汗的双手摸索四周墙壁，还是什么也没找到!

“我在干吗啊!？这一切难道是我的幻觉吗?”他大声质问自己。

他在房间内呆呆地坐了好半天，看煤气灯的火苗在黑暗中诡谲地闪烁，听着煤油灯芯燃烧发出的滋滋声响。内心无比苦涩的他此刻正被自己对克莉丝汀的单相思折磨得死去活来。情窦初开的拉奥是那么青涩懵懂，竟然不知道偷拿一条带有爱人体香的丝巾可以带给他那受伤的小心灵以无限温柔的抚慰。他只好起身慢慢离开这个让他伤心欲绝的地方，一阵犀利的冷风刮过脸庞，猛然他才发现自己不知不觉已走到楼梯尽头。楼下，只见几个工人正抬着一副担架，上面用白布盖着。

“师傅，请问出口在哪?”他向其中一位询问道。

“就在你前面，门是开着的，麻烦让我们先过去。”

“你们抬的什么?”拉奥好奇地问道。

“哎！是可怜的约瑟·比凯呀！我们在地下室三楼发现他的时候，他已经断气了，就吊死在拉合尔王宫布景和农庄布景之间。”

拉奥摘帽行礼，为工人们让开路，走出了后台。

第三章　神秘理由

此时，告别演出正在外面热火朝天地举行着，正如我之前说到的一样，今晚的晚会是为卸任的狄比尼和波利尼经理举行的，他俩一直坚守到不能再继续工作才提出退休的。他们为建设一个充满艺术与现代气息的巴黎城做出了卓越贡献，在他们任职巴黎歌剧院经理期间，进行了一系列卓有成效的建设和改革，这一切都被巴黎人民看在眼里。在几场演出之后，索瑞丽等候在芭蕾舞女演员休息室，手持一杯香槟酒和一小段早已准备好的祝词，只等两位剧院经理过来便一起献上，在她身后，一群大大小小的芭蕾舞小演员们交头接耳、窃窃私议着白天发生的种种怪事，互递眼色，交流比画，晚宴桌子已沿地板的弧度一字排开。

有几位舞蹈演员已换上便装，其他大多数人都穿上自己最漂亮的礼服裙，薄如蝉翼的纱裙像蝴蝶的翅膀一样在桌子和人群中来回穿梭，他们认为今晚就该穿得这么精致庄重。

所有人除了活泼天真的小雅姆之外都刻意保持一种做作的优雅姿态，小雅姆今年刚过完 15 岁生日，还带着孩子般的稚气，此时真像只小猴子样高兴得四处乱窜，早把魅影和约瑟·比凯的惨死抛到九霄云外去了，和同伴们嬉戏打闹好不快活，直到狄比尼和波利尼走过来，才被不耐烦的索瑞丽给喝止住了。

众人把两位剧院经理簇拥在中间，二人脸上露出愉悦而快活的笑容，这是一种巴黎本地人才有的独特笑容，对于非巴黎的外省人来说，这种笑容是披着面具的皮笑肉不笑，但对于本地熟悉这种笑容的人却显得非常端庄而得体，这是每一个地地道道的巴黎人都必学的一项社交礼仪。即使你心中藏有万千忧愁、悲痛、不满和委屈，在公众场合你仍得压抑自己最真实的感情，把最灿烂的笑容展现出来。在巴黎，如果你不了解这种人际技巧，你就不算是一个真正意义上的巴黎人。巴黎人不接受他人的同情和安慰，他们自认为自己可以搞定一切；他们也具有十足的自信，或者说是自负，认为一切属于自己的成功都是理所当然的。所以，当你有一位巴黎朋友陷入困境时，万万不可去安慰他，这会惹怒他们高贵的自尊心；而当他飞黄腾达时，你也要小心你的善意祝贺，他们不一定会领情，他们认为个人成功就像吃饭喝水、睡觉、排泄一样自然，是上天跟他们约定好了的。

在大巴黎，人们每天的生活就是一场场化装舞会，对于像狄比尼和波利尼这样在巴黎名利场上摸爬打滚几十年的江湖老油条而言，最不可能犯的低级错误之一就是在聚会场合上流露出个人的真实感情。剧院领舞索瑞丽正在心里反复默念致辞，二位经理一出现，她便赶忙走上前去谦卑地敬了一杯香槟酒并满面堆笑地说出那段致谢词，二位经理回报以更灿烂的笑容。突然，直率莽撞的小雅姆发出一声杀猪似的尖叫“啊!!!”，让正笑得合不拢嘴的两位经理一下子变了脸色，在场气氛顿时僵住。

“魅影！魅影！他来了!”

小雅姆的尖叫声里有一种无法形容的恐惧，仿佛对面有无数厉鬼向她伸出枯柴似的双手要把她活吞了一样。小雅姆双手战栗指向一群黑衣绅士，顺着她手指的方向，众人看到一张面色惨白、双眼空洞、丑陋不堪的脸，面容上似乎写满无限愁苦与忧郁，两道弯曲变形的眉毛下看不到眼珠，只剩两个黑漆漆的窟窿，这分明就是一张死尸的脸！剧院的欢乐气氛一下子变得紧张惊悚起来，众人一片哗然。

“是他！就是他！魅影!”人群发出一片此起彼伏的怪异惊呼，因为人多众人此时倒也不害怕了。有的人还嘻嘻笑着你推我攘要去跟魅影干一杯，不过魅影转眼便消失在了人群中，有人跟着去找他也没找到。两位绅士试图安慰受惊的小雅姆，而小吉莉还在那一个劲儿地叫得像只斑鸠，不过没人顾得上她。

索瑞丽很恼火，自己刚念了一段的致谢词就这样被粗暴地打断了。狄比尼和波利尼分别拥抱并亲吻了她，感谢她的致辞和敬酒，说完便像魅影一样转眼就不见了人影。今晚，众人并没有感到十分惊吓，可能是晚宴气氛太好再加上人多的缘故吧。在二楼休息室还将举行另一场酒会，完了后在经理办公室外面的大厅里还准备了一场晚宴，一些私交甚密的亲朋好友会来参加。

这些人中就包括新上任的剧院经理阿曼德·蒙沙曼(Armand Moncharmin)和弗明·理查德(Firmin Richard)，前任两位经理跟这二位的交情之前并不深，这会儿却开始称兄道弟、勾肩搭背起来，互相吹捧巴结。客人们本想着今晚一定是漫长而冗杂的社交应酬，看到四位经理把气氛搞得如此活跃也都转而笑容满面，极力应付。整场宴会在愉悦融洽的气氛中顺利举行，各位来宾推杯换盏，欢声笑语好不热闹。一位政府官员代表发表了一段致辞，表扬歌剧院在两位老经理的带领下取得的丰硕成果，又鼓励新经理继承和发扬歌剧院的优良传统带领全体剧院工作人员，奋勇前行、再创新高！

随后，两位老经理和两位新任经理开始进行权力交接仪式，仪式是在那位政府官员的主持下进行的，狄比尼和波利尼把象征权力的两把小万能钥匙交给阿曼德·蒙沙曼和弗明·理查德，二人小心翼翼地接过钥匙、仔细端详。这一极具历史意义的一刻，各个都显得严肃而庄重，交接完成后四人会心地微笑了。话说这两把神奇的万能钥匙可以打开剧院大大小小上千个房间、地下室和仓库。这两把了不起的小钥匙让众人感到非常新奇，纷纷传递着观赏把玩。突然众人的目光聚集到桌子尽头，只见那一张奇形怪状，惨白而恐怖的面孔和一双空洞的眼眶又出现了，正是刚才被小雅姆看的那张骇人的脸。此刻，他就站在芭蕾舞女演员休息室的门口，小雅姆的惊叫声再度响起，叫声更是提高了几个音度。“魅影，他又来了！”这一次，没人理会她的大呼小叫。

魅影就坐在那里，不吃也不喝，也不讲话，他一个人怡然自得就仿佛剧院是他家一样，他还是穿着那身黑斗篷，尽力盖住全身上下，只露出半边令人惊悚作呕的死尸脸。众人还因喜悦而面带微笑的脸，此时都转过头不去看他，因为那张脸实在是太丑陋太恐怖了，盯着他看久了只会让人产生无限的死亡联想，晦气又恶心。没人敢像小雅姆一样口无遮拦地一次次大叫他“魅影！”

黑衣魅影还是一言不发就好像是空气一般，他周围的人根本不知道他是何时潜入到人群中来的，众人心想就算是死人复活和活人同坐一桌，他的脸也不会像魅影的脸那么吓人。在场的客人不知道发生了什么状况，这位黑衣人不请自来。人们纷纷猜测，阿曼德·蒙沙曼和弗明·理查德的朋友猜测这个魅影大概是狄比尼和波利尼的客人，而狄比尼和波利尼的朋友呢认为他来自蒙沙曼和理查德一方。

这样更让大家感到疑惑不解了，但也没人提出疑问，没人表达厌恶，没人开恶趣味的玩笑，他们担心任何一点不妥的小小举动都有可能惹怒眼前这位神秘黑衣来客。在座的客人有几位听说过关于魅影的传闻，还有几位亲耳听过约瑟·比凯的详细描述，但是他们都不知道布景师约瑟已死，毫无疑问他们一致猜测坐在桌子尽头的那个黑衣男子就是传言中的魅影。然而根据传闻描述的魅影，他的鼻子应该是一个窟窿，而现在看到的真正魅影却长着一只鼻子，不过那鼻子似乎是透明的。

多年以后，蒙沙曼在他的回忆录中写道："尖长、瘦削而透明，像利刃一样透着寒光。"就我看来，那一定是个假鼻子，也许因为反光，所以才显得他的鼻子成了透明的。借助当时的整形技术，对于五官天生有缺陷的人来说花钱造一只假鼻子也不是什么难事，几乎可以达到以假乱真的效果。

然而值得怀疑的是，那一晚不请自来坐到晚宴餐桌上的那位神秘黑衣男是否跟传闻中的魅影是同一个鬼呢？没人可以确定，没人可以给出一个明确答复。我再次赘述此事并非要求各位读者相信魅影有上天入地的本领可以无处不在，任意穿行；也并非试图让各位看客相信魅影这一事实的的确确存在。我只想强调，一切并非肉眼看到的那样简单透彻明了！

后来，蒙沙曼还在他的《剧院经理回忆录》里这样写道："现在每当我回想起当年那一夜，我无法将魅影和两位前任经理告诉我的秘密完全撇清关系。我实在难以忘记当年的情形，神秘到来的黑衣人士，狄比尼和波利尼先生小心谨慎的叮嘱。"

那晚，狄比尼和波利尼就坐在晚宴桌子的中间位子，还没有看见桌子尽头的那个黑衣人，突然听他开口说话了："芭蕾舞小演员们的猜测是对的，可怜的比凯肯定不是自杀那么简单。"

听到这话，狄比尼和波利尼大吃一惊："什么！约瑟·比凯他死了？"

"没错"，那个黑衣男抑或黑影平静地说道："他被发现吊死在地下室三楼、农庄布景和拉合尔王宫布景之间。"

两位老经理，或者说已经卸任的剧院经理听闻此言，忽地站起来，用一种无比诧异又憎恨的眼神看着面前的黑衣男，面部抽动，焦躁不安。比其他人听到约瑟上吊时所显露的情绪更加激烈，脸色刷地煞白，甚至白过面前的桌布。他俩互相对视，狄比尼跟蒙沙曼和理查德做了个手势，波利尼跟宾客耳语几句，四个人便欠身告退，相约去了经理办公室。

我们还是来看看蒙沙曼在后来的回忆录里是如何记载的吧。

狄比尼和波利尼看起来脸色非常差，情绪变得越来越不安，似乎有些话难以启齿。先是问我们是否认识坐在桌子尽头，告诉我们约瑟·比凯死讯的那位神秘男子。我们明确表态不认识，他们显得更加焦虑了。一会又去拿来两把本来交接给我们的万能钥匙，放在灯光下细细查看，一边看一遍叹息摇头。随后他们又告诫我们一定要做好保密工作，把剧院上上下下上千个房间、地下室和仓库的门锁换掉重配。回想当时他俩的紧张神情，真是又好笑又滑稽，我和理查德追问道，“难道剧院里有内贼么?”他们回答，“如果有贼还好说，关键是有鬼!”。听到这疯话，我俩笑得更厉害了。我们更加确定狄比尼和波利尼两位先生一定是完全沉浸在了魅影传闻的精神意淫中了。在他们再三请求下，我们勉强止住大笑，正襟危坐严肃端正，继续听他们讲故事。他们继续说道正是因为收到魅影的通告要求新上任的剧院经理和他和睦相处，完成他的一切可能性指示，他们才犹豫着告诉了我们这个秘密。现在，他俩终于可以离开剧院，摆脱魅影的控制了，心里顿感轻松与愉悦，才将秘密和盘托出。后来，当他俩听闻约瑟・比凯死讯时更加觉得秘密不公布不行，魅影简直是越来越嚣张了。只要谁不听他的掌控，他就叫谁死不瞑目。狄比尼和波利尼感觉在这最后一夜必须得告诉我们两位新任经理，好让我们提前有个心理提防。

当他们告诉我这一切匪夷所思的真相后，我特意打量了一下狄比尼，记得当年还是个学生的他，在校园里可算是个风云人物，调皮捣蛋聪明伶俐，总能一眼看透他人的心思和把戏。他从来不会放过任何一次可以进行恶作剧的机会，总是享受逗弄他人的乐趣，这一次显然他被魅影给耍了，他的脸色变得阴郁而凝重。因为约瑟・比凯之死实在是始料未及，是他接管剧院工作这么多年来的一次最大的耻辱。我们几个人说话，他只是点头，并没有插嘴，神情有些悲伤，似乎后悔当初接管剧院又似乎憎恨魅影搅和他的生意。我实在想不出更好的法子来逗他开心，只好模仿他们眉头紧锁的苦恼样子。结果我这一模仿，让在座的四个人全部笑得前仰后合。狄比尼和波利尼哈哈大笑说我们简直疯了。

玩笑开过头了也不好，这不理查德半严肃半嬉笑着问：“魅影到底想干嘛？”

波利尼起身去他的办公室里拿出了一本按年限排的《剧院管理守则备忘录》还有《剧院管理条例》，只见备忘录的卷首写道：“巴黎歌剧院的表演水准必须和国立音乐学院平齐，这是剧院规定第一条。剧院管理条款从第一条一直到第九十八条，剧院经理必须严格执行上述全部义务，如有违反则被剥夺剧院行政管理权力。”详细规定各种行政管理准则。除此之外，备忘录后面还附录四项具体剧院经理违反管理条例被取消管理特权的情形。波利尼拿出的这份管理守则和我们的一模一样，都是用黑色墨水写成，但是波利尼的那本上面在全文结尾处还有一行红色墨水条例，字迹歪歪斜斜，书写者似乎用了很大力气，仿佛是刚学写字的小学生蘸着火柴头在纸上随手涂鸦。这一项条款是加在四项剧院经理有可能被撤职的情形之后的，只见一个字一个字清楚地排列着：如果剧院经理必须按时发放剧院魅影每月 20000 法郎月薪（年薪 240000 法郎），每次最长不得延误两周。”

波利尼稍有迟疑地伸手指着最后这条我们始料未及的条款，但它就确实存在。

“这就是全部的条款吗？他没有提任何其他要求？”理查德冷静地问道。

“才不是呢。”波利尼回答。

然后，又见他翻开管理条例，找到剧院包厢特殊规定的那几项念道：“剧院几个贵宾包厢无论何时何场演出必须为国家总统和内阁大臣们无偿保留。”他一个个念出包厢号和对应的大人物。末了，又见一行红色墨水字体加在最后面：“剧院二楼第五号包厢，无论何时何场演出必须留给魅影专用。”

看到最后，我和理查德不由地站起身来，理解而热情地和两位前任经理握手，打趣他们竟然随时不忘古老法国优良的幽默传统，还让这种幽默精神体现在剧院管理条例中。理查德加了一句，他现在终于明白二位为何强烈要求辞去国家级音乐歌剧院的管理职位了，遇上这么一个不讲道理刁钻古怪的魅影，实在没法做下去了。

“您确实说到我心坎上去了。”波利尼头也没抬继续说道，“二十四万法郎又不是说来就来的，你们知道吗，让一个魅影免费享用二楼五号包厢不仅让我们亏本还要倒贴。这个魔鬼实在是狮子大开口，无法伺候，真是太可怕了！我们宁愿不干了！”

“就是！我们宁愿不干了！”狄比尼附和道：“让我们走了好了。”说罢正欲起身。理查德说道：“不管怎么说，我认为你们对这个魅影太仁慈了，要是换作我，我早叫巴黎警察署的人去把他逮捕起来了。”

“怎么抓？上哪抓？”他们齐声反驳道：“我们从没看到他的鬼影！”

“他不是必来二楼五号包厢吗？”

“我们从没在包厢看到过他。”

“那就把包厢卖了啊！”

“卖了魅影的包厢？你们胆大就试试看。”

于是，我们一起争论着走出办公室。我和理查德仍然禁不住大笑，从没像今天这样好笑过。

第四章　包厢疑云

阿曼德·蒙沙曼在任职这么多年间，洋洋洒洒记录了厚厚一本剧院回忆录，看着眼前这本凝聚蒙沙曼全部心血的回忆录，我不禁怀疑公务缠身又孜孜不倦著书立传的他是否有时间参与剧院其他管理工作？蒙沙曼是位能力过人的经理，他虽然不懂一个音符，却和国家艺术教育部部长相交甚好，而且他也涉猎社会新闻工作，赚取丰厚外快。此外，他极具社交才能，为自己培养了一群心腹同伴，在决定接管剧院时他就和弗明·理查德开始物色下一任接班人。

弗明·理查德是一位享有盛名的杰出作曲家，他谱写了一系列广受称赞的曲子，他本人几乎热爱一切形式的音乐作曲，对所有知名音乐家如数家珍。或许，这是作为一个像弗明·理查德这么成功的作曲家所必备的素质吧。他唯一的缺点就是他太有才了，还有一点点脾气暴躁。正如一家报社对他专访的描述一样，他是一位高大魁梧、眉目温和的，有着五十岁男人的深沉气质，嗓音温厚独具魅力，举手投足间散发着优雅、大气和得体。

弗明·理查德编奏和声独具技巧，本人也相当具有人文智慧。他的作品风格可用四个字总结“开阔壮丽”，他的作曲类型横跨室内曲、钢琴奏鸣曲、奏鸣曲和即兴奏鸣曲，他出版了一本厚厚的音乐集。这些音乐广受乐迷朋友热烈追捧。其中他的一首代表作《皮埃尔·库勒之死》还被国立音乐学院当作教学曲目演奏，充满历史风起云涌的大气磅礴之感，这种史诗风格是向弗明·理查德极为推崇的作曲家格拉克(Gerlach)看齐。他还欣赏比西尼(Bisini)、普契尼(Puccini)、梅耶比尔(Meyerbeer)、多米尼科·西马罗萨(Domenico Cimarosa)，还有奇才韦伯(Weber)，只有弗明·理查德才能理解并欣赏他的音乐才华。而德国作曲家瓦格纳(Wagner)①，理查德自认为是全法第一个也是唯一一个能和大师产生共鸣的人。

以上便是理查德的个人简述，可以得出结论：理查德是个可以和当代最伟大音乐家携手比肩的音乐巨人，和所有他推崇的音乐家惺惺相惜。不过，他的性格有些急躁，总体而言还算是独具魅力。

上任头几天，二位经理还沉浸在接管剧院行政管理权力的兴奋之中，为剧院美轮美奂的建筑风格陶醉不已，把剧院闹鬼的事情忘到脑后了直到一次突发事件发生，他们才相信狄比尼和波利尼的忠告并不仅仅是玩笑。

一天早晨，弗明·理查德十一点钟赶到办公室时，助理瑞米交给他一打信件，上面注明“私人信件”所以秘书并未拆

① 这些人均是当时知名作曲家、歌剧家。——译者注

封。这打信件中的其中一封一下子吸引了理查德的注意，不仅是信封寄件用红色墨水笔标出，而且写信人的字迹他记得好像在哪里见过。理查德一下子就想起了，那天在前任经理办公室里谈话时在蒙沙曼的剧院管理条例上看到过，那孩童般拙劣的红色字迹让人过目难忘。他拆开信阅读起来：

尊敬的经理先生：

抱歉耽误您宝贵的时间阅读我的信件，我深知您最近非常忙碌，处理剧院人事调动、工作分配等等繁杂事务。我很明白管理一个庞大的剧院并非易事，既需要对歌剧专业知识在行，又需要极强的行政管理能力，事无巨细面面俱到。只有像您这样具有绝对号召力和权威的人才可以将这份工作做到尽善尽美，您让我感到无比佩服。希望您原谅我在这个时候打扰您，我已获知您对卡洛塔、索瑞丽、小雅姆这些姿色平庸、才能一般的人所做出的人事安排。当然，话说到这里，您一定知道我想要表达什么意思，我并非想要贬低这些演员。但是，据我所知拉·卡洛塔唱歌毫无起伏，平淡无味就像漏水的喷头一样，像她这样的歌手只适合在“表演者(Coachbuilders)”“雅克金(Cafe Jacquin)”[①]这类的街边咖啡馆里卖唱；而索瑞丽就像汽车流水线上的零部件一样机械呆板，舞蹈跳来跳去就那么几个动作；小雅姆就更别说了，完全是个乳臭未干的小丫头，鲁莽冲撞得像只狂奔突进的牛犊。我想说全剧院上下就只有克莉丝汀·戴伊上得了台面，她的天赋众人都看在眼里，无奈遭人嫉妒被禁止出演所有重要角色。作为剧院经理，您不觉得这样埋没一位极具才华的少女不有

---

① 表演者、雅克金都是当时巴黎的几个街边小酒馆，多为下层人民聚集场所。——译者注

失公允吗？无论如何，您负责管理剧院大大小小的事物，我希望克莉丝汀·戴伊被赶出剧院之前能再次登台献唱西尔贝，自从上次她扮演的玛格丽塔引起巨大轰动之后，我就再也没看到她出场过了。

此外，我希望您今晚不要把本属于我的五号包厢租给其他人，今后也不要租出去。我几乎无法克制我的愤怒和惊讶，当我赶到剧院五号包厢时竟然发现里面坐着其他观众，在此信落笔之际我希望您可以听取我的抗议，遵循我的特殊要求。

之前我一直没有提出抗议是因为首先我不喜欢引起冲突，其次，我以为我的老朋友狄比尼先生和波利尼先生在离职前因为忙碌忘记告诉您我的一些小习惯。当我向两位前任经理写信要求解释时，他们告诉我走之前已详细交代您我和他们签的规章守则。这样看来，您是有意蔑视我的习惯了。如果您还希望任职期间大家和睦相处的话，麻烦立刻归还属于我的五号包厢。

相信我吧，尊敬的经理先生，请别介意我的一些小小观察，谢谢配合。

最后，感谢您对我的关照，鄙人愿意随时为您效劳。

信的结尾还有附有几行从讽刺滑稽剧上截取下来的痛苦章节。只见写道：

歌剧魅影——理查德和蒙沙曼二位没有理由不遵守——我们走之前已把剧院管理备忘录交给新任经理。

此致！

结尾是歌剧魅影(O. G)姓名法文缩写。

弗明·理查德信快要看完的时候，蒙沙曼推门而入，只见他手里高举一封一模一样的信件，两人你看看我，我看看你，不约而同大笑起来。

“他们可真会开玩笑!”理查德说道:“这个玩笑一点也不过瘾!”

“可是,他们到底想要干嘛啊?”蒙沙曼很疑惑“难道他们想凭借自己曾经担任过剧院经理就想享有永久使用剧院包厢的特权吗?”

他俩坚持认为,这两份一模一样的信件一定是前任经理跟他们开的玩笑,目的是索要免费的剧院包厢供他们私人享用。

“我真是受不了这样被他们耍了!”弗明·理查德已经有点生气了。

“他们也并非恶意”蒙沙曼劝道。

“他们到底想要什么?难道就是区区一个剧院包厢吗?至于这样吗?”

于是,弗明·理查德吩咐他的助理暂停租出二楼五号包厢,把剧院的戏票留给狄比尼和波利尼。二楼五号包厢果真没有出租,助理带着两张戏票前往前任经理住处。狄比尼住在斯克利布街和卡皮西纳大道(Capucines)交汇的角落;波利尼则住在奥柏街(Rue Auber)①署名为歌剧魅影的信件正是从卡皮西纳大道上的邮局里发出去的,几天之后蒙沙曼再次查看信件发现了这一点。

“真受不了他们了。”理查德抱怨道。

二人无奈地耸耸肩,为两位前任在这么大把年纪还开这

① 奥柏街:围绕坐落于巴黎第九区歌剧院广场的一条大街,歌剧院广场是一个广场,周围放射出意大利大道、嘉布遣大道、歌剧院大街、奥柏街、哈莱维街、和平街等。广场以同时修建的巴黎歌剧院而得名。广场周边建筑都是拿破仑三世时期奥斯曼男爵改造巴黎宏伟计划的一部分。——译者注

样幼稚无聊的玩笑感到不齿。

“就算是开玩笑，也起码也该对自己以前手下的员工有最基本的尊重吧!”蒙沙曼说道：“你看看这说的是什么话，怎么可以这样评价卡洛塔、索瑞丽和小雅姆。再怎么说，这些演员也曾为他们忠心耿耿地效劳过啊。”

“我看啊，这完全是无中生有的嫉妒！竟然还花钱去《剧院评论》上去登广告，真是闲的没事做了哟!”

“不过，他们似乎看起来对那个小克莉丝汀·戴伊非常感兴趣啊。”蒙沙曼说道。

“哎，谁都知道她模样乖巧讨人喜欢啊!”理查德回答。

“名气是有，要是肚里没有货名气也维持不了多久,”蒙沙曼又自嘲道：“你看像我这样对音符一窍不通的人竟然还被外面冠名为音乐大师!”

“别担心，我知道您没权享有这样的名声就行了!”理查德风趣地回应道。随后，他便吩咐门卫让那些等候在外，在走道上来回踱步的青年艺术家们请进来。这些人期待着门打开的一刹那，被门内的人相中，从而给他们带来名气、金钱、荣耀和地位，当然也得随时做好被淘汰和失业的心理准备。

这一整天，他们都在谈判、修改、续约或修改合同条例，一直从早上忙到晚上。累得两位经理筋疲力尽早早地上床歇息了，根本无心兼顾两位前任经理是否如期到访五号包厢，是否对今晚的演出满意。自从新任经理上任以来，剧院每场演出不断，即使剧院正在整修部分建筑，却也丝毫不影响每晚的演出。

次日清晨，理查德和蒙沙曼醒来便发现又有新的信件，这是一封感谢信，还是署名为歌剧魅影，信中写道：

尊敬的经理先生：

感谢你们的合作！让我度过了一个愉快的夜晚！戴伊的歌喉非常动听，合唱部分简直可以唤醒沉睡的心灵；卡洛塔的表演依旧平淡无奇，没有什么进步。下面我该谈谈我的薪资问题了，你们应该按照合约付我二十四万法郎的年薪，准确数字是二十三万三千四百二十四法郎，狄比尼和波利尼已经支付了我六七五百七十五法郎，相当于我十天的薪水。请在本月十号晚之前将全部薪水支付给我。

此致！

歌剧魅影。

除此之外，还有一封来自狄比尼和波利尼的信件：

各位先生们：

感谢二位对我诚挚建议的采纳，希望二位能理解对于像我们这样把毕生心血贡献给剧院建设的退休经理而言，如能再次欣赏《浮士德》歌剧将是莫大的庆幸。然而，我们深知二楼五号是留给“他”的，任何人都无权侵占。我记得那一天我们还在一起讨论过关于剧院管理的相关条例，请参照管理条例第九十八条最后一段。接受并执行他们吧，先生们。

“呵！这两个神经病真够讨厌的！”理查德满脸愠色，生气地说道还一把扯过他们的信件撕成碎片了。

当晚，五号包厢就给租出去了。

第二天两位经理一进办公室，就看到检查员的一封报告书躺在桌子上，报告详细描述了昨晚发生在五号包厢的事件，以下我只摘取报告的部分内容：

今晚，我曾不得不两次呼叫剧场保安前往二楼五号包厢帮忙，想把占用者赶出去。第一次是在第二幕演出开始的时候，第二次是在第二幕演出中途。占用者是在第二幕演出开始时进入五号包厢的，一进去他们就疯疯癫癫地大笑，还大声嚷嚷说些乱七八糟的话，这严重影响其他观看演出的剧院观众。人们纷纷指责："闭嘴！"整个剧院恨不得都开始抗议了，包厢管理员还特意过来请他们出去。于是我亲自前往包厢，当我走进时，我发现这些人像中了邪一样直说胡话。我严厉警告他们：要是继续这样扰乱剧院秩序，我会直接把他们扔出去。说完，我就出去了，可是我刚一出门，他们又开始大声说笑，人们抗议声再起。不得已，我只好带上一名剧院保安再次去五号包厢，把那几个人闹事者拎了出来。他们一边放肆地笑道，一边要求我们退还订票的钱，否则他们决不罢休。一番交涉后，他们终于安静了，可是没想到没一会儿工夫他们又开始装疯卖傻了。这一次把我们彻底惹火了，于是我们毫不客气地把他们丢了出去。

"瑞米，去把检查员请过来。"理查冲他的助理叫道。秘书已经阅读过报告，还在重要位子加上蓝色记号。

秘书瑞米早已料到经理会召见检查员，此时已经把检查员请了过来。秘书瑞米是个年约二十四岁的年轻小伙子，蓄着小胡子，为人谨慎衣着整洁。新经理上任以来，他一直谨小慎微，每天必穿着那身黑色西服，在经理面前毕恭毕敬听候差遣。他的薪水由经理直接发放，年薪两千四百法郎，具体工作琐碎而细致，包括端茶倒水、读报回信、发放戏票、安排接待、沟通协调演员请假等等。不过，他的主要工作是围绕经理办公室，因为他并未正式被纳入人员编制，所以任何一点失误都有可能害自己失业，所以做事更加周全小心。

"告诉我，到底怎么回事？"理查德满脸怒气问道。

检查员开始结结巴巴地回答，几乎是把报告给背了一遍。

"既然这样，那群闹事者究竟在笑什么？"理查德又追问道。

“依我看来，他们一定是吃饱了没事干，故意来看戏消遣取乐捣乱的。我听包厢管理员说他们走进去又跑出来，管理员问他们需要什么东西吗。他们说：‘看看这个包厢，可以肯定里面没人吧?’管理员确认没人。他们又不依不饶地说：‘那就怪了，刚才我们进去时，从里面传来一个声音说这个包厢已经被包下了!’”

蒙沙曼看了理查德一眼几乎又要笑出声来，而此时理查德脸色很不好，他已经被这个从一开始一直到现在还在持续的玩笑给彻底激怒了，他心想两位前任经理真是过分，玩笑开一会儿就该收场了，到现在还这样，真是无理取闹。检查员见蒙沙曼经理笑得乐呵呵的，为了讨好，自己也开始咧嘴笑起来。这一笑可真是火上浇油！理查德狠狠地瞪了他一眼，检查员惊慌失措立马收回了还挂在嘴边的笑容。

理查德大声咆哮：“这群是非之徒走进包厢前，里面到底有没有人!?”

“没有！先生，绝对没有人，包厢上上下下、左左右右都没人！我对天发誓，先生，这肯定是个恶作剧。”

“呵，你也同意了么？你同意么！你也赞同这是个恶作剧？你还认为这个恶作剧很搞笑，是不是?”理查德气急败坏的说。

“我觉得一点也不搞笑，先生。”

“那个包厢管理员怎么说?”

“噢！他就一个劲儿地说是剧院的那个幽灵，就是他!”说完检查员又咧嘴笑道，但立马意识这一笑更糟了，理查德的脸色由阴沉变成暴怒。

“去把包厢管理员给我喊过来！现在！马上！叫到我面前！你们所有人给我出去!”理查德大声吼叫。

检查员本想再说句话，理查德一吼“闭嘴”于是他又把话咽了下去。而当这位可怜巴巴的下属不敢再说话时，经理又斥问他：“究竟是何人在装神弄鬼，剧院的幽灵，此人是谁？”

然而，可怜的检查员早已吓得说不出话来，他语无伦次胡乱而绝望地比画着手势，想表明自己一无所知，又或者他根本就不想知道。

“你见过他吗？你见过那个幽灵没有？”

“没有，绝对没有！”检查员极力否认，连连摇头，脑袋晃得像个拨浪鼓。

“非常好！”理查德冷冷地说道。

检查员两眼圆睁，眼珠都快要爆出来了，他不知道经理说“非常好”三个字是什么意思，不过他心里已有最坏的预兆。

理查德一眼看透检查员的心理活动，不紧不慢地说道：“因为，我正要找那些根本没见过幽灵却成天起哄造谣的人算总账！既然你们都说幽灵无处不在，就该抓过来让我看看。我不需要一群吃白饭嚼舌头的人，雇佣你们就是要老老实实勤勤恳恳地做事。”说这话时，理查德根本没有正眼看检查员一眼。

第五章 包厢疑云补记

说完这些，理查德看都没看一眼检查员，转而又和刚走进办公室的执行经理开始讨论起其他事物起来了。检查员以为没他的事了，就蹑手蹑脚地准备走出去。结果理查德大吼一声："给我站住!"，检查员吓得一动也不敢动。

瑞米马上去把包厢管理员给喊过来了，这个管理员也在剧院附近的普罗旺斯大街(Rue de Provence)①给别人当看门人，听到经理助理一喊她马上就来了。

"你的名字是?"经理问道。

---

① 普罗旺斯大街：是巴黎第八区和第九区的一条街道，始于蒙马特市郊路(Rue du Faubourg-Montmartre)，止于罗马路(Rue de Rome)。只有哈佛路(Rue du Havre)以西的一小段属于巴黎第八区。1770 年 12 月，银行家让约瑟夫拉博德(Jean-Joseph de Laborde)获得土地专营权。该路得名于路易十六的兄弟普罗旺斯伯爵路易・斯坦尼斯瓦夫・塞维尔(Louis-Stanislas-Xavier)，即后来的法国国王路易十八。——译者注

“先生，叫我吉莉太太吧。您一定知道我吧，我就是小吉莉、小梅格的妈妈呀！”

吉莉太太语气坚定又自信，就好像认定剧院经理一定认识她一样。理查德被这种不知哪儿来的自信给逗乐了，于是上下扫视了一遍她。只见她穿着塔夫绸（Taffeta）①老裙子，裙布脏旧而破败，脚上一双旧鞋子早已磨破，肩上搭着一块褪色的旧披肩，头上还顶着一顶黑漆漆的软帽。很显然，经理先生根本不认识或者根本不记得什么吉莉太太，更别说她的女儿小吉莉、小梅格什么的了！而老吉莉夫人那语气就好像所有人都必须认识她一样。以至于这段趣事后来传遍了整个剧院，人们插科打诨时总爱拿她取笑，例如某个演员责备她的同事嚼舌根时总来一句：“真是个老吉莉！”

“真抱歉，我不认识你！”经理没好气地说道。“不过，吉莉太太，麻烦你告诉我昨晚在五号包厢究竟发生了什么，竟然劳你动用检查员和剧院保安？”

“是这样的先生，我正要去找您说说这件事情呢！希望您不要像狄比尼和波利尼先生那样不愉快，他们根本听不进去我的话。”

“我不是问你这些，我是问你昨晚五号包厢到底发生了什么！”

一看到经理用这种语气吼她，吉莉太太脸都气紫了，在剧院工作这么多年来，这还是头一回被人当众吼叫。她也不客气了，站起身来准备摔门而出，摆弄裙摆，用手掸掸漆黑

---

① 塔夫绸：英文 taffeta 的译音，含有平纹织物之意。又称塔夫绢，是一种以平纹组织制织的熟织高档丝织品。经纱采用复捻熟丝，纬丝采用并合单捻熟丝，以平纹组织为地，织品密度大，是绸类织品中最紧密的一个品种。——译者注

软帽上的装饰羽毛，模样高傲而做作。随后，她似乎又想到了什么，于是改变主意，重新坐到位子上。回敬经理一句："那我就告诉您真相吧，歌剧魅影再次被激怒了！"

理查德听到她又提到了歌剧魅影，气不打一处来，眼看就要爆发了，幸亏蒙沙曼及时劝住。蒙沙曼继续问了吉莉太太一些问题，不过这些问题在她看来都是再平常不过的了。只要是五号包厢里发出声音又看不到人影，那绝对是歌剧魅影在里面，这在剧院里早已是公开的秘密。她无法解释这种现象，但是她每次都会为魅影服务，没有人看得见他，但所有人都能听到他的声音。吉莉太太的话很可靠，大家都愿意相信他，包括已经离任的狄比尼和波利尼二位先生，以及伊西多尔·赛克(Isidore Saack)，一个被魅影打断了腿的人。

"你说什么?"蒙沙曼很是吃惊，"你说，可怜的伊西多尔·赛克被魅影打断了腿?"

吉莉太太双眼睁得老圆，显得比蒙沙曼还要吃惊，她惊讶竟然还有人不知道这件事。随后，她认为是时候有必要好好给两位新上任的经理传播一下剧院上上下下都知道的各类事件了。事情是这样的，在狄比尼和波利尼还在任时，同样是在五号包厢，同样是在上演《浮士德》。吉莉太太清了清嗓子，仿佛歌剧女伶即将登台献唱古洛大师的乐章，只听她开口讲到：

"是这样的，先生。那晚，马涅拉先生(M. Maniera)和他的夫人一起坐在包厢前面，他们是穆嘉多尔大街(Rue Mogador)①的珠宝商，他们身后坐着好友伊西多尔·赛克，三

① 穆嘉多尔大街：巴黎市区的一条大街。——译者注

人正在观看演出。正值魔鬼梅菲斯特(Mephistopheles)①唱到，吉莉太太在讲到这个的时候也开始唱起来：‘啊，卡塔琳娜(Catarina)，你睡觉时也在玩耍……’突然马涅拉先生听到右耳边传来几声大笑‘哈哈！哈哈！朱丽根本就没有玩耍！’，正巧他的妻子小名也叫朱丽(Julie)，此时他的妻子正坐在自己左边，而他的朋友正如上面说到的，坐在他们后面。马涅拉先生感到无比奇怪，不知道刚才那个声音是从哪发出来的。他使劲揪了下自己耳朵，喃喃自语：‘难道是我做梦?’台上的梅菲斯特还在继续唱他的小夜曲……噢！先生们，你们是否感到有点无聊呢?”

“没有，没有，你继续……”

“哎呀，你们真是太好了!”吉莉太太露出谄媚的笑，又接着讲到：梅菲斯特继续他的小夜曲，当然此时我们的吉莉太太也学者吟唱到：“亲爱的美人儿，为何不施舍给我你的一个吻，好让我享受这莫大的福佑?”这时，马涅拉又听到那个声音在右耳边响起：“哈！哈！朱丽可不能拒绝伊西多尔的热吻!”马涅拉立马转过头去，你猜他看到了什么？只见好友伊西多尔正从身后握住他夫人的手，隔着手套的白纱手套贪婪地吻个不停。说着，吉莉太太又开始示范起来。你们肯定猜到随后发生什么了吧，只见高大强壮的马涅拉先生(就跟您一样理查德先生)站起来就给了伊西多尔两大巴掌“啪！啪!”两声又响又亮。伊西多尔身材又小又矮，和您差不多(吉莉太太又望向蒙沙曼)剧院内顿时一片骚动，人们大声惊呼：“快止住他们！他会杀了他!”伊西多尔自觉理亏，吓得四处逃窜。

---

① 魔鬼梅菲斯特：中世纪魔法师之神，歌德著作《浮士德》中与德国博士浮士德订约的魔神。——译者注

“照你这么说，伊西多尔不是被魅影打断腿的?”蒙沙曼语气有点恼怒，自己的身材被吉莉太太那样描述。

“不，先生，确实是魅影打断的!”吉莉太太十足肯定地说道，她也听出了蒙沙曼有些生气。“他在他逃下楼梯口时被魅影打折了他的腿，伊西多尔整个人从楼梯上滚下去了，可怜的人儿啊！他那双腿恐怕得好久才能复原了。”

“那魅影有没有告诉你他在马涅拉先生右耳边说了些什么呢?”蒙沙曼以一个剧院经理的姿态，一脸严肃地问道。

“不，先生，这是马涅拉先生告诉我的。因此……”

“但是你也经常和魅影打交道啊，我亲爱的女士。”

“对，亲爱的经理先生，就像我们现在说话一样。”

“那么，魅影什么时候跟你说过话呢？都说了些什么?”

“哦，他告诉我给他带一张小脚凳。”

听到这话，理查德哈哈大笑起来，蒙沙曼和秘书瑞米也是。只有检查员吸取刚才的教训，很用力地憋住没笑。

吉莉太太似乎表现得很谨慎，既不敢放声大笑又不敢随便瞎说。

转而，她愤怒地大叫起来：“你们最好按照波利尼先生交代的那样做，他知道一切。”

“哦？说来听听，他都知道些什么?”蒙沙曼觉得有些可笑。

“看这里!”吉莉太太又开始描述到，那时他们正在演出《犹太女郎》(La Juive)①剧目(吉莉太太又换上了一副严肃的

---

① 《犹太女郎》：《犹太女郎》创作于1835年，五幕歌剧，由斯克里伯编剧，法国大歌剧作曲家阿莱维谱曲，1835年2月23日在巴黎歌剧院首次公演。演出非常成功，几十年来一直是巴黎歌剧季中不可或缺的特色剧。——译者注

神情)波利尼先生想要独自享用魅影专用的五号包厢。那时，利奥波德(Leopold)正唱到“让我们远走高飞吧!”然后以利亚撒(Eleazer)打断他们“你们往哪儿飞?”我在另一个包厢的后面看到波利尼先生，只见他站起身迅速地走出来，就像一句雕塑面无表情，照以前我会像以利亚撒样跟他打招呼:“您去哪儿?”，那次他急匆匆地走下楼梯，看都没看我一眼，我目送他下楼，安全无事，完全没有摔断腿。

“行了，行了！你不用唱给我们听……”蒙沙曼有点不耐烦。

吉莉太太可不领情，继续唱到:“让我们远走高飞，无论天涯海角，让我们红尘做伴，不离不弃!”

“然后呢，快讲重点，到现在我们还不知道魅影是怎样向你要小脚凳的呢!”蒙沙曼为吉莉太太的拖拉不清弄得很烦。

吉莉太太只好又讲到:“我就那样看着他从楼梯口一直往外走，像梦游一般，跌跌撞撞，按说平时他对剧院的各个通道可是清清楚楚的啊！”

“一个魅影向你要脚凳？那一定是个女魅影吧!”

“不，是位男士。”

“那你又是怎么知道的呢?”

“他是男人嗓音啊！多么温柔而动听的嗓音啊，就是这样，他每次都会在演出中场赶到剧院，走到五号包厢门口，在门上轻叩三下，声音短促而干脆。第一次听到这短促敲门声时，我又惊又怕，吓得两腿发软。我打开门，侧耳倾听、四处张望，空无一人。突然响起一个声音对我说道:‘儒勒夫人(Mme. Jules)(我丈夫生前就叫儒勒)请给我一张小脚凳，可以吗？不瞒您说，我当时早已被吓得魂飞魄散。那个声音还在继续:‘儒勒夫人，您不用害怕，我就是歌剧魅影!’那声音无比温柔而友好，我后来倒不觉得怎么害怕了。循着说话人的声音，我四处查看，发现声音是从五号包厢右边前排的角落里传出来的。”

“五号包厢右边前排的角落里有人吗?”蒙沙曼好奇地问道。

“完全没人。七号包厢和左边的三号包厢都是空的，演出幕布刚刚被拉上去。”

“那你做了什么呢?”

“于是，我按照吩咐去给他拿了一个小脚凳，显然那个板凳不是给他自己用的，而是给他的女友！但是我从未看到过她，也没听见过她说话。”

“呃？什么？你说魅影现在结婚了!”两位经理齐刷刷地盯着吉莉太太，转瞬又扫向站在她身后的检查员，只见他正对着经理比画，用手指着自己额头，向他们暗示吉莉太太大脑有毛病。一出默剧正在办公室悄悄上演，检查员自以为他的暗示很到位让二位经理很满意，实则理查德正在心里盘算着要整改剧院人事岗位，清理像检查员这样滑稽的小丑。吉莉太太还在兴奋地描述那个魅影，言语间满是称赞。

“哎呀！他出手可真是大方啊!”吉莉太太夸张地说道。

“每次演出结束，他总会给我两块法郎、有时七块，有时候甚至给我十块法郎，特别是当他隔一段时间没来，再来时会给我更多小费。不过，一旦有人打搅他时，他就一毛钱也不给我了。”

“抱歉，亲爱的女士……”蒙沙曼插话道。一听这么尊敬的称呼，吉莉太太喜不自胜，用手不自觉地掠了下帽檐上耷拉着的羽毛。

“冒昧问一下，请问他是如何递给你小费的呢?”蒙沙曼穷追不舍。

“他会把钱放在包厢的小架子上的节目单里，就是每次他来了我递给他的那本。某些时候，我还会在包厢地上看到一两朵小玫瑰花，大概是从他女友裙子上掉落的吧，他有时会带女友一起过来。有一次，我还在包厢捡到他们遗落的扇子呢。”

“噢！魅影把扇子掉在包厢了啊？那你是如何处理的呢?”

“我只好第二天晚上帮他带去包厢了啊。”

“你违反了剧院管理规则，我要惩罚你！吉莉太太。”一直站在她身后的检查员突然说道。

“给我闭嘴，你个蠢驴!”弗明·理查德大声呵斥。

“你把扇子放回原处，然后呢?”

“随后他们取走了扇子，先生。演出一结束，我就发现他们随同扇子一起不见了。放扇子的地方放着一盒我非常爱吃的英国甜点。真是个可爱又善良的幽灵啊!”

“好了，我明白了，吉莉太太，你回去吧。”

于是，吉莉太太弓着身子推出去，脸上还带着她那一贯的高贵骄傲。吉莉一离开，两位经理便告诉那个检查员他们已经决定辞退他了，检查员只好悻悻离开，他前脚刚走，经理们马上吩咐行政经理，要他马上补齐检查员的薪水然后辞退。办公室只剩下蒙沙曼和理查德两人了，他俩琢磨着一定要亲自去五号包厢一探究竟。

第六章　魔力小提琴

克莉丝汀·戴伊在那天晚上一炮走红之后再度沉寂，关于这中间的曲折离奇，我稍后会做详细叙述。在那晚盛大空前的演出后，克莉丝汀又被邀请前往苏黎世公爵夫人(Duchess de Zurich)家献唱，不过自那以后她就再也没有在公众场合现身了。后来她还被邀请前往一场慈善募款音乐会现场去演出，不过被她毫无理由地婉拒了。她所表现出来的种种状态就好像她自己无法主宰自己的演出事务一样，并且畏惧去开拓新的成功机遇。

克莉丝汀·戴伊确实是个才华横溢的女歌手，她扮演的奥菲莉亚(Ophelia)①清丽脱俗，极好地诠释了这个悲剧角色，

---

① 奥菲莉亚：莎士比亚的四大悲剧之一《哈姆雷特》中哈姆雷特的未婚妻。因不堪王子的出走与父亲之死而精神失常，终日四处游荡，采花、歌唱。某日当她想把花冠戴上枝梢时，身下的树枝断了，不慎落入河中溺水而亡。——译者注

就好像莎翁复活亲自指导她一样；她头戴王冠灿若星辰，要是莫扎特在世也会被她的歌声所折服。在演出《魔力小提琴》(The Enchanted Violin)时，她宛如云雀的嘹亮嗓音像一股清泉潺潺流淌，深深地流入了观众心里。克莉丝汀的成功是与生俱来的独特才华加上一次伟大的机遇，让她从一个巴黎外省穷困偏远的乡村小女孩摇身一变成为恢宏壮丽的巴黎歌剧院的当红花旦。

她深知沙尼伯爵为了满足弟弟对她的爱慕之心，暗中要求理查德经理给她增加演出剧目。然而，她却写信婉言谢绝了伯爵对她的特殊照顾。她为何要这么做呢？有人认为她这是清高孤傲，不屑一顾；也有人认为她是为人淡泊，与世无争。在我看来，她所有的症结概括起来就是“畏惧”二字，她害怕重现当晚的情形。在我这里一直保存着克莉丝汀的一封私人手稿(后来被波斯人收藏)，手稿内容正好记载的是那个时期女歌手的心理活动，从中我可以深深体会到一位年轻少女的所特有的恐惧、困惑和忧虑。

这个可怜的姑娘这样写道：“有时候我真搞不懂自己，当我演唱的时候我根本就不知道自己是谁!”

她把自己隐藏起来，拒绝沙尼子爵的见面请求。而子爵不断地写信向她倾诉衷肠，请求拜访或者通话，却只等来冷冰冰的拒绝。一天清晨，克莉丝汀给他写了封短信，这让陷入苦恋的子爵欣喜若狂。

先生：

今天，我感到我必须给你写这封信。还记得我们小时候朝夕相处、形影不离，你为我跳入大海捡回我的丝巾那件事吗？我永远不会忘记。我们曾经在乡村教堂的小山坡下快乐嬉戏，在乡村的小路边追逐奔跑，直到我们长大了，在村边互道珍重，就此别离。你还记得我的父亲吧，他生前非常喜爱你，常常跟我提起你。明天就是他的周年忌日，我得回沛洛斯(Perros)小镇去祭拜我的父亲。在他去世那天，我们把他和他挚爱的小提琴一起葬在教堂小山坡下，就在我们曾经玩耍过的地方。

一读完这封短信，沙尼子爵立马找出火车发车表，赶忙换上衣服，写了个便条托付给男仆交给哥哥，跳进一辆出租马车，匆匆赶往蒙帕纳斯站(Gare Montparnasse)，结果还是错过了刚刚出发的早班车，拉奥失魂落魄地在附近游荡到晚上，直到坐进布列塔尼(Brittany)①快车的包厢位子他才稍稍高兴起来。在火车行驶的漆黑夜晚，他拿出克莉丝汀·戴伊的那封短信一遍又一遍的阅读，轻嗅信纸散发出的甜美芳香，回忆童年的种种快乐时光，又是微笑又是心跳，兴奋地无法入睡。后来勉强睡着，梦里又出现克莉丝汀的身影，在晨光熹微中对他甜美地微笑。破晓时分，列车终于颠簸着到了拉利昂(Lannion)，下车后他赶紧搭车赶往沛洛斯镇，车上只有他一个乘客，马车夫告诉他前天晚上有位巴黎来的年轻女士也搭过他的车去沛洛斯，下榻在“日落客栈”(Setting Sun)。一听到车夫的描述，拉奥内心无比激动，几乎确定那就是自己朝思暮想的克莉丝汀。他迫不及待地要见到她，当面诉说他的思念与爱慕，他爱她爱得快要发疯了。

这个青涩的大男孩，虽曾翱翔海洋，驰骋北极圈，但内心仍然柔软多情得像初生的雏鸟。随着马车离那个小村庄越

---

① 布列塔尼：布列塔尼(布列塔尼语：Breizh，法文：Bretagne，威尔士语：Llydaw)是法国的一个大区，位于法国西北部的布列塔尼半岛，英吉利海峡和比斯开湾之间。首府是雷恩。——译者注

来越近，他的心越来越紧张，大脑被回忆填满，满是当年那个会唱瑞典语童谣的小女孩，她的身世背景对很多人来说仍是个谜。

从前，在瑞典东南方一个叫乌普萨拉(Upsala)①的小集镇上住着一户农民。这户人家勤劳朴实，务农劳作，周日就去教堂唱赞美诗。夫妻俩只有一个小女儿，在她还不会拿笔写字的时候就教她辨认乐谱。戴伊的父亲是一位伟大的音乐家，然而他自己却没有意识到这一点，他拉奏的小提琴曲远近闻名，被公认为斯堪的纳维亚半岛(Scandinavia)上最伟大的乡村小提琴音乐家，谁家操办喜事都爱邀请他去演奏。小戴伊六岁那年，母亲去世，一心放在女儿和音乐事业上的父亲卖掉田地带上女儿去乌普萨拉城碰运气，希望能一举成名，结果命运弄人，他变得一贫如洗。

老戴伊只好带着女儿返回乡村，从一个集市流落到另一个集市，演奏斯堪的纳维亚古老歌谣，而他的小女儿总是紧紧跟在父亲身后，开心地聆听父亲的演奏有时还会跟着哼唱。直到有一天，在利比集市(Ljimby Fair)上，瓦勒留斯教授(Professor Valerius)偶然听到他们的演奏，大为震动，当即决定带他们去哥德堡(Gothenburg)②。教授不住地夸赞老戴伊是当今世上真正意义上的小提琴家，他的女儿是不可多得的天才艺术儿童。在教授的资助下，克莉丝汀被送往音乐学

---

① 乌普萨拉(瑞典语：Uppsala，以前也叫作 Upsala)是瑞典中部的一座城市，位于首都斯德哥尔摩北面，相距约 70 千米。它是瑞典的第四大城市。——译者注

② 哥德堡(瑞典语：Göteborg)是瑞典的第二大城市，仅次于首都斯德哥尔摩。哥德堡近邻瑞典与挪威的边界，也是瑞典经济最发达的城市之一。——译者注

院接受全面的指导和培训，女孩一天天长成了一位水灵灵的少女，她走到哪都能引起不小的喧哗和骚动。人们纷纷称赞她的举止是多么优雅，歌声是多么清澈，而此时她的音乐素养也得到了火速提升。不久，瓦勒留斯夫妇准备移居法国，带上戴伊父女一起前往。瓦勒留斯夫人简直把克莉丝汀当亲生女儿般疼爱，对她百般爱护，悉心栽培。到了巴黎后，老戴伊患上严重的思乡病，终日闭门不出，用小提琴来抚慰内心对故乡的思念和对往事的哀思。

有好几次。瓦勒留斯夫人偶然路过，听到他们悠扬动听的小提琴声在院子里低回流转，如泣如诉，便会情不自禁地落泪悲叹，然后踮起脚尖走上楼梯，其实她也无比思念斯堪的纳维亚半岛上的故乡，思念那里的蓝天白云。

又过了一年，时值酷夏。教授协同戴伊父女举家前往位于布列敦的沛洛斯小镇度假。老戴伊在这里重新找到了活力，宣称爱上了这片蔚蓝的大海，他常说这里的海蓝得跟故乡的海水一样。他时常静静地站在大海边，眺望远方，拉奏催泪的小提琴曲。据他说，他的演奏让大海都沉默不语，海浪平息，万物一片静寂。之后，他又说服瓦勒留斯夫人接受他的一个奇思妙想，那就是像以前一样带着女儿四处卖唱，参加各种乡村朝圣典礼、歌舞派对或者红白喜事。

于是，日子又像以前一样，父亲带着女儿走村串巷，把美妙的音乐带到四方八里，有时他们用音乐跟农户换取谷仓住宿，父女俩紧紧依偎着干草堆，即使有小旅馆也不愿去。白天，他们穿得光鲜亮丽，既不要别人的金钱，也不接受捐赠。人们搞不懂这个看似粗野的乡村小提琴手究竟想干啥，每天带着这样一个美丽可人的小女孩四处游走，小女孩的声音像天使一样唱了一路，让大家以为仿佛真的有天使降落人间。父女俩走到哪，都有一大群村民跟在后面，跑过一村又一村。

直到有一天，一个女仆带着一个小男孩跟在他们后面走了好远，小男孩似乎离不开小女孩了，对，他确实已被小女孩清澈、柔美的嗓音给深深吸引住了。小男孩拖着女仆的手一路追到现在一个叫特雷斯特罗（Trestraou）的海港。那天晴空万里，艳阳当天，突然一阵风迅猛吹过，把小克莉丝汀的丝巾吹落到了海里。只听她大叫一声，本能地伸出双手想要捡回丝巾，结果丝巾被风吹得越飘越远。突然，她听到一个声音对她说道："别担心，小姐，我去帮你捡回来。"说时迟那时快，还没等克莉丝汀反应过来，小男孩已经一个箭步跳进了大海里，奋力游向丝巾，女仆根本来不及劝阻，急得在岸边大叫。小男孩衣服都没脱，此时抓住丝巾游回了岸边，把它交到小克莉丝汀手上。虽然小男孩毫发未伤，可着实让女仆吓到了，一个劲地责备小男孩不该这么莽撞。克莉丝汀感激地拥抱了小男孩——他就是后来的拉奥·沙尼子爵，那年他寄居在拉利昂的姑妈家中。于是，两个孩子成了最要好的小伙伴，整个夏天形影不离，一起嬉戏玩耍亲热得像兄妹一样。大人们看他俩这么要好，就建议老戴伊也传授子爵小提琴演奏，小拉奥从此爱上了小克莉丝汀以及给二人带来无数欢声笑语的美妙乐曲。

他俩性格很合拍，安静、乖巧还热爱幻想，总是缠着大人们讲布列敦（Breton）地区古老的传说，他们最喜欢做的一件事情就是挨家挨户去"讨故事"就像叫花子讨钱一样。"亲爱的先生，太太，您能不能给我们讲个故事呢?"人们倒也不会拒绝两个可爱的孩子，布列敦各个村庄的小老太太们都慷慨地贡献过她们知道的故事，一说到这两个孩子，老太太们慈祥的脸上总是泛起皱皱的微笑，说他俩简直像月光下在石楠丛上跳舞的小精灵。

对于他俩而言，最美的时光莫过于黄昏时的日落。

夕阳西沉，一轮圆日缓缓地沉入大海，就像红色的气球直直地升入云层，慢慢消失不见。静谧的夜色由海心向陆地推移，最后完全吞没大地。老戴伊把两个孩子放在身边，紧紧靠着坐在小路边，开始讲述那遥远北欧古老动人的神话。他的嗓音低沉浑厚，仿佛怕吵醒沉睡的精灵。他的故事时而温馨美好如安徒生童话，时而又悲壮磅礴如荷马史诗。两个孩子听得如痴如醉，只要他一停下，孩子们就会追问："还有呢?"

其中一个故事是这样讲的："很久很久以前，一位国王划着小舟飘荡在一条寂静幽深的河流上，河面风平浪静，河水波光粼粼，阳光像水晶碎片一样随着浮动的河水闪烁跳跃，就像挪威的峡谷中有无数双眼睛在闪闪发光……"

还有个故事是这样讲的："小洛特（Little Lotte）想要什么都干，又什么都不想干，她像一只快活的小鸟，飞进夏天灿烂的阳光里，金色的卷发像太阳一样耀眼，纯洁的心灵像清澈的双眸一样干净。她对妈妈孝顺又乖巧，对布娃娃细心又呵护，她总是小心爱护自己的小裙子，小鞋子和小提琴。不过，她最爱的就是每天听着天使的美妙音乐静静地沉入梦乡……"

每当老戴伊对他们讲起这个故事时，拉奥总是静悄悄地望着小克莉丝汀，克莉丝汀对父亲故事里那个可以每晚听着天使唱歌进入梦乡，拥有很多漂亮裙子和小提琴的小洛特无比羡慕。老戴伊的故事总是和音乐天使有关，这让孩子们无比好奇，总是缠着他问这问那，非要问个清楚。在老戴伊故事里有一个故事讲到，几乎所有伟大的艺术家、音乐家一生中至少偶遇过一次音乐天使（Angel of Music）莅临，然后深得天使的指导与福佑，从此音乐创作登峰造极。这些天使有时会悄悄地出现在故事主人公的床边，有时则会在梦中与他们相遇，等主人公醒来就会奇迹般地获得某种音乐本领，有时候一个六岁的孩童竟然比五十岁的老者演奏得更加动听。

不过，要是谁家的小孩疏于练习，又好吃懒做，那么天使很晚才会现身；而假如我们的心灵不够纯洁而平和，天使永远都不会出现。我们看不见天使，但是天使看得见我们，天使是上帝派来的使者，送到最值得被驯化的孩子身边，让孩子听到他们的声音，抚慰幼小纯净的心灵。这些都是偶然发生的，在你感到孤独悲伤抑或痛苦失望时，你的耳畔会飘来一段宛若天籁的旋律，那音乐那曲调将成为你永生的记忆。有幸被天使亲临的人将会永葆这份执着与热情，就像长明灯永不熄灭的跳动火焰，在最寒冷难熬的日子照亮温暖卑微的心灵，让你感受旁人无法言喻的美好和温暖。这些被赋予天赋的人是幸福的人，只要经他们的手指触动的乐器，都会奏出无与伦比的美妙乐章，让世间凡俗之人自惭形秽。那些不知道音乐天使会访问人间的人便一口咬定凡是音乐禀赋过异的孩子一定是天才。

每当父亲讲到音乐天使的故事时，年幼的克莉丝汀总要追问父亲是否也得到过音乐天使的垂爱。老戴伊总是难过地摇摇头，然后又双眼一亮，认真地望着女儿说："总有一天他也会来找你的，我的孩子！到那时，即使我上了天堂，我也一定要让他来到你身边，相信我！"

说这话时，父亲不住地咳嗽。秋意渐凉，老戴伊的咳嗽越来越严重了。

那年秋天，小拉奥和小克莉丝汀分别了。

再见面，已过去多年，还是在沛洛斯小镇相见，一如多年前的那个夏天，只是当年的两个孩子已长成俏丽的少男少女。瓦勒留斯教授早已过世，他的遗孀和戴伊父女继续留在巴黎，靠拉小提琴和唱歌度日，他们的女资助人一直无微不至地帮助照顾他们，因而让他们有充足的条件进行音乐创作和演出，瓦勒留斯夫人在丈夫过世之后唯一的慰藉就是音乐了，那是支撑她活着的唯一动力。

三年前，拉奥曾经去沛洛斯镇找过克莉丝汀，他轻车熟路地找到了童年小伙伴的住处，首先看到的是老戴伊先生，随后克莉丝汀走进来了，手里托着茶盘，茶盘上放着泡好的热茶。看到拉奥的一瞬间，她的脸刷地红了，又兴奋又害羞，不知如何是好，只见他径直走向她，轻轻地吻了她一下。老戴伊眼里噙满泪水，热情地拥抱了拉奥，看得出来，他们一直在等他回来。简单的寒暄之后，克莉丝汀问了拉奥几个问题，随后矜持端庄地笑而不语，拿着茶盘退出了房间，就像一位殷勤的家庭主妇。她独自走到后院的小花园里，想找个地方掩饰自我的窘迫与不安，心儿怦怦直跳，悸动的情怀第一次慢慢张开。随后，拉奥也过来了坐在她身边，两人东扯西拉，说些无关痛痒的闲话，一直聊到晚上，又尴尬又开心。三年时间，两人都发生了巨大变化，几乎认不出彼此的样子。他们说话谨慎小心，就像外交官一样措辞，尽力掩饰住内心汹涌澎湃的感情。最后，当他们再次告别时，拉奥不舍地亲吻了克莉丝汀颤抖的手背，深情地对她说："小姐，我永远都记得你!"，说完他又为自己的鲁莽感到后悔不迭，他心里很明白克莉丝汀不可能成为沙尼子爵夫人。

至于克莉丝汀，她尽量克制自己不去想他，把全部时间花费在艺术和音乐修养上。她烦躁地对父亲抱怨道："您不觉得拉奥变了吗？我越来越讨厌他了！"克莉丝汀的确有超乎常人的音乐天赋，她进步飞快，凡是听过她歌喉的人都坚信她将来一定会成为举世瞩目的音乐家。然而，父亲的突然离世带给克莉丝汀不小的打击，她整个人一下子消沉了，失去父亲就好像失去了音乐灵魂、天赋和美妙的嗓音。最后的一点音乐才华让她勉强考入国立音乐学院，就读期间整天浑浑噩噩无精打采，取得一些奖项只是为了让一直以来资助她的瓦勒留斯太太欣慰罢了。

当拉奥偶然在巴黎歌剧院见到她演出时，为她的绝世美貌所深深倾倒，同时也为她逐渐退化的音乐才华而惋惜不已。拉奥的脑海中不断浮现多年前那个纯洁无瑕的小女孩和她那天使般的歌喉，而现在的她就像随波逐流的船只，渐渐涌入盲流，丢失了自己的独特味道。再次来看她演出时，他尾随她来到后台休息室，站在舞台背景后等候她经过，试图让她注意到他。她却像忽略空气一样对他视而不见，她显得那么冷漠无情，似乎对一切都失去了热情。拉奥心痛不已，她是那么美艳动人、不可方物，不可亵玩，而自己又是那么的怯懦而羞赧，不敢勇敢表达自己的爱意。剧院经理告别晚会上，克莉丝汀的惊人演出让全场为之震动，更重新点燃起拉奥心中燃烧的烈火。他期待着，他能走进她的世界，他的心再也经不起等待和煎熬了……

然后，就出现了当晚那一幕，屋内响起一个男人的吼声："克莉丝汀，你只能爱我！"然而等他偷偷溜进屋里时，又发现空无一人……

他在心里反复思忖为何当他告诉她自己就是当年那个勇敢地跳入大海为她捡回丝巾的男孩时，她却满不在乎地大笑起来呢？为什么她装作不认识他？为什么后来她又给他写信呢？

黑夜漫漫，道路且阻且长，看不到尽头……马车走过一个个分叉口……外面是衰败干涸的水塘，石楠树丛上结了一层薄薄的冰霜，灰色的天空上没有一片云彩，甚至没有一丝风，万籁此俱寂，唯有车辙声。拉奥的心早已乱成了麻，听着马车碾压碎石路面的吱吱声更是显得烦躁不安，巴不得早点抵达沛洛斯镇，早点见到心上人！他还记得童年时的烟囱、矮墙、草坡还有村子路边那些稀稀拉拉的小树，现在那些小树都已经长成大树了。车子颠颠簸簸终于到了沛洛斯镇，拉奥老远就看见了冒着缕缕炊烟的“日落客栈”，推门而入迎面就看到站在面前笑靥如花的克莉丝汀，她对拉奥的赶来丝毫不觉得惊讶。

“你来啦？我就知道我该来这儿等你，当我做完弥撒回来的时候，教堂的人告诉我有位从巴黎来的绅士正往这边赶，我当时就知道一定是你！”克莉丝汀面露喜色，看得出来她对这一天盼望已久。这是一个老旧的客栈，客栈内的楼梯栏杆都已漆黑，斑驳的墙壁上露出道道岁月的磨痕。客栈老板娘名叫翠卡(Tricia)，人称翠卡大妈，她还记得拉奥的样子，连忙招呼。翠卡大妈问拉奥怎么突然造访，拉奥不由得一阵脸红忙说来沛洛斯镇办点事情，特意过来看看翠卡大妈。热情的大妈忙张罗着为他们准备午饭，拉奥不好意思地婉拒了，聪明的大妈一下子明白了是怎么回事，找个借口退了出去，只留下他们两人。年轻的少女娇羞地站在那里，手足无措，跳动的心像小鹿般不安地奔突，只见她面色圆润，灿若桃花，眼神清澈如挪威深谷里的一汪湖水，蓝色的眼眸恰若晴夜的星辰，一闪一闪尽是可爱与迷人，透过她微微低垂的眼眸，仿佛可以看见一颗干净透彻的心像沾着晨露的花瓣在晨光熹微中曳曳发光。她穿着合身的毛皮大衣，露出苗条的曲线，像从梦境中走来，二人对视良久，沉默不语，似乎在享受这一刻的心灵传情。

“我就知道你一定会来……”克莉丝汀小声地说道。

“为了你，我什么都可以做……”拉奥一把拉住克莉丝汀纤细白嫩的小手，她并没有反抗。

“为谁做弥撒呢?”

“我父亲，今天是他的忌日。”

二人再次沉默。随后，拉奥又说道：“戴伊先生临终前是否告诉你，我爱你，克莉丝汀，我心里想的念的全部是你，没有你我怎么活下去?”

听到拉奥这么唐突而热烈的表白，克莉丝汀脸红得像熟透的石榴，羞得立马转过头去，声音颤抖得问道：“爱我？你不会是在做梦吧?”

克莉丝汀大笑起来，装作一脸的不在乎，以此来掩饰心中的真实感情。

“克莉丝汀，不要笑我，我对你是认真的。”

而克莉丝汀一脸严肃地说道：“我让你过来找我，压根没想过听你对我说这些话!”

“对，你说得没错，我就是过来找你的，克莉丝汀。你明明知道我看到你的信，心情绝对难以平静，你明明知道我会为了你一路追到沛洛斯镇；你明明知道我是那么深爱你，如果你不知道这些，你怎么会给我写信呢?”

“你还记得多年以前我们在一起玩耍的日子吧？那时候父亲常常跟我们讲故事，做游戏，逗我们开心。现在，他走了……我难过了好长时间，无法从伤痛中平复过来……我不知道自己怎么了，也不知道该找谁倾诉……我想到了你……那天晚上，你突然出现在我面前把我揽在怀里，把我的思绪一下子拉回到了很久以前我们那些无忧无虑的快乐日子，或许我不该写信打扰你……只是，我怀念过去那个天真无邪的小女孩，无论那时生活多么艰苦难熬，我从未感到像现在这么孤独无助过。因为我有一个天底下最好的父亲和最要好的小伙伴陪伴我，温暖我。”

听到克莉丝汀的这一席话，两人都感慨万千，克莉丝汀感到有些不自然，手脚不知往哪儿放，也不知道此刻在想些什么，问题在哪里？尽管克莉丝汀嘲笑自己的表白，拉奥一点也不觉得克莉丝汀是恶意的，一点也不觉得……她流露出来的任何情感在他看到都是那么值得怜爱。她的忧伤，她的孤独，她的沮丧都让他感到心疼，想要从内心里拥抱并且照顾她。但是，她为何要对她视而不见冷若冰霜呢？这才是拉奥感到困惑不解的地方。

“那天在你的休息室，亲爱的克莉丝汀，那是这么多年来你第一次再见到我吗？”

女孩很真诚地告诉他：“当然不是！我看到过你很多回，一次看到你跟你哥哥坐在包厢里，还有一次看到你们在后台……”

“我就知道你会看到我！”拉奥欣喜若狂，眉开眼笑：“那为什么当我跪在你的脚边，问你是否记得当初那个为你从海里捡回丝巾的男孩时，你却装作什么也不记得的样子还和别人一起放肆地大笑呢？”

拉奥连珠炮似的发问让克莉丝汀窘得无言以对，只好笑而不语。而拉奥也为自己疯狂的失态感到懊悔，他曾在心里暗暗发誓要永远顺从爱护克莉丝汀，无论发生什么，现在却粗暴得像头狮子，尽管他们什么关系也没有确立。这是只有情人或者丈夫才有的权利啊，拉奥感到又尴尬又好笑，为自己愚蠢的先入为主暗暗自责。可是既然话已至此，又何必遮掩，干脆问个清清楚楚明明白白，了此心结。

“既然，你不愿回答！那就让我来回答好了！因为你的房间里有其他人在场，你害怕他知道除了他之外，你的心里还装着另一个男人！”说到这里，拉奥又是嫉妒又是愤怒，浑身激动得直颤抖。

“如果真有人在房间的话……如果真有人，那就是你，因为那天晚上是我把你赶出了我的化妆间！……”

“对，你的确冷冰冰地把我赶出了房间……这样你就可以和他独享二人世界了！”

“此话怎讲!?”克莉丝汀又急又气“你口口声声说的那个‘他’到底指谁?”

“呵呵，你对他哭诉：‘噢！我只为你一人歌唱，我已为你献出灵魂，而我的肉体已经死去!’”拉奥话未说完，被克莉丝汀一把扯过胳膊，不知哪儿来那么大力气。

“如此看来，你在门外偷听到了我说的所有话了?”

“是的，我听到了所有对话！我太爱你了！我无法忍受你的心里爱着别人，我克制不住我的愤怒和吃醋，于是躲在门外听到了一切…… ”

“除此之外，你还听到了些什么？告诉我，你还听到了什么?!”克莉丝汀平静中带有深藏的愤怒，放开抓着拉奥的手又问道。

“他还对你吼叫，要你必须爱他!”

克莉丝汀的脸色刷地白了，双眼无神地眺望远方，身体颤颤巍巍，摇摇欲坠。拉奥赶紧一把抱住她，生怕她摔倒了。

直到克莉丝汀稍稍感觉好了些，才气若游丝得央求到："你继续说下去！说啊！说啊！你究竟都听到了什么？"

拉奥一脸不解，呆呆地看着她，不知道为何她会有如此巨大的反应。

"你倒是说话啊！我都快被你给急死了！"

"我还听到他赞美你说：'噢，好孩子，你的灵魂是那么的纯洁美丽！我要感谢你，没有一个帝王像我得到你一样得到一件稀世珍宝，今晚天使都为你美妙的歌喉而哭泣！'"

克莉丝汀双手捂胸，用一种奇怪而陌生的眼神盯着拉奥，眼神像一把匕首一样犀利而寒冷，完全不像拉奥记忆中的那个小天使克莉丝汀。拉奥被这种冰冷的眼光吓得手足无措，不知如何是好。而这时，克莉丝汀双眼已噙满泪水，豆大的泪珠滚滚地流出了眼眶，顺着她那美丽的面庞无声地滑落……

拉奥一声大叫："克莉丝汀！"

"拉奥！"

年轻人本想将女孩揽入怀中，结果她却挣脱着逃出了他的双臂，跌跌撞撞地跑了。

克莉丝汀一路跑回家里，关在房内不再出来。拉奥无比自责，后悔自己刚才不该说那些话。然而，妒忌的火焰像疯狗的犬牙一样撕扯着他，他永远也无法忘记那天晚上听到的一切。也许人就是这样，克莉丝汀知道自己的秘密被别人发现后，表现得又气又恼。这更加证实，那人一定对她非常重要！然后拉奥始终坚信克莉丝汀是纯洁无瑕的，他自认比任何人都要了解克莉丝汀，她从来都是那么乖巧安静不逾矩。他深谙剧院后台的那些风月故事，年轻漂亮的女演员和众多的追求者往往会擦出火花，虽然克莉丝汀对那个神秘黑衣男说为他献出了灵魂，但不一定献出了身体，她所说的“灵魂”就是她的歌声而已。但是，克莉丝汀方才为何表现如此激烈呢？

拉奥越想越感到痛苦万分！如果那晚让他看到那个男人，他一定会揪住他问个清楚。

克莉丝汀一直把自己关在房间内没有下楼吃午餐，拉奥也没胃口吃。尽管他曾经在脑海里幻想了无数次两人坐在一起吃饭的场景，克莉丝汀似乎一点点地远离他，而他却抓不住她的手，他感到心如刀割，不知道克莉丝汀为何要如此对他。如果，她对他没有一丝好感，为何又写信回忆那些美好的童年时光呢？既然已完成父亲的忌日祷告，她为何还在沛洛斯镇逗留呢？拉奥从老乡那里得知，克莉丝汀早些时候已让教堂神父为老戴伊先生做了弥撒，之后就在小教堂后面的墓园里一个人停留了好长时间，祈祷安息。

拉奥心情忧郁而低沉，踌躇在教堂墓园门外，最终还是鼓起勇气推开门走了进去。墓园幽静而空旷，拉奥漫不经心地阅读墓碑上的墓志铭，想象着逝者生前的故事。在教堂圆形拱门的后面，他看到了一座铺满鲜花的墓碑，由整块花岗岩砌成。黑色的碑石上洒满鲜艳的花瓣，粉红的、雪白的，还有鲜艳的玫瑰花，在凛冽的寒冬，散发出异样的芬芳。这些鲜艳的花朵就仿佛刚刚绽放在雪地里一样，给肃杀阴冷的墓地带来一丝生命的活力。

的确，这里充满了一片死亡的味道。教堂古老的石墙里镶嵌着无数颗白花花的骷髅头和尸骨，外面用一层生锈的铁丝网盖住，发黑的锈铁和惨白的尸骨形成鲜明的对比，使得教堂更显得阴冷恐怖，令人不寒而栗。这就是布列敦地区古老教堂的布局，无数骷髅都被堆成了一道尸墙，中间的接合处用尸体的一根根腿骨连接，就像鸟类衔起筑巢的一根根枯枝。看到这景象，即使站在大太阳底下也让人不禁感到阵阵寒冷。

拉奥径直走到老戴伊墓碑前，经过一排排墓碑看到上面贴着的逝者照片都是清一色的微笑，觉得又可笑又悲哀。祭拜了老戴伊先生后，他又出了墓园，爬到一座小山坡上坐着眺望远处的大海和山峦，看初冬的原野像波浪一样起伏。海风寒冷刺骨，日光昏黄微凉，一抹冬日的残阳最后消失在海面上。少顷，海风减弱，夜色蔓延，拉奥瘦削的身影完全被黑暗吞没了，却丝毫不感到寒冷。一想到曾经和克莉丝汀在这片荒原上追逐玩耍，从这里到那里，往事历历在目。还记得他们常常在黄昏太阳落山的时候，去草坡上看月亮升起等候月下精灵跳舞。那时候尽管拉奥的视力比克莉丝汀好，却一次也没有看到过精灵，而有点近视的克莉丝汀却每次都看到了精灵。想到这里，拉奥“噗”地笑了起来，这时发现身后出现了个人影，定睛一看原来是克莉丝汀。

“今晚小精灵们会再次现身吗?”克莉丝汀不动声色地说着。

“克莉丝汀!”他正欲喊出声来，却被克莉丝汀戴着手套的小手轻轻捂住了嘴。

“听着，拉奥。我下定决心跟你说一件非常非常严肃的事情!”她抖索着，似乎做了很艰难的思想斗争才决定说出来的。

“拉奥，你还记得爸爸跟我们讲的音乐天使的故事吗?”

“就在我们坐着的这个地方，爸爸说哪一天他走了后会派一位音乐天使给我，现在他走了，而他真的派了一位音乐天使给我!”

“对此我深信不疑。”拉奥认为克莉丝汀一定是太思念亡父才会把自己的成功和父亲所说的音乐天使联系在一起。

拉奥的肯定让克莉丝汀感到有丝诧异。

“你真的相信我吗？拉奥？”克莉丝汀脸色依旧苍白，低着头默默地向拉奥身边靠近，拉奥以为心上人想要吻他，心儿如小鹿撞怀，结果她只是凑近想要看清他的脸而已。

“我绝对相信你！不是我不相信你的才华和能力，你的歌声宛若天籁，凡间根本就没人可以达到你的水平，一定是音乐天使曾在你的生命中现身，你才能取得如此巨大的成功。”

“你的猜想是对的。那位神秘的音乐天使每天都会来指导我，就在我的化妆间里。”

她说这些话时，显得异常冷静，声音坚定而具有魔力，听起来有些反常。拉奥目不转睛地盯着她，就像心理咨询师盯着一个胡言乱语的精神病人。克莉丝汀似乎明白了这一点，一下子离得老远，怔怔地望着拉奥悄无声息，就像一个幽灵一样。

“什么，就在你的化妆间？”他反问道。

“每次谢幕回到后台，我都听到那个声音，其他人也听到过……”

“除了你还有哪些人？克莉丝汀，你的化妆间还有别人吗？”

“我说的就是你啊！”

“怎么是我？我可没有这么一位音乐天使呢！”

“你跟我说过，那晚你在门后听到过我们的对话，那个人对我吼叫要我必须爱他。我从来都以为只有我自己才会听到天使的声音，没想到你也能听到。我始终想不通……”

拉奥放声大笑，薄雾笼罩着荒原，乌云散去，一轮明月当空闪耀。如水的月光洒满两个年轻人的肩膀。克莉丝汀掉头，杏眼圆睁怒气冲冲，水汪汪的大眼睛里直直地射出两道寒冷的目光。

“拉奥你笑什么笑？你认为那天你听到的是个普普通通的男人的声音吗？”

“这还能有错！”拉奥一脸确定地回答，大脑里却乱作一团。

“拉奥！没想到你是这么个人！枉我一直拿你当最好的朋友！枉我父亲那么疼你！你变了！完全变成了一个陌生人，你不再是以前的那个你！沙尼子爵，不要用你肮脏的思想污蔑我的清白，我可是良家少女，绝对不会把一个男人关在屋内做出非分之事。你那时就在门外，你如果推开门，绝对看不到一个人影！”

“你说得没错！你走了后我打开门确实没看到一个人……”

“那你还想说什么？”

“克莉丝汀，我想告诉你，你一定是被人耍了！”拉奥鼓足勇气，说出了这句话。

“走开！走开！”她吼叫到，一把推开拉奥的手，转身跑向了远处。

她的身影就这样消失在了夜色中。拉奥无力挽回，只好一个人慢慢往旅馆走，吃晚餐时，克莉丝汀还是没有下楼。翠卡大妈问拉奥她是不是不舒服，拉奥忙说应该没什么问题吧。于是，翠卡大妈狡黠地一笑，明白了八九分，心想肯定是这对恋人吵架了，耸耸肩没再多问。拉奥只好端着碗独自蹲在暖和的壁炉墙角吃饭，那滋味真是又孤单又落寞。洗漱上床后，他怎么也睡不着，手里的书一个字也看不下去。侧耳倾听，隔壁房间悄无声息。难道她睡着了么？她在做什么呢？在想些什么？怎么才能让她明白自己的心意？刚才和克莉丝汀在后面小山坡上的一番交流实在让他心里乱糟糟的，一想到他在克莉丝汀心里的地位竟然不如一个素未谋面的神秘男人，他就浑身上下愤怒不已。

现在，一分一秒对他来说都是活生生的煎熬。夜里快到十二点的时候，他听到隔壁屋里传来轻微的动静，那脚步声不大却在寂静的夜里显得异常清晰。是克莉丝汀！她这么晚不睡干吗？拉奥一骨碌爬起，披上一件衣服，想要看看克莉丝汀在干什么。他也不知道自己为什么要这样做。他屏息凝神，支棱着两只耳朵聚精会神地倾听着一切动静。当看到克莉丝汀从房内走出来时，他的心快跳到嗓子眼了，只见她顺着楼梯蹑手蹑脚地下楼，月色下她纤细的身影是那么的修长。拉奥偷偷地靠着一根栏杆，望着克莉丝汀穿过了走廊。突然响起翠卡大妈的声音："记得钥匙啊！"然后吱嘎一声，客栈通往海湾的大门打开了，然后又轻轻阖上，无边的黑夜，寂静像浓雾一样袭来。拉奥赶紧回房，打开卧室面海的窗户，看到克莉丝汀细长纯洁的身影直直地矗立在夜晚的海堤上。

日落客栈是座只有两层楼的小旅馆，旅馆墙根长着一棵小树，树藤顺着墙面长得很高，形成一个天然的树梯，可以顺着树干从二楼爬下来。拉奥顺着树藤爬出了窗户，神秘地消失了。第二天，他被村民发现冻僵在通往教堂祭坛的台阶上，只见他神志不清，奄奄一息。翠卡大妈被这副样子给吓倒了，赶忙去把克莉丝汀喊来，克莉丝汀也被眼前的景象给吓坏了，和翠卡大妈一起照顾他直到他苏醒过来，拉奥睁开眼发现是心上人在身边，顿时觉得好了一大半。几周以后，当巴黎警署前往歌剧院调查离奇失踪案时，警署总长米佛罗伊德曾详细询问过沙尼子爵当晚在沛洛斯镇发生的一切，下面截取部分谈话内容：

米：请问戴伊小姐有没有看到你从那条小路溜出房间？

拉：我敢保证绝对没有，先生。我悄悄地跟在她身后，轻轻地挪动脚步，害怕惊吓到她，我一心希望她能回头看我一眼。然而我又害怕她发现我，因为这种跟踪监视他人的行为是很恶劣的，也不符合我的身份。结果，她根本就没注意到我，只是赶她的路，旁若无人。过了一会儿，快到零点时分，教堂晚钟响起，她似乎有些着急了，开始小跑起来，转眼就消失不见了。

米：墓园的门一直开着？

拉：是的，警察先生，那使我感到无比诧异，而她看上去依旧那么端庄平静。

米：你在那看到其他人了吗？

拉：我确实没见到任何人，我眼睛很好，再说那晚的月光也非常皎洁明亮，地面雪白的冰，充当了天然的镜子，墓园一片明亮。别说有人，就算有只苍蝇飞过，我也能很轻松地看到。

米：也许那个人躲在墓碑后边呢。

拉：这也不是不可能！外面积雪深厚，所有墓碑都被白雪掩埋，矗立在外的是一排排阴森惨烈的十字架。因此，整个墓园只有我和我的影子。古老的教堂在月夜下更显庄严和神圣，是一种我从未领略的凄冷、透彻、美艳还有悲凉。

米：你是异教徒吗？

拉：不，警察先生，我是一名坚定的天主教徒。

米：你当时心理状态怎样？

拉：非常正常，非常平和而镇定，我可以向您保证。刚开始我看到戴伊小姐午夜外出，我心里又担心又混乱，生怕她会出什么意外。所以才一路尾随她来到墓园，只见她走到她父亲墓碑前在做着什么祈祷，我的心稍稍平静下来。然而接下来发生的一切让我彻底震惊了，真实地让我无法怀疑它是一场怪梦。事情是这样的，夜晚的雪地冻得坚硬而紧密，双脚踩上去会发出咯吱嘎嘣的巨大响声，而克莉丝汀竟然完全没听到我的脚步声，她双膝跪地，聚精会神地做着祷告。我在离她不远的地方蹲下，照看她的一举一动。这时凌晨转钟的钟声响起，在十二点钟声还未敲完时分，我看见她突然伸手望天，振臂高呼，如痴如醉，似乎有走火入魔之嫌。我正感到纳闷的时候，突然自己也情不自禁地抬头望天，目光狂乱，举止癫狂，身心似乎被某种神秘的力量控制。一瞬间，一阵诡秘的音乐缭绕四空，它是如此悦耳而熟悉，我想起来那是我俩小时候常听的音乐。不过，老戴伊先生根本演奏不出这种音乐，于是我的第一个反应就是克莉丝汀常说的音乐天使出现了，除了这之外，我根本不知道如何解释音乐的来源。那宛如天籁的琴声，若不是出自天使之手，又怎么可能在这寂静的夜晚奏响奏响在空旷的墓园呢?

我依然记得那首曲子名叫《拉撒路复活》(The Resurrection of Lazarus)①，戴伊先生生前常常给我们演奏这首略带忧伤又鼓舞人心的曲子。那一刻，我竟然幻想或许是老戴伊先生破土复活，再次为我们演奏乐曲，事实的确是老戴伊先生和他毕生钟爱的小提琴埋在一起的。然而，我很快就否定了

---

①《拉撒路复活》：米开朗琪罗·梅里西·达·卡拉瓦乔的著名代表画作之一。卡拉瓦乔一生当中创作了许多优秀的宗教作品，这件作品便是其中之一。作品取材于《圣经》中拉撒路复活的故事。在这件作品中，作者给我们展现的是人体复活的过程中的物理变化的瞬间，拉撒被一个教徒抱着，他的身体虽然仍然处在痛苦的死亡僵硬状态，但他的手已经活了，向着基督，并认出了基督。——译者注

这个愚蠢的幻觉，在这凄凉颓败的墓地，除了那一堵白骨森森的恐怖骷髅墙之外还有白得刺眼的满地月光，便再无他物，究竟是哪里传来的音乐呢？

过了半天，乐声渐弱，我也慢慢恢复理智。然而更恐怖的事情发生了，我依稀听到那堆死人骨头里发出阵阵笑声。

米：什么！骨头还会发出笑声!?

拉：没错，我好像听到那群骷髅头正哧哧的大笑，我全身汗毛竖起，恐惧到了极点。

米：你就没有想过你们所说的那个音乐天使就藏在尸骨墙后面呢？

拉：我的确这样怀疑过，警长大人。然而，恐惧让我忘记继续尾随戴伊小姐，等我稍稍平静，她已经起身离开了墓碑，走到了墓园出口。她像被某种力量附体，完全不看我一眼，直直地走过。而我，不知哪儿来了一股巨大的勇气，死死盯着尸骨墙，想要搞清楚究竟是谁躲在后面装神弄鬼。

米：您这么勇敢无畏，为何第二天一早我们发现你全身僵硬地躺在祭坛下面呢？

拉：请听我细细道来。戴伊小姐走后，我依然站在原地。突然，一颗圆滚滚的骷髅头滚到我脚下，紧接着一颗又一颗……像小孩子踢皮球一样把我当射击目标，不断地有头颅滚到我的脚边……我当即顿悟，一定是躲在后面的某个人不小心撞翻了尸骨墙，果不其然，我突然看见一个黑影嗖的一下越过教堂圣器台，我立刻冲上前去，一把拉住他的一个衣角，只见他穿着一件黑色大衣，半开着。我死死拉住不让他逃走，月光投影在教堂彩绘玻璃窗扇，细碎成五彩斑斓的光斑。我和黑影僵持在祭坛上面，突然只见他慢慢转过头来……警长大人，我看到了有生以来最恐怖的景象！一颗死人头颅，两眼空洞，目光如火，熊熊地燃烧着。比撒旦还要恐怖千万倍，面对这个恐怖的怪物，我再也勇敢不下去了，直直地昏倒过去，失去意识。直到第二天清晨，被你们抬回旅馆，我才捡回一命。

第七章　五号包厢探秘

再来说说，弗明·理查德和阿曼德·蒙沙曼吧，他俩合计着一定要亲自去五号包厢看个明白，弄清楚到底是怎么回事。

说走就走，当下他俩就从剧院办公区域走向通往剧院舞台的楼梯，走过楼梯再穿过表演区就到了剧院入口处，这个入口通常专门是为达官显贵设立的。从入口左边的第一通道进入圆形大厅，他俩走到乐团演奏区与第一排观众席之间，抬头便看到二楼的五号包厢。包厢被红色天鹅绒幕布给蒙起来了，看不清楚里面的摆设，而且那个位置正好是剧院吊灯照射不到的阴暗角落，不过却是观看演出的绝好位子，只见红漆栏杆伸出来，在微弱的光线下显得异常鲜艳。

现在是休息时间，剧场里除了他俩之外还有几个装修的工人，工人们喝了点小酒正欲小憩一会儿，一种奇怪的阴凉感笼罩着偌大的剧院。工人们忙完最后的一点活儿，打扫干净舞台台面，拼装起了一半的演出布景，然后就跑去休息了。

这时，剧院外面射进来几道白昼的日光，被漆黑的玻璃窗折射后透析成微弱、惨白、又无力的光线，落在用厚纸板搭建的王宫布景上。此时，这人造的假布景，这打折的白日光，还有过去上千场在舞台上呈现过的或矫揉造作或真情流露或阴郁低沉或慷慨激昂的演出画面，这所有的一切都变得光怪陆离起来。

一大块蓝色的长布搭在观众座椅上，就好像是歌剧演出中表现的波浪翻滚的大海，那蓝绿色的惊涛骇浪就像暴怒的风暴魅影，在海上掀起致命的巨浪，把航行的船只往大海深处猛拖死拽。蒙沙曼和理查德就像掌舵的水手，和这暴戾的魅影作殊死斗争，只有当魅影下令停息，才能给他俩一条生路。蒙沙曼和理查德这两个可怜的水手已经放弃船只，抓住魅影的一点仁慈，拼命地向岸边——左侧包厢奋力游去。剧院大厅有八根粗壮圆实的大理石柱，在昏暗的光线中更像是几根岌岌可危的擎天柱，用力支撑着整幢危厦。剧院三层看台依次形成重叠的平行线，天花板上勒那弗提利（Naphtali ）先生的铜版壁画，只见他正咧嘴笑望着底下的蒙沙曼和理查德二人，似乎在嘲笑他们的担忧和恐惧。然而，平时去看这些画像时，一个个都是板着一张脸正襟危坐，不苟言笑。这些伟大的人物画像有伊西斯（Isis）、安菲特里忒（Amphitrite）、赫柏（Hebe）、潘多拉（Pandora）、普赛克（Psyche）、西蒂斯（Thetis）、波摩娜（Pomona）、达芙妮（Pomona）、克莱迪亚（Clytie）、加拉忒娅（Galatea）、阿瑞图萨（Arethusa）①等等这些著名美艳的女神。看吧，此时阿瑞图萨和那个著名的打开魔盒的潘多拉正在向二位剧院经理扮鬼脸呢！蒙沙曼和

① 这些人均出自于《希腊神话》。——译者注

理查德似乎要抓住最后一块救命甲板，二人默默地站在那里注视着五号包厢。他们依然忧心忡忡，为剧院的管理和各种匪夷所思的灵异事件头疼。

不过时隔多年之后，蒙沙曼在他的回忆录里详细地刻画了他们当时的心情：

在接替狄比尼和波利尼的剧院经理职务后，我和理查德正式接管了这座浸淫在魅影传说的大剧院，我相信凭借我俩的才能足以管理好剧院的大小事务并且解开魅影之谜，辟清无中生有的谣言。然而事情远没有我想象的那么简单，当我和理查德特意抽时间去剧院巡视时，我感觉我的大脑仿佛被注入一种奇怪的物质，周围是一片寂静，完全听不到一点声音，身体失去平衡，视觉像笼上一层荫翳，这种种现象让我不得不产生心理上的幻觉，相信一定有某种神秘物体在掌控整个大厅。剧场内一片漆黑，死一般的沉寂，我们谁也不敢动，谁也不敢发声，在等待他出现。这时我和理查德几乎同时看到一个人影在五号包厢晃动，我拼命地揉了揉眼睛，睁开眼睛想要看得更清楚些。我们站在原地好久不敢挪动脚步，生怕任何风吹草动都可能让魅影发现。然而，没一会儿黑影就消失不见了，我们赶快走出大厅，在楼道上交换相互看到的景象，当然都是和那个黑影相关。可笑的是，我和理查德竟然看到了两幅截然相反的景象，我说我看见了一个黑影包裹的死人头颅斜靠在包厢扶手上；而理查德说他看到一个中年妇人的虚胖背影，大概是吉莉太太。我俩对视一秒，放声大笑，笑得跟神经病一样。为了看个清楚，我们又飞速奔上二楼五号包厢，结果发现里面连个鬼影都没有，这一切真是太奇怪了，难道是我俩同时出现幻觉了吗？

二楼五号包厢跟其他包厢相比并无多大区别，是剧院贵宾席中最为平常的一种包厢，唯一的不同就是接二连三的魅影事件给它罩上了一层神秘的面纱，让人一靠近就产生毛骨悚然的恐惧感。

蒙沙曼和理查德像孩子般打闹嬉笑，四处查看包厢里的各种陈设物品，一会儿翻翻布帘，一会儿掀掀座椅，还特别查看了吉莉太太说的魅影常坐的那张小脚凳。结果发现那只是一张再平常不过的小凳子，没有一点让人恐惧的感觉。总而言之，可以断定这是一个最为普通的包厢，红地毯、红漆座椅，布帘及红天鹅绒幕布还有光滑发亮的栏杆，一切并无异样。之后，他们又走下楼梯来到与之对应的一楼五号包厢，位于演奏乐团的左侧出口，还是一无所获。

“我就知道是这群庸人散播谣言唯恐天下不乱！”理查德怒气冲冲地下定结论“本周六上演《浮士德》歌剧时，你跟我一起去那个五号包厢观看吧！我倒要看看他们想玩什么花样！”

第八章 浮士德之夜

理查德和蒙沙曼非不信邪，偏要在周六晚上再次上演并且去五号包厢观看《浮士德》歌剧。

周六一大早，当二人一进办公室就看到桌子上放着歌剧魅影的来信，只见这样写道：

我尊敬的经理先生们：

你们真的是要和我作对吗？如果想大家都有好日子过的话，就老老实实地听我的话，在此我再次重申我的几项要求：

1. 把我的私人包厢还给我——从今以后只能由我使用，由我自由处置。

2. 玛格丽塔一角只能由克莉丝汀扮演，那个庸才卡洛塔不要再让她登台，她会像上次一样因病退演。

3. 我强烈要求吉莉太太继续担任我包厢服务员，她对我忠诚而客气，麻烦你们尽快让她上岗。

4. 请把回信交给吉莉太太，让她转交给我，信中请写明接受剧院管理条例关于我的月薪和年薪条款，正如你们的前任经理一样，同意上述条件。至于如何支付我欠款，我会择日通知。

以上几项如不遵守，后果自负！

遵从我的指示，务必尽快履行！再见！

歌剧魅影

“简直不可理喻！我恨透那个该死的装神弄鬼的人了！恨死了！”理查德情绪激动大吼大叫，一记重拳恶狠狠地砸在办公桌上。这把刚走进来禀报事情的行政经理梅西埃吓了一大跳。

“外面有几位客人想见二位经理，领头的是位叫莱西尼的先生，他们说有重要事情一定要告诉经理。”

“谁是莱西尼(Lachenel)?”理查德狐疑地问道。

“他是您的驯马队长。”

“我的驯马队长，你的意思是?”

“没错，先生，”梅西埃继续说道，“剧院有专门的男仆负责养马，莱西尼是养马队队长。”

“那这个莱西尼平时主要做些什么呢?”

“喂养马匹，清扫马厩。”

“管理哪个马厩呢?”

“专门负责您的马厩，先生，您有专用的马匹和马厩。”

“哦？是吗？我还有专门的马厩，我怎么从未听说过!?在哪?”

“就在剧院的地下室里，圆形大厅的一侧。马厩是我们剧院其中的一个重要部门，我们总共饲养了十二匹好种马。”

“十二匹优良的种马？我们这又不是赛马场，要养马做什么!”

“用来演出时使用啊！之前演出《犹太人》(Juive)和《先知》(Profeta)①时有人群游行的场景，需要马儿配合此场景客串演出，只有这些能干的驯马师才可能让马儿乖乖地上场演出呢！莱西尼是一位很称职的驯马师，他对养马非常在行，他曾受聘为弗兰科尼(Franconi) 马戏团马队队长。”

“听起来不错……但是，他这个队长不待在马厩，跑来找我干嘛呢?”

“我也不太清楚……我从未见他像今天这样着急过。”

“那就请他进来吧!”

只见莱西尼走进来，手里还紧紧握住一根马鞭，神经质似地鞭打自己套着长靴的大腿。

“早上好！莱西尼先生，久闻大名，有何贵干?”

“您好，经理先生，请您清理一下剧院马厩吧。”

“清理马厩？您想让我把您饲养的马儿们都给卖了么?”

“不是，先生，我的意思是清算饲养员。”

“您带多少饲养员，莱西尼先生?”

“六位!”

“十二匹马，六位饲养员！这也太多了吧！至少得裁掉两个!”

“是啊，完全没必要养那么多饲养员。”梅西埃附和道：“这些人都是国家艺术局副秘书长安排进来的人，都是走关系混油水进来的人，多多少少有点政府背景，恕我冒昧……”

“我才不管什么政府不政府呢！十二匹马最多只需要四个饲养员!”理查德咆哮道。

---

① 《犹太人》和《先知》均是当时巴黎歌剧院的定期上演的著名剧目。——译者注

“不是十二匹，是十一匹，先生！”队长纠正道。

“胡扯！是十二匹！”理查德坚持着。

“的的确确是十一匹！”莱西尼面不改色。

“这是怎么回事！行政经理你不是说又十二匹马吗？”

“以前是有十二匹，现在只有十一匹，恺撒(Cesar)①被人给偷走了！”说完莱西尼又自责地用马鞭狠抽了自己一下。

“你说什么?！恺撒被偷了！出演《先知》的那匹漂亮的白马?！”

“这里没有第二匹恺撒！它是我见过最温顺最漂亮的白马！真是可惜啊！我在弗兰科尼待了那么多年，阅马无数，都没有遇到过像恺撒这样的好马！不知是哪个缺德的混蛋偷走了它！”

“这是怎么回事?”

“我也不清楚究竟发生了什么！所以劳烦您去清理一下马厩。”

“您收下的那些饲养员知道吗?”

“他们东扯西拉说不出来个究竟！有的说被临时演员偷走了……有的又说被行政经理手下的剧院门卫牵走了。”

“我的剧院门卫？简直是一派胡言！我可以保证我的人绝对不敢做偷鸡摸狗的事！”梅西埃辩护道。

“队长先生，您肯定有自己的想法吧！”

“是的，先生，我想我大概知道一些了！”紧接着，莱西尼又说道：“在我看来，一定是他干的！就是他！肯定没错！”莱

---

① 恺撒：盖乌斯·尤利乌斯·恺撒(又译盖乌斯·朱利叶斯·恺撒、朱利亚斯·恺撒)，即恺撒大帝，罗马共和国(今地中海沿岸等地区)末期杰出的军事统帅、政治家。(这里用作马名)——译者注

西尼凑近经理耳朵小声说出“歌剧魅影”四个字。

理查德一听到这四个字，立马暴跳如雷：“什么！连您也这么说！”

“什么我也这样说？这是事实啊……”

“怎么可能！怎么可能呢？队长先生……绝对不可能！”

“我只是说出我看到的事实罢了，那天我的确看到……”

“您看到什么，快说！莱西尼先生！”

“我看得一清二楚！一个黑影骑一匹白马从我前方呼啸而过！那匹白马跟恺撒完全一样！”

“您怎么不追上去？”

“我追了啊，我拼命地跑，大喊恺撒！那个黑影骑得太快了，一秒就消失不见了……”

“好了，莱西尼先生，谢谢您，您可以出去了……我会揪出那个盗马贼的把他送进监狱去……”

“您会解雇饲养员是吗？”

“放心，我肯定会的！再会，先生！”

莱西尼行了个礼后便走出了办公室。

“帮我清理干净这个蠢货！”理查德对梅西埃说道。

“他可是有政府关系背景的啊！”梅西埃小声提醒了一下。

“他是那种经常光顾酒吧的人呢，我好几次看到他和拉瑞尼(Lagrene)、绍尔(Scholl)和柏图赛特(Pertuiset)一起在托托尼酒吧(Tortoni)喝苦艾酒(Vermouth)①。”蒙沙曼也提醒理查德“要是把他开除了，他一定会到处散播歌剧魅影的事情，

---

① 苦艾酒：一种有茴芹茴香味的高度酒，主要原料是茴芹，茴香及苦艾(wormwood)药草(即洋艾(Artemisia absinthium)这三样经常被称作“圣三一”。此酒芳香浓郁，口感清淡而略带苦味，并含有45度以上高酒精度。——译者注

到时候我们就成了全巴黎城的笑话，被笑声和唾沫淹死!”

“行了，我知道了……此事得从长计议”理查德表面松口，实则心里正在盘算其他事情。突然办公室的门一下子开了，吉莉太太莽撞地闯进来。大概是守门人拦不住她吧。只见她手里攥着一封信，慌慌张张地说道：“二位经理，是在不好意思，打扰了！我今早刚接到魅影先生的一封信，要求我立马转给你们，不得延误。”

她话音未落就看到弗明·理查德脸色突变，这位敬职敬业的经理被一连串如此巧合而紧凑的事件弄得快要崩溃了，长久以来挤压的怒气把他的脸气成了猪肝色，只见他变得面目可憎，像要把吉莉太太活吞了的样子。他隐忍半晌，突然伸出左手一把拉过矮小微胖的吉莉太太，像摇树苗一样扯着她的衣领猛摇死晃，吉莉太太根本来不及反应，大喊饶命，又被理查德一脚踩住黑布裙，狠命地踩出了一个大脚印。这一切发生得太快了，蒙沙曼扯都扯不住。吉莉太太从未受过这种虐待，一下子傻了眼像只棒打的狍子。

直到她被人扶出办公室，仍然感到天旋地转，眼冒金星，稍稍站稳恢复知觉后，她大哭大闹，剧院走廊里响彻她那尖细刺耳的哭喊，还有以死相逼的愤怒威胁。直到来了三个年轻力壮的小伙子才把她拖出了剧院大厅，她还是赖着不走，最后给两名门卫像扔垃圾一样甩出了门外，丢在了大街上。

与此同时，卡洛塔家的女佣匆匆忙忙地给女主人送来了一封信，卡洛塔在圣福布大道光荣街(Rue du Faubourg St. Honore)①上有一套小房子，信封上并未署名，只是用鲜红的墨水歪歪扭扭地写道：

---

① 圣福布大道光荣街：巴黎歌剧院附近的一条大街。——译者注

“如果你坚持要出演今晚的玛格丽塔，你将遭遇意想不到的事情，经历比死亡更可怕的东西。”

鲜红而扭曲的字迹像有人蘸着鲜血写出来了一样，一行行刺痛双眼。卡洛塔一下子没有了胃口，一把推开女仆准备的巧克力饮料，瘫坐在床上，陷入痛苦的沉思。这段日子以来，她已经接二连三收到好几封这样的匿名恐吓信，一封比一封可怕，叫她不知如何是好。

“我们走着瞧吧!”卡洛塔从牙缝了蹦出这几个字，带有她浓厚的坚定的西班牙口音。

她认定自己一定是遭人嫉妒，肯定是哪个躲在暗处嫉恨自己的对手使的阴谋诡计，要抢走她的荣誉，取代她的地位。她断定，这个看不见的敌人一定还有更可恶的花招，在一项项地放出来，目的就是针对自己。不过她也不是省油的灯，绝对不会坐以待毙，任人宰割。

卡洛塔第一个怀疑的对象就是克莉丝汀，那个毫不起眼的小角色，自从那晚取代自己演出玛格丽塔之后一炮走红，声名满城，一下子盖过自己的风头。卡洛塔在想法子如何还击敌人，而可怜的克莉丝汀对此根本一无所知。

事实上，卡洛塔很早就开始反击行动了。在得知克莉丝汀取代自己声名鹊起之后，卡洛塔的慢性支气管炎和对剧院工作人员的飞扬跋扈一下子消失不见，而且再也没提过要离开剧院另谋高就的话了。她像一只浑身羽毛竖起的老母鸡，时刻警惕“假想敌”克莉丝汀的一举一动。她竭力笼络剧院上上下下的人，说服管理层和经理的朋友们不要安排克莉丝汀更多演出。巴黎各大报纸在短暂争先报道克莉丝汀的天使嗓音之后便再也看不到克莉丝汀的任何消息了，转而被卡洛塔的复出和一场接一场的演出盛况所塞满。然而，卡洛塔还不肯放过克莉丝汀，在后台碰面时总是有意无意地对克莉丝汀说风凉话，处处为难她。

正如魅影点评的一样，卡洛塔就是个永不疲倦的唱歌机器！她的歌声没有感情没有灵魂，当然也没有激情。只不过，她被剧院包装成了一位看似极具才华，出色又吸金的机器。她的演唱曲目和种类跨度很大，几乎囊括古往今来一切音乐歌剧大师们的杰出作品、无论德国、法国还是意大利，她都要涉及，大师们的伟大作品被她源源不断的加工出来。迄今为止，她从未唱错一个词，跑过一个调，总之她是一个精准又好用的唱歌机器！

当然也不乏吹捧巴结之徒夸赞过卡洛塔的歌喉，就像音乐大师罗西尼称赞克罗兹夫人演唱德语歌剧一样，说卡洛塔是在用生命的激情在唱歌，灵魂是如此纯洁而美好！

噢！用灵魂唱歌的卡洛塔！当年你在巴塞罗那(Barcelona)①的小酒吧里当陪舞时，你的灵魂去哪儿了？当年你在巴黎街头的露天广场上像荡妇一样演唱恶俗下流的艳曲时，你的灵魂去哪儿了？当年你在某个情人家庭派对上，面对满堂自称大师的音乐家，开动你那嗓子马达，大唱特唱对爱情的不屑对真爱的冷漠讽刺时，你的灵魂去哪儿了？噢！灵魂纯洁而美好的卡洛塔，如果说你也曾有过灵魂，那么现在它已经被狗给叼走了！当你扮演朱丽叶、埃尔森、奥菲莉亚和玛格丽塔等无数个经典角色时，你应该唤回你丢失的灵魂啊！否则，你造作无味的表演简直就是在拿经典作品当厕纸。

---

① 巴塞罗那：加泰罗尼亚自治区首府，位于伊比利亚半岛东北部，濒临地中海，是西班牙第二大城市，加泰罗尼亚的港口城市，是享誉世界的地中海风光旅游目的地和世界著名的历史文化名城。——译者注

每当我想起卡洛塔对克莉丝汀的百般为难和暗中使坏时，我便愤愤不平，克制不住对卡洛塔的厌恶和愤恨。我很难将她的唱歌艺术称之为真正的艺术，然而她的那些爱慕者可不会同意我的看法。

话说回来，此时卡洛塔读完信后走到窗前，看到一辆黑色的灵车正好停在楼下。灵车和方才的恐吓信让她不由地打了个寒噤，她又怕又恼，猜到今晚恐怕是凶多吉少在劫难逃了，便立马召集一群狐朋狗友，告诉他们克莉丝汀威胁她了，她要让克莉丝汀知道她的厉害。

到时候，卡洛塔会让仰慕者坐满全场，她有无数仰慕者，如果真有不测的话，只要她一声令下，这些人都会蜂拥过来保护她，恨不得亲吻她的脚丫子。

一会儿，理查德派秘书亲自前来慰问女主角身体如何，能不能按时登台，卡洛塔信心满满地保证一定出演。于是秘书按照经理要求，嘱托卡洛塔保重身体，万事小心，好好待在屋里不要受冷着凉。卡洛塔不自觉地把经理的嘱托和恐吓信挂上钩。

下午五点，又一封恐吓信送达，同样是简短的内容，同样是鲜红鲜红的字迹。只见信里写道："你如果够聪明的话就给我老老实实地待在家里，你若执意登台，必将自找苦吃!"

阅毕，卡洛塔耸耸肩，不置可否地冷笑起来，旋即又高唱几句唱词清了清嗓子，表现自己的不屑和胸有成竹。

到了晚上快要开演的时候，她的那群追随者果然到场，他们四处扫望并未发现任何异常。来听戏的人除去那些附庸风雅的土豪外行和老实本分又带有文艺气息的中产阶级外(他们目光呆板，等不及要再次听到那宛若天籁的嗓音)除此之外便是那些真正懂戏剧有钱又有闲的剧院常客了，观众差不多都来齐了。这次，蒙沙曼和理查德特意跑到二楼五号包厢坐定，卡洛塔看到二位经理如此赏脸亲自莅临演出现场，于是心里更加踏实和得意了。当然蒙沙曼和理查德可不会为了区区一个女演员放下公事特意观演，他们此刻屏息凝神一刻也不敢放松地静候魅影现身。

“噢！虚妄！一切都是虚妄！我在这寂静的夜里追问苍天大地，满天神灵，却没有一位回答我，我的心灵是如此疲惫，双眼是如此困倦……这虚妄的人生，这死一般寂静的黑夜！……”

男中音歌手卡罗勒斯·方达(Carolus Fonta)刚刚唱完浮士德博士对黑夜和地狱的第一次追问。理查德正坐在魅影的位子上，第一排最靠右的椅子，听到兴头上的他转过身来对同坐的蒙沙曼说道：“哎，你听到什么声音没有?”

“别慌嘛！这才刚刚开始呢！你难道忘了魅影的习惯，他总是在演出中场，第一幕快结束时才来的。”蒙沙曼开玩笑说道。

结果一直等到第一幕唱完，也不见魅影现身。卡洛塔的朋友们倒不觉得意外，因为玛格丽塔还未出场。两位经理不无得意地笑了起来。

“你看，第一幕都唱完了!”蒙沙曼说。

“原来魅影也会耍大牌嘛!”理查德笑道，他的心情格外愉悦。

“今晚着实不错，对于一个被诅咒的剧院而言!”蒙沙曼继续笑着说。

理查德指给同伴让他看坐在观众席上的一位身着黑衣，身材臃肿肥胖的老妇人，坐在她左右两边的是两位同样举止粗俗身穿粗布劣质礼服的男子。

“他们是谁?”蒙沙曼好奇地问。

“哦，她是我家的女仆，旁边一个是她的兄弟，另一个是她的丈夫。”

“是你给他们买的票吧?”

“是啊，我家那位女仆说她从没看过戏……今天头一回，我请她看……往后她可以天天来看戏了。不过在她正式享有此福利之前，我得掏钱请她看一回。”

蒙沙曼不明白他说的什么意思。理查德又解释道:“我将马上启用这个女仆去顶替吉莉太太的包厢管理员职位。”

“顶替吉莉太太?你可知道她现在要起诉你!”

“向谁起诉?去魅影那儿起诉我吗?哈哈!”

理查德一脸的不在乎，完全把蒙沙曼的话当成了一个笑话。

突然，舞台管理员推开包厢大门，径直走了进来。

“怎么回事?!”两人被管理员吓了一跳，这个时间这个点门被突然打开让再怎么不在乎的经理们也受了一惊。

“两位先生是这样的，克莉丝汀写信恐吓卡洛塔，卡洛塔此时正在后台发疯呢!”

“剧院怎么会出现这种内讧?”理查德眉头紧锁。

不管怎样，此时演出幕布已经拉开，露出的是露天集市的布景，理查德大手一挥让管理员退了出去。

等他出去，蒙沙曼悄悄地在理查德耳边问道:“戴伊还有朋友?”

“是的!她确实有一个朋友。”

“何人?”

理查德目光一转，望向二楼别处的一间包厢，只见里面坐了两位男士。

“沙尼伯爵?”

“对，就是他！他多次向我力荐克莉丝汀·戴伊，显得非常殷勤而热心。我只知道他是索瑞丽的朋友，没想到他也……”

“噢……原来如此啊！嘿！那坐他旁边的那位年轻瘦弱又苍白的年轻公子是谁呢?”

“那是他的胞弟，沙尼子爵。”

“他看起来病怏怏的，最好是回家补一觉，瞧那样子!”

此时，华灯初上，乐声响起，一场盛大的演出就要拉开了。

“不管是红酒还是白酒，美酒还是烈酒，让我们尽情畅饮，一醉方休吧!”演员开始唱道。

学生、市民、军人、少女还有主妇，在以酒神巴克斯命名的小酒馆门口尽情地跳舞，转着令人头晕目眩的圈圈。在人群热烈的欢呼中，我们的西尔贝登场了。

克莉丝汀·戴伊，她的美让人窒息，年轻俊美的脸庞上透露出一丝淡淡的忧愁和典雅的高贵。卡洛塔的那帮朋友们以为克莉丝汀也带了一大群人过来捧场，届时给她加油助威。结果他们只听到，观众席上发出几声稀稀拉拉的掌声。与此相反，当卡洛塔扮演的玛格丽塔登台时，才唱出两句台词：“噢！我的主啊！我既非贵族名媛，也无惊世美貌，我无须劳烦任何人出手相助。”就这两句短短的唱词，场内竟然想起经久不息的掌声，显得那么讽刺而冗长。

那些不了解情况的人个个面面相觑，不知道究竟发生了什么。第二幕也是风平浪静，顺利闭幕。知道底细的人在底下窃窃私语，议论道：“好戏马上要开始了。”而那些自认为顺风耳的人无比肯定的断言精彩好戏将在“图勒王”那一幕上演，更有甚者已经赶忙跑去给卡洛塔通风报信了。

中场休息时，经理二人暂时走出包厢，想再去找舞台管理员了解下情况。随后，他们又觉得没有必要，不以为然地耸耸肩，然后就又折返回了包厢，结果还没走进包厢，他俩就看见栏杆上放着一盒英国点心。这是谁放在那儿的呢？他们问管理员，无人知晓。于是只好走进包厢，又发现糖果盒旁边多了一架小望远镜。看到这情形，两人你望望我，我看看你，笑容一下子僵住了。脑子里不断回想起吉莉太太描述的种种……然后……然后他俩不约而同地感受到包厢里面充斥着一股奇异的气流。两人不敢掉以轻心，慢慢地坐下来，静观其变……

此时舞台布景正设定在玛格丽塔的后花园……

“待到晓露润花心，莫忘来把消息报，定不负君意……”

只见克莉丝汀手里捧着一大束玫瑰花和丁香花，刚唱完以上一段歌词，抬头便看见坐在二楼包厢里的沙尼子爵。突然间，她的声音一下子弱了下来，没有上次那么清亮、透彻而纯净，就仿佛是有什么东西哽在她喉咙里一样，让她的嗓音完全变得混浊，厚重还带有一丝畏惧、不安和惊恐。

“这姑娘真是太有意思了！”卡洛塔的一位朋友讽刺道：“那天，她的嗓音还纯洁得像天外飞仙，今晚啊，却活生生得像个老巫婆！又没技巧，又没经验！”

“温柔的小花啊，你静静地开吧，请代我转告她……”

只见沙尼子爵双手掩面，低声地啜泣，伯爵正坐在他后面，冷眼注视着这一切，又是使劲地狠狠地咬胡子又是耸肩直皱眉。伯爵生性冷静而锐利，此刻再也无法克制自己的愤怒了，他看着弟弟从一次神秘的几天旅行回家后，身体每况愈下，问他他又什么都不说，整天怏怏的没精打采。为了搞清楚到底发生了什么，伯爵邀请克莉丝汀来坐坐，结果那丫头毫不客气地给拒绝了，还说管你是伯爵还是子爵，自己谁也不想见。对此，伯爵更加确定是克莉丝汀让弟弟变成这样的了，于是恨上了克莉丝汀。哎！他真是太傻了，竟然为这样一个一文不名冷酷无情的小丫头怄成这样！

“她会知道他的心意吗？愿上帝用她的一个微笑赐福于我吧……”拉奥在心里呐喊。

“该死的小妖精！”伯爵在心底里咆哮。

他在心里反复思忖这个年轻的女人到底想要干吗……。他想从弟弟那里得到什么呢……。她那张纯洁无瑕的脸蛋看起来是那么没有心机，孤苦伶仃的可怜样儿，这个北欧小狐狸精竟然把一个深爱他的男人折磨成这样，真是不简单！

拉奥心情无比低落，一直低头任凭泪水像河水一样流淌，又害怕被哥哥看到，只好难受地憋屈着。他刚回到巴黎，就又收到了克莉丝汀的一封来信，原来在拉奥回家之前，克莉丝汀就已经离开了沛洛斯镇。信中她是这样写的：

我亲爱的小伙伴：

为了你我的性命安全，请你坚强一点，不要再来找我，也不要跟我说话……如果你真的爱我的话请照我的话做。为了我，为了你自己，我们必须得这样做。我永远不会忘记你，亲爱的拉奥。

你永远的小克莉丝汀

这时观众席爆发出一阵雷鸣滚滚的掌声，因为卡洛塔登场了。

“我希望我能知道给我写信的那个他是谁，不管他是贵族还是平民，请至少让我知道他的名字……。”卡洛塔唱到。

舞台布景依然是花园那一幕，剧目还是“图勒王”那一出，玛格丽塔一唱完，底下观众就跟鼓风机一样鼓掌又鼓掌，然后卡洛塔又开始唱《珠宝颂》(Jewel song)：

“啊！过去的欢声笑语怎抵得过眼前这璀璨闪耀的钻石珠宝！……”观众又是热烈的喝彩，恨不得把巴掌都拍烂。此时此刻，卡洛塔自我感觉无比的好，完全沉醉在观众的欢呼和舞台上的华丽表现，对那封血淋淋的恐吓信一点也不放在心里，恐惧感顿无。此时她扮演的玛格丽塔完全不是浮士德里面的那个娇羞温婉的玛格丽塔，而更像是穿着火红舞衣在桌子上大跳弗拉明戈舞的卡门。然而，观众们可不管你是玛格丽塔还是卡门(Carmen)①，发疯似的鼓掌呐喊。

一切恐怖的事情总是在最欢乐最热闹的时候发生，这是个普遍定律。

浮士德单膝跪地深情的唱道：

“皓月当空，清风十里，繁星耀眼，让我在这温柔而静谧的夜晚欣赏你美丽的脸，让我温柔地轻抚你的忧愁……”

玛格丽塔回应道：

“噢！多么神奇啊，这温柔的夜色就像魔法一样钉住了我，美妙的旋律像来去无踪的清风一下子俘获了我的心儿，那难以摹状的温柔，那沁人心脾的缱绻……”

恐怖的事情就在这时候发生了，正陶醉在音乐中的观众像触电般弹起来，坐在二楼五号包间里的二位经理也被这突如其来的变故吓了一大跳。众人互相对视，谁也无法动弹，也无从得知究竟是怎么回事。只见卡洛塔面部扭曲，眼珠暴

---

① 卡门：法国作曲家比才的最后一部歌剧，完成于1874年秋，该剧塑造了一个相貌美丽而性格倔强的吉卜赛姑娘——卡门，她在多位情人间周旋，大胆奔放热烈又浪漫，该剧在比才死后才获得成功，《卡门》是当今世界上上演率最高的一部歌剧。——译者注

突，像条疯狗一样嘴里发出呜呜的低吼，她试图保持镇静，嘴巴半张开从嘴里发出来断断续续的“那缥缈神秘的旋律在我孤独的内心中萦绕徘徊……”随后就是一阵聒噪的癞蛤蟆叫声“呱呱呱呱……”这张为录唱片而生的音乐机器嘴从未有过任何失误，从未唱错一个音、跑过一个调的精准机器，即使是最高难度的高音、混音、还是合音都拿捏得当，玩转自如；这张号称全巴黎城第一女歌唱家的女人，现在竟然就在她的嘴里……没错就是她的喉咙深处……蹦出了一只癞蛤蟆！

多么丑陋不堪，面目可憎、口流涎液的癞蛤蟆啊！它怎么会从卡洛塔的嘴里蹦出来呢？只见那只硕大的蛤蟆，后腿曲躬，前腿挺直，两眼鼓起，蛙膜一上一下，似乎做好随时跳跃的动作，回荡在大厅里的是一阵阵低沉的“呱呱呱……”叫声。或许你还不相信真有只癞蛤蟆从卡洛塔嘴里蹦出来，但我们千真万确听到那丑陋刺耳的怪叫……

整个剧院炸开了锅，人们你推我攘就好像是被癞蛤蟆的毒液给喷射上了身一样，观众比癞蛤蟆叫得还要大声。

谁也没想到今夜竟会发生这样的事情，卡洛塔被发生在自己身上的恐怖事件惊呆了，简直不敢相信自己的眼睛，此刻就算是有一道惊雷从天而降劈向她，也没有这只从嘴里跳出来的癞蛤蟆恐怖！当然，我们的卡洛塔就是卡洛塔，要是换作其他女歌手演唱中途从嘴里掉出来一只癞蛤蟆，一定会耻辱得想死，但卡洛塔受到短暂惊吓后立马恢复淡定和镇静，继续她未唱完的曲调“那缥缈神秘的旋律在我孤独的内心中萦绕徘徊……”她恢复得很轻松，就好像什么也没发生过一样，就好像是刚才有只苍蝇飞过，她一张嘴吞下去一样轻松淡然。

巴黎歌剧院演艺圈里汇聚众多想要出人头地的年轻女歌手，她们时刻等待着机会用自己浅薄的唱功一飞冲天，她们一面渴望飞黄腾达，一面又为自己仅有的那点音乐才能而骄傲不已，自不量力地挑战一些力不能及的曲目，而让人贻笑大方。上帝为了惩戒这些轻薄的女歌手，便会让她们演唱途中嘴里蹦出一只癞蛤蟆，这个传闻众所皆知。但卡洛塔可以轻松驾驭横跨几个高度的八度音，的确是一部唱功厉害的精密机器，今晚上帝竟也当众让她的嘴里蹦出了一只癞蛤蟆，这就有点奇怪了。

人们依然记得她那尖得能震碎玻璃的八度音，她在《魔力小提琴》中惊艳四座的断奏音，她在《唐璜》(Don Juan)①中让人震撼的女高音。甚至于有次演出，她还唱了令好友安安(Ann)都无比佩服的降半音，然而今晚上帝有意和她过不去，竟让她连句最简单平常的“那缥缈神秘的旋律在我孤独的内心中萦绕徘徊……”也唱不过去。这满场的呱呱乱叫究竟预示着什么呢？这其中一定另有蹊跷，不是某人暗中捣鬼，就是某人存心报复。卡洛塔在某一刹那赶到过无力的绝望，不过好强的她可不会在观众面前示弱。

剧场内依然混乱一片，最尴尬的当然是我们的女主角卡洛塔了，有生以来她第一次遭受这样的耻辱，而她请来的那群观众竟然还喝倒彩。她一时半会倒也不发作，她要努力维护她在众人心中的女神形象，就像断臂的维纳斯即使身体残缺不全，也要在参观者面前保持最佳的姿态。这就是她一直坚持的高贵和优雅！

话又说回来，这只奇怪的癞蛤蟆究竟是从哪里冒出来

---

① 《唐璜》：是19世纪浪漫主义诗人拜伦的代表作，是一部长篇诗体小说，通过主人公唐璜在西班牙、希腊、土耳其、俄国和英国等不同国家的生活经历展现了19世纪初欧洲的现实生活，讽刺批判了“神圣同盟”和欧洲反动势力。——译者注

的呢?

观众想知道，卡洛塔更是想知道。卡洛塔在心里不断地追问自己，刚才那几声呱呱叫真的是从自己嘴里发出来了么?这样的声音怎么可能从自己喉咙里发出来?这能称得上是音乐吗?甚至称它为噪音也不合理，因为噪音至少还有频率!这恐怖的呱呱声!她自己安慰自己，努力去忘记刚才的那一幕，告诉自己那只是一时幻觉，都是假的……

她绝望而无助地望向观众席，希望她信赖的朋友能给她一点安慰和动力，更确切地说是热烈的掌声。她的手指弯曲，用力地按在自己的喉咙上，害怕呱呱声会再次发出来。站在一边的搭档卡罗勒斯·方达也几乎不敢相信自己的耳朵，他一脸惊恐，像个木愣子一样傻定在那里一动也不敢动，就那样呆呆地望着卡洛塔。只有他离她最近，理论上只有她看得最清楚究竟是怎么回事。然而，他也无法解释眼前的景象，从那张可爱的樱桃小嘴里竟然发出如此丑陋难听的叫声。事情就是这样，发生地短促而迅疾，就在刚才那须臾之间，容不得人准备与回放。

这灾难般的短短几秒，对于理查德和蒙沙曼而言却像是雷鸣过后的雨点越下越大，反复回荡。他们早已脸色煞白，一句话也说不出来。本来歌剧魅影的传闻已让他们烦心不已，现在出现的这一幕一定会让谣言更加肆意，两人陷入了长久的焦虑之中。

这时，他们感到后背一阵发凉，魅影微弱的呼吸和无声的脚步正在向他俩靠近，蒙沙曼吓得汗毛直竖，理查德额头上渗出豆大的汗珠，颤巍巍地伸向口袋想掏出手绢擦汗。是他!他来了!就在这儿!在他们旁边，在他们身后，在他们周围的每一寸空间，无孔不入，他俩已经感知到他的到来，然而却什么也看不见！他们感受到他的呼吸是如此寒冷而微弱，又是那么真实而靠近！他就在这里，他们互相知道彼此的存在，却都不肯开口说话，谁也不敢轻举妄动。真正的恐怖就是这样，你肉眼看不见，心灵却时时处于震颤和不安中。理查德和蒙沙曼已经确信无疑魅影就在五号包厢内，接下来会怎样？谁也不敢保证！

突然，剧场中间发出一声巨响。在一片玻璃碎片爆炸的恐怖响声中，剧场内陷入更大的混乱，人群尖叫着哭喊着就好像是在经受地狱烈火的炙烤。这一刻他俩再一次确信这一切一定是歌剧魅影设计进行的灾难，他们靠在包厢扶手上，盯着舞台上疯狗样的卡洛塔，仿佛不认识她一样。那震耳欲聋的一声轰响，就像因她而起，她就是一个的的确确的灾星。

噢！灾难啊！他俩不是一直在守候它降临吗?！为何灾难到来的时候，他俩也是如此六神无主失去方向?！

歌剧魅影早已诅咒过巴黎歌剧院将永远受他的控制和诅咒！一个接一个灾难事件不断应验了他的邪恶诅咒。两位剧院经理头一回对肩上所挑的重担感到不安和惊恐，对眼前发生的一切失去了掌控。理查德声嘶力竭地对舞台上的卡洛塔吼道："给我继续唱啊！继续唱!"

但是卡洛塔心有余而力不足……她已无法继续……她勉强打起精神又唱了一遍那句结尾的歌词"那缥缈神秘的旋律……在我……"便再也无法继续下去了。

"我……聆听……"

全场观众安静下来，聆听她随后的唱词。

"那缥缈神秘的旋律……呱呱!!!"

"在我……呱呱！……呱呱……"

听到的是更加响亮的癞蛤蟆叫声。

场内一片哗然，两位经理瘫软在座椅上，既不敢向前看，也不敢往后瞄，他们已经毫无对策。就在他们百般绝望的时候，突然听到肩膀上方发出一阵冷笑，凉飕飕的干哑的冷笑，一个不知嘴巴在哪儿，没有舌头和头颅的声音清晰地说道："等着看吧，她今夜的歌声会让水晶大吊灯掉下来！"

两人连忙抬头，目光齐刷刷地望向天花板，霎时间发出尖厉恐怖的大叫，只见剧院穹顶上璀璨夺目，价值连城的水晶大吊灯在他俩绝望的叫声中轰然坠地，啪的在剧场中央砸得粉碎，碎片飞溅满场。人们抱头鼠窜，像被烟熏的马蜂窝，很多观众被碎片扎到也顾不得伤口疼痛流血，拼了命地往出口蜂拥。在此，笔者并非有意夸大当时的惨状，不相信的各位看官不妨去档案馆查看一下当年的巴黎报纸。此次事故中，一人当场死亡，并有多名观众受伤。

水晶吊灯不偏不倚地砸在一名中年妇女头上，最不幸的是这是她生平中第一次坐在巴黎歌剧院里看戏。事后才得知，该妇女正是理查德家的女仆，受主人指派即将替补吉莉太太成为五号包厢管理员。她当场一命呜呼，没有一丝力气挣扎。次日，巴黎各大报纸对此纷纷报道，赫赫标题为："不幸老妇命丧剧院水晶灯！"

这大概就是她的悼词了吧。

第九章　不可思议

自那悲剧性的演出之夜后，每个人都成了受害者，卡洛塔一病不起，克莉丝汀神秘失踪，杳无音信。一连半个月，没人见她来过剧院，也没有人在其他地方见过她，她就像人间蒸发了一样！

再次需要提示读者的是，克莉丝汀的此次失踪并未引起轩然大波，相比不久后的另一次失踪，这一次并没有引起太大重视。我们暂且来看看故事是怎样发展的。

克莉丝汀突然的消失不见，最难受和不能释怀的就是拉奥了。他发疯了一样地寻找，写信给克莉丝汀的资助人瓦勒留斯夫人询问下落，却得不到任何消息。最初几天，他倒不觉得事情有多么蹊跷，因为他十分了解克莉丝汀现在的状态跟自己一样非常差，在信中言辞坚决地要求断交，甚至还表现出性命攸关的严重性，只是他始终想不明白个中缘由。

随着克莉丝汀失踪时间越长，拉奥的焦虑和痛苦也越深，他整日惴惴不安徘徊在剧院门口期望再次看到克莉丝汀。《浮士德》的演员名单已经把克莉丝汀剔除在外，她的失踪等于断送了自己的锦绣前程，自己把自己给封杀了。这天下午五点钟的样子，拉奥又跑到剧院向工作人员询问克莉丝汀的消息，结果发现二位经理跟他一样焦虑不安，理查德更是没有了以往的风趣幽默。拉奥的亲戚朋友们对拉奥的变化不无担忧，他们经常看见他在走廊上来回踱步，双眉紧促，脸色蜡黄，仿佛身中邪灵一样身体每况愈下。

陷入苦恋的他爱得不能自拔，又无能为力。爱情中的男女都是傻瓜这话一点也不假！

水晶灯砸人事件之后，剧院被追究事故责任，而两位经理始终对此事保持沉默，不公开对外接受任何采访和做出回应。

于是调查只好草草了事，最后追定为意外灾难，原因是剧院水晶灯重量过大，螺丝老化造成的意外坠落。即使这样，剧院新旧两任经理都有玩忽职守的嫌疑，在交接前没有对剧院进行彻底的安全检查。

此次事件之后，理查德和蒙沙曼一下子变了，深居简出，判若两人，让人深感可疑。于是，众人纷纷猜测二位经理一定是遭遇过比水晶灯砸人更可怕更惊悚的事情，才会变得如此古怪孤僻。在处理剧院日常办公事务时，他们常常不耐烦地吆喝手下的人，而对吉莉太太的态度却来了一个 360 度的大转弯，不仅让她官复原职还百般问候。当拉奥跑来询问克莉丝汀的下落时，两人冷冰冰地说她请了长假，拉奥又问多长的假期，他们不耐烦地说无限期，克莉丝汀生了场大病，需要请长假。

“什么！她生病了！她到底怎么了！?”拉奥在办公室当场

叫道。

“我们怎么知道!”

“那你们难道没有让医生去看望下吗?”

“她说了不让看望。她是个诚实的孩子，我们都相信她!”

拉奥对此更觉怀疑了，他只好走出了剧院，心里仍是七上八下的，猜测克莉丝汀的种种不测，于是便再也按捺不住恐慌和不安，冲到瓦勒留斯家中去问个清楚。此刻，他不管克莉丝汀在信中是如何坚决地要求他不要来找她，他就想见到克莉丝汀知道她一切安好。他的脑海中不断浮现过去几个月发生的种种蹊跷事件，在化妆间门外偷听到的声音，在沛洛斯镇墓园度过的诡异夜晚，还有和克莉丝汀在海边的畅谈，这种种事件让拉奥认定当中必有联系，这一连串事件必然隐藏一个巨大的阴谋，只是他想不通那个从中作梗的人究竟想要干什么。

克莉丝汀是个纯洁美好的姑娘，简单又朴实，虽说带有点浪漫主义幻想色彩，倒也可以理解，因为她是在老戴伊先生的童话故事和音乐熏陶下长大的，父亲对她的影响是终生的，以至于父亲过世后她崩溃了好长一段时间无法平复。拉奥又想起小时候克莉丝汀沉浸在父亲琴声中的那副如痴如醉的可爱模样，就跟那晚在墓园中的情景一模一样。而那一晚自己不也是跟克莉丝汀一样沉浸在美妙的仙乐中了吗?他现在非常懊悔自己当时没有保持清醒，勇敢跳出来解救克莉丝汀，免受神秘黑影的乐声催眠。在匆匆赶往瓦勒留斯家的路上时，拉奥一直在琢磨这些问题。

拉奥为人正直耿实，多情又专注。他喜爱音乐和诗歌，尤其钟爱布列敦乡村旷野上流传的精灵故事，还对北欧小美人克莉丝汀深爱不已。他受过良好的教育和艺术熏陶，当然不会轻易相信迷信。

不知道瓦勒留斯夫人会告诉他些什么呢？他小心翼翼地按了按圣诺特丹维克托瓦尔大街（The Notre Dame Rue de Victoire）一幢小楼房的门铃。

开门的正是那天在克莉丝汀化妆间见到的那个女仆。他礼貌地求见瓦勒留斯夫人，女仆委婉告知夫人身体不好，不能接待。

“那麻烦你把我的名片递给夫人。”

过了一会儿。女仆把他带到一间光线昏暗的小房间，里面的家具年代久远，墙上挂着过世的瓦勒留斯先生和老戴伊先生肖像画。

“夫人说不好意思，她岁数大了腿脚不方便，只能让您去卧室见她。”女仆解释说。

几分钟后，女仆又带他来到一个和刚才房间一样昏暗的卧室，在微弱的灯光中他看到一位面容慈祥而平和的老夫人，正是克莉丝汀的资助人瓦勒留斯夫人。只见她如今已是满头花发，脸上沟壑纵横，然而她的目光中仍透露出智慧的光芒，坚定而纯净，让人感到温暖舒服。

“你好，沙尼先生！”她热情地伸出手握住拉奥的手“噢！多俊的小伙子啊！你一定是上帝派来的吧！真高兴见到你！克莉丝汀常常提起你呢……”

一听到克莉丝汀的名字，拉奥不觉精神一振，立刻问夫人“您知道克莉丝汀去哪儿了吗？”

“哦，她去她的天才老师那儿上课去了。”老夫人笑着说道。

“什么天才老师！”拉奥吃惊地叫了起来。

“音乐天使啊！”

拉奥惊呆了一句话也说不出来，顺势跌坐在身后的椅子上，果然如他所料，克莉丝汀和那个所谓的音乐天使在一起！瓦勒留斯夫人笑了笑，伸手捂嘴，示意他不要把此事说出去。

“夫人放心，我绝不会走漏半点消息的！”拉奥茫然地点头，脑子里像糨糊一般混乱，不知如何是好。整个世界就像飞速旋转的木马一样，带着他转啊转直到两眼昏花跌跌撞撞，看不清周遭的一切，屋内的一切跟着他的眩晕一起旋转起来，天旋地转让他无法坐稳。老夫人安慰他道：“小伙子你放心吧，她不会有事的。”

“嗯嗯，我知道！”拉奥敷衍着回答，心里顾不上任何人除了他的小克莉丝汀。老夫人脸上流露出慈祥的微笑，“坐过来一点吧，像你和克莉丝汀小时候一样，过来牵着我的手，把戴伊先生讲给你们听的小洛特故事讲给我听。拉奥，你真是个好小伙子，我很喜欢你，克莉丝汀也是。”

“真的吗？她也喜欢我……”拉奥轻轻地叹了一口气，想要克制自己的难过和怅然若失。他的思绪里不断闪现出天才老师这几个字，还有克莉丝汀常常说到的那个所谓的音乐天使，沛洛斯镇教堂祭台上遭遇的黑影，巴黎歌剧院传说中的魅影，那天无意中撞见工人们谈论约瑟·比凯的意外吊死和比凯生前描述过的魅影模样……这中间一定有千丝万缕的联系。

“夫人，您怎么知道她喜欢我呢？”拉奥小声问道。

“她几乎每天都会提到你的名字啊！”

“真的吗？那她是怎么说的呢？”

“她说你跟她表明心意了。”

老夫人说到这里禁不住笑了起来，洁白的牙齿像棉花一样雪白透亮，拉奥早已脸红得像女孩子了，羞得哑口无言，起身要告辞。

老夫人连忙留住他让他再坐一会儿，老夫人以为他听到自己笑他生气了，于是对他说道："小伙子你别走啊，老朽可不是存心嘲笑你啊，你和克莉丝汀都是我看着长大的，我真心希望你俩走到一起。总之，你们都还年轻，有些事情不是你看到的那样，克莉丝汀现在不是自由的人了……"

"什么！她订婚了吗?!"拉奥再也忍不住，声音沙哑地吼叫道。

"没有，绝对没有！尽管她想，她也不能订婚！"

"这是为什么？怎么我什么都不知道！"

"因为那个天才音乐老师不允许！……他不让她与任何人订婚……"

"又是那个魔鬼……"

拉奥恶狠狠地说道，怒目圆睁，下巴前倾，把对那个恶魔的愤怒全部迁移到老夫人身上，似乎要一口吞了老夫人，双眼里却是一片模糊。这种状态在拉奥身上并不常见，自从再次和克莉丝汀相遇之后，他的情绪时好时坏，像暴风雨一样。有时候压抑过久会让最善良的灵魂也变得邪恶可憎，从而产生出罪恶的念头，此刻的拉奥对老夫人就是这样的。而老夫人不知是没觉察还是故意装作一无所知的样子，神情镇定地继续说："就是她的音乐老师不允许，虽然他没有明说，但他警告过克莉丝汀如果她和任何人订婚，他就不再教授她音乐，再也不会让她听到他的音乐！你知道克莉丝汀那么热爱音乐，自然选择了保持独身。"

"是啊，她是那么热爱音乐，自然不会放弃!"拉奥叹息道，又无奈又伤心。

"难道克莉丝汀没有告诉你吗？那次她是和音乐老师一起回沛洛斯镇祭拜父亲的。"

“她从未告诉我这些！”

“那个音乐天使告诉克莉丝汀将会在老戴伊先生坟前用他的那把小提琴演奏《拉撒路复活》。”

老夫人的一席话似乎打开了拉奥心中的一个结，他迫不及待地问道：“夫人请您告知我那位音乐大师的下落！”老夫人一点也不奇怪拉奥会问这个问题，眼皮上翻，嘴角一努无比轻巧地说道：“他来自天上啊！”这种毫不负责的怪谈让拉奥又好气又好笑，无言以对。

对于一个从不现身，每晚去歌剧院女演员化妆间装神弄鬼的神秘黑影，老夫人竟会如此坚定地信赖并维护，拉奥对此感到十分诧异，真是太不可思议了！

现在他终于明白为什么克莉丝汀对音乐天使的传说深信不疑了，她是由一位坚持迷信音乐天使的乡村小提琴手和一位无比虔诚的老夫人共同带大的，在那种精神环境下长大的小女孩就算不迷信也会变得迷信了。一想到这里，拉奥便气得直打战。

“那克莉丝汀还是个纯洁的女孩吗？”拉奥难受地问道。

“当然！你怎么可以这样问？如果你不相信她是个纯洁的姑娘的话，干吗今天要过来问我！？”老夫人有些发怒了，情绪激动地说道。

“他们认识多久了？”拉奥继续追问道，心里五味杂陈的。

“大概有三个多月吧！对，从第一天给克莉丝汀上课起已经过去三个月多了。”老夫人确定地说。

拉奥一下子感到万念俱灰，他双手下垂，脸上挂着凄凉悲怆的神色，又嫉妒地问道：“他们在哪儿上课？”

“前几天克莉丝汀和那位音乐大师一起走了，现在在哪上课我也不知道，不过肯定不是在我的这个小公寓里，这里别说上课，就算是一只虫子叫，我也受不了咯！不过听她的女仆说音乐大师每天早上八点钟会准时到克莉丝汀剧院化妆间给她上课，那个点剧院里没有什么人，又清净又没人打扰。我说明白了吗?”

“我明白了，谢谢您！再见!”说完拉奥起身告辞，就要离开。老夫人在心里想着拉奥真是个痴心的小伙子！拉奥往外走穿过客厅的时候又碰到了那个女仆，女仆对他报以热情的微笑。拉奥眉头一皱感到女仆的笑带有嘲笑的意味，于是加快脚步头也不回地离开了老夫人的家。拉奥神情恍惚地回到了住处，没有跟哥哥说话。

他真想用马鞭狠狠地抽自己，拿头去猛撞墙壁！恨自己看走了眼，竟被她伪装的纯洁和无辜所欺骗。而自己呢还三番两次傻乎乎地对她表露心迹，丝毫没发觉她早已不是当年那个纯真可人的小克莉丝汀了。他为自己的一片痴情和愚蠢的单相思感到羞耻而可笑。噢！伟大的音乐天使，天天给克莉丝汀上课，还不许她嫁人。这样的音乐天使完全是音乐魔鬼，一定是巴黎艺术圈中哪个巧舌如簧又英俊潇洒的男歌手耍的诡计，目的就是要得到并且占有清纯佳人克莉丝汀！而克莉丝汀呢也是那种贪慕虚荣，轻浮暧昧的女人，自认有几分姿色便想凭脸蛋勾搭权贵以此在人才济济的巴黎歌剧院里占有一席之地。拉奥越想越气愤越想越羞愧，到最后为自己龌龊的想法感到震惊不已。

拉奥心里无比难受，于是打算上街走一走，散散心让自己被愤怒烧昏的头脑清醒下。结果站在车水马龙人来人往的大街上，心里被嘈杂的环境弄得更加心烦意乱，只得打道回府。一进门，他就想钻进自己的房里痛痛快快地大哭一场然后努力忘掉克莉丝汀。结果还未上楼就看见哥哥候在门口，大哥似乎比他更明白他心里的感受，用力地拥抱了他一下。拉奥像小时候受委屈时一样趴在哥哥怀里哭了起来，长兄如父就是这个道理，伯爵什么话也没有问只是静静地听他哭。不过，拉奥也不好意思告诉哥哥发生了什么，对音乐天使的仇恨和疑惑让他更加坚定死守这个秘密。

伯爵到底没有问什么，晚上带拉奥出去去一家小酒馆喝酒消遣，拉奥本可拿心情不好当理由拒绝哥哥的提议但转念一想正好可以借酒消愁忘掉不快，岂不是更好！伯爵告诉他，有人在博伊斯大街(Rue de Bois)上看到克莉丝汀和一位气宇轩昂的绅士走在一起散步，就在前天深夜。拉奥刚听到时怎么也不信，随后哥哥又向他描述了更多细节，这让拉奥不得不信了。其实巴黎歌剧女伶和上层绅士逢场作戏男欢女爱并不是什么大惊小怪的事情。那个目击者说看到克莉丝汀上了一辆豪华四轮马车，旁边坐着一位穿黑色礼服的绅士，面部轮廓看不清楚，马车的车窗开得很低，克莉丝汀探头出来呼吸夜晚的清新空气，月亮很亮，那个目击者很清楚地看到了克莉丝汀。马车飞快地向隆尚教堂(Longchamp Church)驶过去，转眼便消失在了夜色中。

拉奥又妒又气，疯了般地穿上大衣，准备去巴黎市中心灯红酒绿的声色场所去一醉方休，化解悲伤。于是他早早地跟伯爵道别，怅然若失地一个人走了。到了晚上十点钟左右，他拦了一辆四轮马车赶往隆尚赛马场(Longchamp race-course)①后

---

① 隆尚赛马场：隆尚赛马场位于法国巴黎市郊的布洛涅森林，是一处占地 57 公顷的赛马运动场地。它建立在塞纳河岸边，主要用于举行平地赛马比赛，以这里纵横交错的赛道和给良马提供严峻挑战的小山丘而出名。这里自然环境优美，比赛激烈，无论是否有赛事举行，一直都吸引着大批游客前往。——译者注

面的小街。

夜晚的天气阴冷而寡清，人们都已归家休息，整个大街没有几个行人，一轮清冷而明亮的月亮挂在天上，照得大街上洒满乳白色的光芒。拉奥让车夫把四轮马车停在一个别人看不见的角落，然后自己下车走过大街。

约莫过了半个钟头，突然拉奥看见一辆豪华四轮马车从巴黎市中心往他这个方向驶过来，车子在路口转个弯，一点一点地向他站着的位子逼近。

拉奥的心又惊喜又兴奋又难受，怦怦乱跳。“是她！一定是她来了！”拉奥的心就像那晚站在克莉丝汀房门外偷听一样紧张兴奋又不安。只有上帝知道他是那么爱她！为她欢喜为她忧！

嗒嗒的马蹄和吱吱呀呀的车辙声敲击着他的神经，他原地不动屏息凝神，他在等候克莉丝汀和那位音乐天使现身，如果坐在车上的真的是克莉丝汀，他发誓一定要跳上马车跟那位音乐天使决一死战！

近了，近了！还差几步马车就会来到他身边，他全力以赴准备一场决斗，箭在弦上一触即发。这时，马车终于过来了，一个年轻女子把头伸向窗外，她的脸像月光一样惨白。就是克莉丝汀！没错！就是她！千真万确！

“克莉丝汀！”拉奥抑制不住激动大喊出来。

看到爱人的身影，就像行走在沙漠中的旅人看到了清泉一样，所有的郁闷不满愤恨和悲哀此刻都化作爆炸般的喜悦。他撒腿就追，边追边狂喊“克莉丝汀！克莉丝汀！”然而短暂的喜悦被少女漠然的关窗行为给生硬地浇灭了。那惊鸿一瞥，那雪白的面孔，那幽怨的眼神都随着远去的马车化作一个模糊的圆点，消失在了无边的夜的黑暗中。

他张大的嘴唇还来不及合上，“克莉丝汀”这个名字挂在嘴边都还没有收回，他绝望地望着远去的马车，恨自己没有疾走如风之本领可以飞快地扒上马车，夜风阵阵拂过街道，满天星辰像哭碎的泪花，一颗颗直掉落进他的心里。他气不打一处来，用手使劲地捶打自己的胸膛。爱情原来那么伤！他爱她，她却爱着他！

他两眼无神空洞地望着空无一人的街道，夜凉如水，丝丝寒意滑过他的面颊，那俊美的脸庞如今已没有半点血色。他深爱过的那位天使般的女孩此时让他无比厌恶怨恨！他为自己的阴暗想法感到恐惧和震惊。

拉奥啊拉奥！你这又是何苦呢！那个北欧小美人明明就是在玩弄你的感情啊！她伪装清纯，羞怯而柔弱，连追随者投来的一个崇拜的眼神都会令她脸红如苹果，这些难道不是她用来伪装自己真实的丑恶嘴脸最好的道具么？如果她真是清纯如莲花，又为何在深夜坐上豪华马车去与陌生男子共度春宵呢？

她完全就是虚伪与谎言的集合体，一个真正的荡妇下贱肮脏的女优，跟卡洛塔等货色没什么两样！然而上天为何赐给她一副如此水汪汪的明眸大眼呢？叫她生来以蛊惑男人为己任吗？

她真是个绝情的小妖精，一方面对他不理不问另一方面又写信示好，把年轻小伙子的心挑动得七上八下，一会给他希望一会叫他绝望。既然她已在信中的明确恩断义绝，互不往来，他又为何如此犯贱地抓着不放呢！

“走开！……滚得越远越好！……你以为你是谁！……”

他绝望地想要自杀，但转念一想自己才 22 岁！就这样一死了之多对不起哥哥多年的辛苦栽培啊，就算到了黄泉之下也无脸面对父母啊！就这样浑浑噩噩地睡了半夜，次日早晨，家仆看见拉奥没精打采地焉在床榻上，面色无光，衣服耷拉在身上，那样子就像坟墓里爬出来的新尸一样。仆人吓得半死，忙张罗着主人洗漱早餐。仆人手里夹着一封信，被拉奥老鹰掠食般一把抓过。只见信中用依旧纤细秀气的字体写道：

我亲爱的小伙伴，请你后天午夜务必到剧院参加一个假面舞会，地点在舞台后面的小会客厅，到时请你站在剧院和洛顿大街(Rue de Lorton)相通的后门口。不要告知任何人这个舞会，务必穿上白色长大衣并白色帽子，带上你的面具，以防他人识见。

你永远的小克莉丝汀

第十章　谁是艾瑞克？

只见克莉丝汀寄来的这封信上并没有邮票，上面还有点点污泥，像被雨淋了一样。上书几个大字“望拾到者转交拉奥·沙尼子爵”随后是铅笔写上的邮寄地址。可以推想，克莉丝汀是故意把信和几张钞票绑在一起放在大街上以此让路人捡到后交给拉奥。而那位好心的路人也的确把信送给了拉奥。

这封信让拉奥死了的心又活了过来，克莉丝汀不再是邪恶放荡的女人，而是以前的那个纯洁小天使，一个敏感又带点天真总是爱幻想的小姑娘。说到底，她也是歌剧魅影的受害者，至于她受到哪些伤害，拉奥怎么也想不明白。拉奥感到无比头疼，担心克莉丝汀在歧途上越走越远。即使这样焦虑和担心，拉奥也觉得他的这种焦虑和痛苦比把克莉丝汀在他心目中变成荡妇要好得多！到底是什么样的坏人要毒害美丽善良的克莉丝汀？是什么样的骗子竟有如此大的魔力？

除了音乐难道还有其他魔术吗？他越往深处想越觉得可

疑，他还记得他俩小时候常常讨论的音乐天使的故事。那次回沛洛斯镇克莉丝汀再次对他讲起音乐天使。这所有的故事都是打开真相大门的钥匙，届时所有谜团都会被解开。也许老戴伊先生去世后，拉奥低估了克莉丝汀所承受的痛苦，那些对音乐的执着对生活的信念都被他挚爱的父亲一并带走。在音乐学院求学期间，她就像一具行尸走肉，没有灵魂没有激情。音乐天使的到来让她在冥冥之中仿佛获得某种生活的动力还有重新对音乐的热情。

那晚成功扮演玛格丽塔之后，她获得的巨大肯定和追捧让她更加肯定音乐天使的真实性和重要性。可是那个神秘的音乐天使究竟是谁啊!？他又是如何知道老戴伊先生讲的那个音乐天使传说？他知道后又是如何利用这个传说一点点控制克莉丝汀的思想，就像艺人摆布一只提线木偶那样随心所欲呢？

这种奇异事件让他想起一个典故，那不勒斯（Naples）[①]女王贝尔茉特女王(Belmot)刚经历丧夫之痛时整个人因痛苦和绝望而变得麻木不堪，内心的悲恸让她失去说话的能力，眼睛里也流不出一滴泪水，形容枯槁，精神崩溃，差点一命呜呼。朝野上下无不担忧。

一天，德国著名歌唱家洛夫(Lof)正好旅行到那不勒斯，想要一览国王举世闻名的私人花园，得知女王的遭遇后。洛夫想了一个法子，在仆人安排下躲在女王花园后面的树丛中唱大婚之夜国王唱给女王听过的歌谣。曲调悠扬婉转，深情流淌，那美好的旋律和优美的歌词在男歌唱家浑厚又富有男

---

① 那不勒斯：是意大利南部的第一大城市，坎帕尼亚大区以及那不勒斯省的首府。——译者注

性魅力的嗓音下被演绎到了极致。女王听闻此音顿时声泪俱下，哇地大哭出来，长久累积的阴郁和衰伤被眼泪释放和冲淡了，女王也因此从死亡线上挣扎了过来。女王始终相信当晚的歌声来自于丈夫显灵，为她再唱一曲昨日情歌！

“但是……克莉丝汀的那位音乐天使又如何解释呢？”拉奥心想。“如果说女王的传说是真的，那只是因为男歌唱家献唱一晚而已，谎言无从考据，如果贝尔莱特女王连续不间断三个月听男歌唱家唱歌，定有一天会识破躲在花园树丛后的洛夫。所有美好而善良的谎言终究是谎言，只是需要时间来考验。”而克莉丝汀的那位敬业奉献的音乐老师不仅每晚给学生上课，还带学生乘坐马车穿过巴黎市区去幽静的树林里散步。

拉奥双手蜷缩，胸中隐隐作痛，就好像有人拿烙铁烙他的心脏一样，跳动的血液在呲呲作响的火光中慢慢萎缩干涸。爱情对于没有恋爱经验的拉奥来说就是一场痛苦的马拉松，而他还不知路的尽头在哪儿？他不知道克莉丝汀究竟要玩什么把戏？也不知道自己接下来将面临什么样的打击？年轻而狡黠的少女把陷入苦恋的少年折磨得面黄肌瘦，死去活来，爱情是多么让人悲哀啊！

他的内心纠结而矛盾，不知道对爱人是爱还是恨，一种说不出来的复杂感情左右着他，但是拉奥最后还是遵从克莉丝汀的请求，穿上戴帽子的白色大衣，并戴上面具在预定的时间赶到舞会。

他的装束有些滑稽，用厚花布剪裁成的半边脸面具，加上一袭白大衣，活像午夜出没的幽灵。作为一位上层阶级的年轻绅士，这种着装一定会遭人讪笑。但转念一想，穿成这样再戴上面具，根本就没有人认得出来。他可以把自己的情绪很好地隐藏起来，四处游荡如若空气，就像在家中自己的房间中一样，把门一关没有任何人看得见他的喜怒哀乐。即使戴上面具，他也没必要刻意伪装情绪，这真是个好法子！

舞会定在一个特殊的日子—忏悔节(Shrovetide)①之前，纪念一位著名画家诞生，那位画家擅长描绘巴黎市区的繁华盛景，跟擅长乡村田园风景画的保罗·加尔瓦尼(Paul Garwani)是正好相反的两个派别。舞会的气氛比以往任何时候都要热闹、奔放、嘈杂，大量波西米亚人(Bohemian)②戴着面具进场，还有很多巴黎艺术圈知名人士到场，后面还尾随着巴结奉承的学徒和模特。午夜时分，舞会正式开始。拉奥在午夜十二点差五分时爬上楼梯进入剧场，迎面只见楼梯上尽是各种各样五彩斑斓的华服丽影，舞会用豪华布景装饰。人们戴着各种各样或滑稽或忧郁或兴奋或冷漠的面具。拉奥懒得看一眼，也不想跟任何人讲话。有几对热情而奔放的恋人旁若无人的亲吻，拉奥匆匆一瞥就闪了过去。穿越拥挤的人群，拉奥正在努力寻找克莉丝汀所说的那个小客厅，还得眼疾手快地避开跳着圈圈舞的人们，最后他终于找到了那个地方，客厅很小，但比外面更加拥挤。来来往往吃东西喝香槟的人都要穿过这里，这里的喧闹和拥挤让约会显得更加隐秘而便利。

他一头靠在门上等待着，过了一会儿只见一个全身包裹

---

① 忏悔节：基督徒思罪忏悔的节日。大斋节首日(圣灰节)之前的星期二举行，以表示谢肉节的结束，人们应准备封斋。也称“忏悔火曜日”(Mardi Gras)。在英国习惯称为“煎饼星期二”(Pancake Tuesday)，人们在这一天要将斋戒节期间禁止食用的肉、油用完。——译者注

② 波西米亚人：波西米亚(Bohemia)是捷克西部与德国接壤的一个地名。位于捷克的西部地区，原属奥匈帝国的一部分，是行走于世界的吉卜赛人的聚集地。——译者注

着黑衣长袍的人走过来，那人快速而迅猛地抓住他的手臂，示意他跟在后面。拉奥一下子明白了那就是克莉丝汀！

“克莉丝汀，是你?”拉奥从牙缝里挤出几个字。

黑衣长袍猛一转身，手指捂嘴，暗示拉奥不要说话，拉奥会意便不再出声。

气氛诡异而神秘，拉奥感到阵阵担心，他太害怕失去她了，被她抓着手臂，拉奥心里感到暖融融的再也提不起一点恨意，以往在心里对她的种种指责顷刻间化为乌有。他的心里充满谅解、仁慈和爱意，他相信克莉丝汀明白他对她的深爱，他相信克莉丝汀早晚会给他一个合理的解释。

黑色长袍走着走着还不时地往回看，生怕拉奥跟丢了。

拉奥就这样跟在克莉丝汀后面，穿过拥挤的人群来到大厅，看到狂欢而沉醉的人群醉生梦死的样子，心里不无鄙夷与厌弃。突然，他眼光一瞥看到一个装扮怪异，举止古怪的人，他浑身上下给人一种极不舒服的恐惧感觉。

只见他着一身鲜血般的大红长袍，带着骷髅面具，头上还插着几根粗大的羽毛。骷髅面具恐怖而逼真，引得舞会上的年轻人纷纷驻足围观。人们拿他打趣，追问他上哪买的这么一身逼真的装扮，简直把真正的死神都快要比下去了！

头顶别着羽毛，面带骷髅头，身穿鲜红大长袍，长袍外面还披着拖地红丝绒的神秘男子站在人群中间活像一根被熊熊烈火燃烧的大火炬。该男子还特意在自己大衣上绣上一行大字“不许触摸！我乃死神！”人们看到这行充满杀气的烫金大字都要大声念一遍然后哈哈大笑。

还有冒失之人非要伸手去摸一下他……结果就遭殃了，只见一双白骨爪猛地掰住那人的手腕，冒失鬼越挣扎，红衣男掰得越紧，似乎要把他的手腕给活活地扭断一样。可怜的人发出痛苦的哀号，不断求饶，最后红衣男发了善心一把松开了他，那人跳蹿着逃命似的跑开了。

拉奥走过这个残酷无情的红衣男身边转头看了他一眼，不巧那人也回头看着他，两人四目相对那刹那，拉奥差点大叫一声："墓园鬼影！"他一眼便认出那晚的神秘黑影，正准备伸手拉住他，被前面的黑衣长袍一把拉开了，飞快地穿过大厅消失在热闹的人群中。

边跑，黑衣长袍边回头看身后，途中似乎看到什么恐怖的东西，于是不断加快脚步，把拉奥带得晕头转向。他们就这样一口气跑了出去，顺势爬上二楼，所有的楼梯和走道都空荡荡的，黑衣长袍一把打开房门，让拉奥进去。"没错！就是克莉丝汀！"拉奥心中无比激动。黑衣长袍四处张望，立马关上房门，并小声要求拉奥不要出声不要出门。拉奥取下面具，要求克莉丝汀也摘下，却见克莉丝汀紧紧靠在门后细听外面的声响。然后把门打开一条小缝，悄悄地说："他走了，一定上楼去了！"转而大叫道："他走下楼梯了！"

克莉丝汀正欲关门，被拉奥一把拉住。拉奥伸出头看见楼梯上出现一只红色鞋子，然后走下来另一只红鞋……最后鲜红大衣现身了。长长的曳地红丝绒像条火舌样燃烧整个楼梯。拉奥再一次看见那张骇人的骷髅脸，沛洛斯镇那晚的一幕再次浮现。

"正是他！给我站住！别想逃！……"拉奥狂吼道。

克莉丝汀死命地关门，拉奥用力往外冲。

"那个人到底是谁？"

"求求你别出去！他不会饶了你的！"克莉丝汀哭喊道。

拉奥完全不顾克莉丝汀的阻拦，想要夺门而出，谁知柔弱的克莉丝汀力量惊人，死死地把门抵住。拉奥顿时火冒三丈，似乎看透了一切。

“告诉我他是谁！是谁?！这次我绝不会让他逃走!”拉奥对着克莉丝汀咆哮着！

“你说的‘他’到底是什么意思？你不会让谁逃走?”

“谁？你不知道吗？我倒要看看那个男人究竟是谁！那个装神弄鬼的混蛋！恶魔！躲在阴暗虚伪面具下的小人！他到底是谁？是不是沛洛斯镇墓园里的骷髅头！死神！红衣骗子！还是你亲爱的朋友？音乐导师？我今天非要揭穿他的谎言，曝光他的真面目！让你好好看看那个音乐天使究竟是天使还是恶魔！这一次让我们都彼此坦白，说清楚你到底爱谁！谁才是真正爱你的人!”拉奥又笑又叫，像发狂了一般吼出这一段撕心裂肺的话，此时克莉丝汀早已哭成了泪人，仍然死死地挡住大门不让他走出半步。

“拉奥，以我们相爱的名义，我求你不要出去好不好！……”女孩绝望地哀求道。

拉奥一下子怔住了，克莉丝汀口中说出的“相爱的名义”霎时安抚了他狂躁的心。什么，以他们相爱的名义？克莉丝汀可是从来没有对他吐露真心过的啊！无数次她任凭拉奥在她面前痛哭流涕，表白心迹都不为所动，这次竟然说“以我们相爱的名义”？那晚在沛洛斯镇墓园，他为了她追出客栈，一路尾随她到深夜的墓地保护她的安全，结果被神秘黑影惊吓得昏迷，在荒郊野外冻了一夜，直到第二天才被人抬回来。这些她难道不清楚吗？在他最绝望最渴望她陪伴的时候，她在哪儿？她杳无音信！而现在她竟然大言不惭地说“以我们相爱的名义”真是让人笑掉大牙！她一定是想拖住拉奥，好让她的音乐天使平安溜走。所谓“相爱的名义”无非是一个天大的笑话！

“你骗我！小姐！”他的语气冷漠而坚硬，拼命装出的冷酷中还带有几分幼稚，“少来！你根本就不爱我！你也从没爱过！你把我当三岁小孩一样耍弄，羞辱！你高兴了吧？那次我追着你回了沛洛斯镇，你对我的态度就像是看戏人对耍猴的眼神，你的脸上挂满嘲弄与不屑。你把我所有的希望，忠贞不移的希望给击得粉碎！你知道我是坚定诚实的人，我一直以为你也是坚贞不二的女孩，没想到你却这样耍我！玩弄一个真正爱你的人！当你和你的音乐天使，红衣恶魔快乐地在舞会上起舞时，你会不会为你的卑鄙和龌龊感到羞愧？你会不会为你玩弄一个痴心多情的人而感到懊悔？克莉丝汀！我从心底里看不起你！……。”拉奥越说越激动，最后忍不住哭了起来。

克莉丝汀听着他又哭又骂，始终没有辩驳，她一心想着无论怎样都不要让他出门。

“我一想到我曾经的全部梦想就是娶一个歌剧荡妇为妻，我就羞愧地想死！”拉奥连连爆粗。

“拉奥！你怎么可以这么说！”

“将来你定会为你今天的言行后悔的！到时候你一定会跪着求我原谅！放心，我一定会原谅你的！……”

拉奥情绪激动地吼道：“你别自以为是了！你毁掉了我对你所有的美好幻想，你带走了我全部的灵魂和爱！现在你还要把我逼死吗！?”

“拉奥！你真是可怜！……”

“克莉丝汀，我真为你感到悲哀！”

“你一定要好好活下去！我亲爱的朋友！”克莉丝汀声音变得低沉而哀伤。

“再见……再见……拉奥！……”

“再见！克莉丝汀……希望我们永不再见！”

“好……”

年轻人踉踉跄跄走上前去，末了又来一句风凉话：“要是我偶尔来剧院看看戏鼓鼓掌，你应该不会把我赶出去吧？”

“别这么说拉奥，你再也不会看到我登场了！……”

“哦？是吗？你的音乐天使一定给你安排了更多的辅导课程吧？他可真是位敬业奉献的好老师啊！……但是，我昨晚还看到他带着你在丛林大道上闲逛呢！或许下次你俩闲逛的时候，我们能在路上碰到打个招呼呢……”

“放心吧，拉奥，我说了你不会再看到我你就一定不会再看到！”

“好吧，在离别之际，能否透露一下你要去什么鬼地方？……是天堂还是地狱还是隐遁在这栖栖惶惶的人间？”

“今天我叫你过来就是准备告诉你真相的，现在看来你已对我彻底的心灰意冷，我无论说什么你都不会相信我了。多说无益，拉奥，我们彻底结束了……”

当克莉丝汀咬着牙说出“彻底结束”这几个字时，声音凄凉而绝望，拉奥的心里难受地触动了一下，一丝异样的懊悔慢慢撕扯他的心。

“不管怎么说，你必须让我明白这一切是为什么！我们都是自由的人，互相没有束缚。你有时间午夜漫步街头，有时间穿黑裙参加假面舞会，为什么没时间回家看一眼瓦勒留斯夫人呢？你知道她是多么想你。这半个月来，她连你的人影都看不到，你怎么可以对她不管不顾，况且夫人的身体状况也不好！你对夫人讲音乐天使的故事究竟用心何在？是你太单纯还是那个骗子太狡诈？

“克莉丝汀，别再装糊涂了！那晚在沛洛斯镇我亲眼看到一切，你比我更清楚不是吗？你完全知道我在说什么！你不傻我也不傻，何必要继续遮掩下去了，可怜的瓦勒留斯夫人竟然听信你的鬼话！克莉丝汀，请你给大家一个说法！不要再玩弄我们的感情了好吗！”

克莉丝汀依旧无言只是摘下面具，艰难地说了几句简短的话：“这一切只是命中注定的悲剧！……”

一抹浓霜般的惨白铺盖了她整张脸，过去那粉嫩而红润，温柔而娴静的小脸蛋现在看起来是那么憔悴而羸弱。是痛苦和委屈还有难言的悲哀沉淀成的最苦涩的表情。过去，那清澈如水的眼眸，那摄人心魄的眉目，那叫人多看一眼心都要酥掉的娇颜此刻竟是那么枯黄而颓败，一抹浓重的阴郁像乌云盖地一般从她全身每一个毛孔散发。拉奥在心里又叹息又心疼，“克莉丝汀你这个小傻瓜！”

“我的挚友！我的知己！你说过一定会原谅我的对不对？”拉奥伸出颤抖的手臂想要拥她入怀，温暖他们彼此受伤的心。

“也许有一天，我会原谅你……”话毕。她又戴上面具，头也不回地离开，还摆手让拉奥不要追上来。

他本想追上去挽留，看到她坚决而冷漠的背影，拉奥再也不敢上前。就这样他看着她消失在视线中。随后，他呆呆地走下楼梯，心里早已惘然。不知道自己身在何处，想要什么？在做什么？头颅像绷紧的钢条，轻微的一丝动静都让他头痛欲裂。他还是那么不甘心，逢人便问有没有看见穿红袍的幽灵，几乎每个人都反问一句“谁是红袍幽灵？”他就描述到：“是位戴着骷髅面具，着大红长袍的神秘男子。”这样一说有几个路人说方才看到过有个红衣男士戴着骷髅面具经过了。但拉奥还是没找到，最后只得作罢，深夜两点又返回后台路过去克莉丝汀休息室的走道。

再次来到这个充满回忆的地方，他内心百感交集，敲门想要进去坐坐结果没人，于是他径直走了进去。房间很黑，只有一盏昏黄的煤油灯跳跃着微弱的灯光。梳妆台上随意铺着一张张信纸，拉奥突然想用一张写信给克莉丝汀。正在构思中，突然门开了，走进来克莉丝汀，拉奥连忙躲进屏风后面的小客厅，大气也不敢出，心里有个奇怪的声音告诉他今晚或许真相的一部分会被揭开，而他将见证一切。

克莉丝汀进屋摘下面具，随手往桌上一扔，精疲力竭地坐在椅子上。双手撑头，端详自己那张憔悴的脸，不住地叹息。她为何如此悲伤地叹息呢？难道也像他一样受了爱情的伤还是思念拉奥呢？她的心到底装着谁？只听克莉丝汀轻声叹了一句："可怜的艾瑞克！（Erik）"拉奥一下子没反应过来，还以为是自己。他始终坚信自己才是最可怜的人，最需要被克莉丝汀同情和安慰。他俩走到今天磕磕碰碰，分分离离搞得两人心力交瘁，克莉丝汀这时候最应感叹一句"可怜的拉奥啊！"然而她的心里却装着另一个人的名字还一连叹息了几声"可怜的艾瑞克！"

那个可怜而幸运的家伙究竟是谁呢？为什么克莉丝汀反复默念他的名字？为何北欧小美人竟为那个艾瑞克失魂落魄，百般念叨，而忽略了真正需要关心和安慰的拉奥呢？

克莉丝汀提笔写信，严肃而认真，而拉奥却对艾瑞克这个名字心有不悦，看到克莉丝汀这么认真淡定地写信，拉奥一股无名之火从头而生。"真是个冷酷的女人！"克莉丝汀笔转如飞，很快就写了好几页了。片刻之后，只见她突然抬头，慌忙地把一打信纸放进大衣口袋。隐隐约约似乎听到什么声音，克莉丝汀侧耳倾听，拉奥也竖起耳朵听。有一种奇怪的旋律回荡在房间四周，让人分不清声音来源和方向……再一听发现声音竟然是从墙里传出来的……对！就是！克莉丝汀化妆间的墙壁居然在唱歌……那歌声由弱到强越来越明显，可以清晰地听见每一句唱词……那声音柔情似水，富有磁性和魅力，是一个男人的嗓音。声音仿佛在墙壁中走动，越来越清晰也越来越靠近，就快要破墙而出了！它确实已经穿过了墙，来到克莉丝汀面前，但是没有任何形态。克莉丝汀就像跟空气说话一样跟那声音打招呼。

“艾瑞克，我亲爱的朋友，你迟到了。”克莉丝汀笑着说。拉奥躲在屏风后面静观一切，在某一瞬间他以为自己出现了幻听，房间里除了拉奥和克莉丝汀明明没有进来过任何人，是哪儿来的歌声呢？克莉丝汀此时脸上露出幸福而虔诚的微笑，就像殉道的圣徒所显露出的那种笑容。一种崇拜的光芒闪烁在她脸上，照亮她那苍白无血色的面庞，克莉丝汀已然沉醉。

那个声音又开始唱歌了，那是一种拉奥闻所未闻的旋律，每一声停顿和咏叹都是那么自然而婉转，每一处转折和迂回都是那么柔顺而完美。那个声音时而慷慨激昂，时而低沉悠扬，时而急锋突进，时而顺势低回，那个声音对节奏和旋律拿捏得非常完美！可以听出唱歌者功力深厚，水平绝非常人。那声音有一种神奇的力量，能安抚暴躁的灵魂，哭泣的心灵，如一股清泉汩汩灌入心间。这歌声让拉奥也受到感染，至此他终于明白克莉丝汀之所以一夜走红的原因就在于受此音乐的熏陶和启发。那神秘歌手确实具有超凡脱俗的才华，可以让不起眼的小曲小调变成恢宏壮丽的乐章。此时此刻，房间里正回荡着《罗密欧与朱丽叶》“婚礼之夜”进行曲。

只见克莉丝汀又像那晚在沛洛斯镇一样，伸出双臂，迎接漫天歌声，跟随《拉撒路复活》的旋律陷入精神狂欢……

没有一种声音能像那个声音一样充满魔力：

"命运让我们彼此相连，从此再也不分开！……"

拉奥再也无法克制，这魔力像超声波一样不停地刺激着他的大脑和神经，让他失去理智和判断，他拼命挣扎想要摆脱魔音的控制。他掀开屏风，向克莉丝汀奔去，而克莉丝汀直直地面对着墙壁上的立体镜子，精致的镜面中折射出她颀长的身影，拉奥不敢靠近，径直站在她的身后，她早已沉醉根本看不到他。

"命运让我们彼此相连，从此再也不分开！……"

"命运让我们彼此相连，从此再也不分开！……"

"命运让我们彼此相连，从此再也不分开！……"

那魔音还在反复回唱，引导着克莉丝汀慢慢往前走，克莉丝汀的身影在镜子中摇摇曳曳，两个克莉丝汀手掌相触，似乎合二为一，克莉丝汀仿佛要被吸入镜中去了。拉奥伸出手想要拉回克莉丝汀，然而眼前一片眩晕，一阵阴风吹过让他站立不稳快要绊倒。眼前似乎出现了无数个克莉丝汀，像万花筒一般不断旋转变形，闪烁跳跃，数不清的克莉丝汀对他微笑，声音清脆悦耳如银铃……他想要抓住其中一个，她们却都笑着闪着最后消失不见。

他冲向镜子想要把克莉丝汀拉回来，结果除了空气什么也没抓住。只剩一缕诡谲而魅惑的魔音还在空荡荡的房间里萦绕不绝。

"命运让我们彼此相连，从此再也不分开！……"

"命运让我们彼此相连，从此再也不分开！……"

拉奥额上早已渗出一片冷汗，无力地用手擦拭，在昏黄的光线中他摸索着来到油灯前，此刻他已经清醒过来非常明白刚才的一幕绝对不是做梦。他早已陷入一场阴谋和游戏，而他竟然还不知道对手在哪儿。也许这是一场注定看不到对手的赌局，而他唯一的筹码就是和克莉丝汀一起拥有的美好回忆还有她对他心中残存的爱恋和不舍。

他就像个不屈不挠的落难王子，而她就像个被恶魔蛊惑的纯洁仙女，他要救她，她却逃避……

克莉丝汀到底去哪儿了呢？难道她真的钻进镜子中去了相反的世界吗？她何时出来？

“哎，她是铁了心不要我了，不是狠心说永别了吗？也许一切真的到此为止……不必挽留也不必再强求！可是心啊，你为何还在滴血？”拉奥感到一种血液被抽干了的无力感。

“命运让我们彼此相连，从此再也不分开！……”那个声音渐渐变弱，最后完全消失。

“命运让谁相连!？让谁不分开!？”拉奥对着墙壁狂吼。

墙壁没有回音，拉奥就像吃了败仗的将军，垂头丧气，满身疮痍。他坐在克莉丝汀的化妆凳上，沉重的头颅埋进瘦弱的手心中，泪水由少年的面颊蔓延至掌心，这伤心的泪水不仅为自己和克莉丝汀而流，还为天下所有为情所困，为情所伤的断肠人而流。

他声嘶力竭地哭喊道：“艾瑞克究竟是何人!？”

第十一章　忘掉魔音

克莉丝汀像一阵烟一样就此消失在拉奥眼前，直到次日拉奥还是精神恍惚，不可终日。拉奥担忧克莉丝汀的安全，忍不住又跑去瓦勒留斯夫人家询问，却看到这样一幅画面，夫人靠在床头做编织，克莉丝汀靠在床边做刺绣，柔和的光线映衬她白静的小脸，低垂的眼睑配上微启的朱唇，亮晶晶的蓝色眼眸像宝石一样迷人，真是天造的漂亮尤物！要不是她脸上还带有一抹昨日的忧愁，拉奥绝对不会把眼前的美人和昨天凭空消失的女孩联系在一起。

她见拉奥来了，起身招呼，伸手握手，面若冰霜。拉奥无语，她亦缄默，四目相对仿佛隔了好几个时空。

“沙尼先生，你不认得我的小克莉丝汀了吗？她从音乐天使那放学回家了！”

“妈妈，我们这会儿可以不谈这事吗？我跟您说过，音乐天使根本不存在！”姑娘脸上一片红润，显得异常害羞而尴尬。

“亲爱的，怎么会不存在呢？你不是说跟着天使学习了三个月吗？”

“妈妈，求您别问了，早晚有一天我会告诉您一切的，但是现在时机未到……我不想说……您也说过不会逼我做任何事的不是吗？我们大家还是遵守诺言吧！”

“噢，我亲爱的宝贝，你不会丢下妈妈一个人对吗？”

“妈妈，我们还是说点有趣点的事情吧，不然拉奥先生会感到无趣的。”

“你完全错了，小姐。关于你的一切我都不会感到无趣，我都想知道！或许你现在不明白，但总有一天你会明白我对你的关心。今天来看到你平安地坐在夫人面前我真是高兴坏了！昨天你说的那席话真是让我难过死了，我无论如何也没想到你竟然回家了，不过，谢天谢地你总算回来了！我们是多年的玩伴，我和夫人都希望你平安幸福，远离忧愁和危险，可是你若再死守那个致命谎言和秘密，我无法承受哪一天你的牺牲将带给我们的巨大痛苦。你明白吗？克莉丝汀！”

一听到“痛苦”和“牺牲”二字，夫人惊坐起来忙问道：“什么意思？克莉丝汀有生命危险吗？”

“没错，夫人……如果克莉丝汀再不止步，她就有危险了，而最痛苦的人就是您跟我！”拉奥没理会克莉丝汀的眼色，继续说着。

“噢！我的天哪！克莉丝汀，到底是怎么回事，你快点告诉我们！有什么趟不过去的坎，我们都会帮你。你千万不要拿生命当儿戏啊……”老夫人情绪激动，连连咳嗽。

“她被人利用了！”拉奥帮克莉丝汀回答了。

“你是说有人欺骗克莉丝汀?!”

“没错，就是那个音乐骗子！”

“克莉丝汀刚才不是说世上根本没有音乐天使吗?”

“克莉丝汀你倒是说啊，到底是怎么回事?我都快被你急死了!”老夫人焦急地逼问克莉丝汀。

“夫人是这样的，在我们周围有一个看不见的恶魔在控制着克莉丝汀，而克莉丝汀对他深信不疑、言听计从，我很担忧她这样下去哪天会出事。”

瓦勒留斯夫人听闻此言，吓得面色惨白，转头盯着克莉丝汀。克莉丝汀紧紧地抱着老夫人瑟瑟发抖的身体，连连劝慰道:“没事的，没事的，您不要听他胡扯!他是个疯子!”

“克莉丝汀，我的好丫头!你千万不要丢下妈妈一个人!”老夫人苦苦哀求道。

克莉丝汀依旧不说话。拉奥才不管她的沉默，继续说道:“克莉丝汀你必须告诉我们事情真相，你不能再受那个恶魔的控制和迷惑了!只要你回到我们身边来，我们发誓再也不会过问过去……”

“我不需要你对我如此关心!况且我现在不能做出任何承诺!”克莉丝汀倔强地回绝。

“沙尼子爵，我是独立的个体，你无权限制我的自由。我希望你能明白我有保守秘密的权利，请你不要干涉更不要横加指责。过去半个月我做了什么，去了哪儿是我自己的事情，跟你没有任何关系。你不是我的丈夫，我没必要什么都对你说!我只会对我未来的丈夫说明一切，虽然现在他还没出现。请你好自为之!”克莉丝汀字字珠玑，掷地有声。

说到激动处还拿手指着拉奥，仿佛为了刻意向他强调和警告。拉奥面色凝重听她说完，冷冷地对着克莉丝汀笑了一下，讽刺地说道:“你的丈夫还没出现吗?那你手上的戒指该如何解释呢?”

克莉丝汀连忙缩回手指，面色通红，心虚地低下头。

“这只是个小饰品而已！何必大惊小怪！”

“克莉丝汀你说你的丈夫还未出现，这枚金戒指又象征什么呢？是你的未婚夫送你的定情信物吧！既然你已经订婚又何必欺骗大家你还是单身呢？你还口口声声说你终身不嫁，真是笑话……不要再浪费我们的感情了……”拉奥不依不饶非要跟她针锋相对。

“我以前也是这么告诉她的啊……”老夫人插话道。

“她到底在想什么呢？夫人，请你告诉我。”

“拉奥！你闹够了没有！？你不觉得你很讨厌吗？你凭什么打探我的生活？”克莉丝汀被拉奥当着老夫人的面刨根问底弄得很生气。

拉奥更加气愤，又怕她像上次一样说些恩断义绝的绝交话，于是态度软和了下来：“对不起，小姐，原谅我的冒失……请理解我作为一位朋友的担心和焦虑，我害怕你受到蒙骗和伤害。这跟我一点关系都没有，我只是为你着想……你也可以当我是一个疯子、神经病，但是你无法阻止我为你担忧！你有你选择的权利，我也有我担心的自由，我们谁也无法干涉谁。”

“那你究竟看到了什么？听到了什么？或者说你什么都没看到和听到，全凭你自己猜测？”

“原谅我不请自入进去你的化妆间。我听到一种神秘缥缈的旋律回荡在房间内，那声音没有来源没有方向，仿佛是从四面的墙壁里发出来的……我看见你整个人完全陶醉在那美妙的音乐中，像被抽走了灵魂一样……随后，你就像中了蛊惑一般向镜子中走去。而我，说实话我也抵抗不住那魔音的诱惑，头晕目眩失去方向感，眼前变得一片模糊，而你就消失在我完全失去意志和力量的那一瞬间。我努力挣扎，伸手想要挽留你，而你根本没注意到身后的我，你弃我而去就像雨点放弃乌云一样。克莉丝汀，你能不能看在我们的父亲，看在老夫人的面子上给我一个合理的解释!？我一定要知道那个男人是谁？是谁敢给你戴上金戒指？是谁让你放弃我选择了他？告诉我那个人的名字!”

“对不起，沙尼子爵，无可奉告!”克莉丝汀倔强而冷漠。

克莉丝汀话落，老夫人话起，她感觉到自己宠爱的养女此时非常厌恶咄咄逼人的子爵，于是站在她这边对拉奥吼道：“请你不要再逼她了！她爱谁跟你没关系!”

“对不起，夫人，让您动怒了……我明白了……克莉丝汀的确爱他胜过任何人！……这一切我都明白……只是我不甘心的是那个男人是否值得她这么爱他袒护他!”

“那就是我的事情了，与你何干？子爵先生。”克莉丝汀冷冷地看着拉奥，脸上是一副满不在乎的表情。

“一个男人竟会用这种骇人的方式逗女友开心，他一定是个与众不同的男朋友吧?”拉奥无力而嘲讽地说道。

“要么是这个男人阴暗狡猾，要么就是那个姑娘善良可欺，不是吗?”

“拉奥，你何苦要跟一个陌生人过不去呢？他跟你八竿子打不着，他没有兴趣知道你，你又为何不依不饶呢?”

“不！克莉丝汀……至少我已经知道你那位天使的名字了，他叫艾瑞克对吗?”

“你怎么知道!？谁告诉你的?”克莉丝汀神色紧张，如闻惊雷。

“你告诉我的!”

“什么！我什么时候跟你说过?”

“就在昨晚，在你的化妆间，你叹息道‘可怜的艾瑞克啊!’语气爱怜而幽怨，看来那个艾瑞克就是你的那位天使吧。”

“你已经不是第一次躲在门后偷听我说话了，沙尼先生，你不觉得窃听是一种很低劣很卑鄙的行为吗?”

“哈哈！这次我可不是躲在门后，我当时就站在你房间屏风里面听得一清二楚，小姐。请原谅我的莽撞和冒昧!”

“老天啊！你不想活了吗!?”克莉丝汀惊呼道，全身战栗。

“或许吧！失去你我早已没有活下去的勇气……”

这一句及时而深情款款的告白一下子让克莉丝汀失声痛哭，不住地哽咽抽泣。克莉丝汀伸手握住拉奥的手，目光忧伤而柔情地望着他，完全没有了刚才的冰冷和仇视，这一转变让拉奥顿时看见一丝希望，内心的痛苦也逐渐融化。

“拉奥，答应我，忘掉你听到的一切看到的一切，永远别再去追究那个人，更不要去打探他的秘密。不然我们都不会有好日子过！我比你更不希望你受到任何伤害!”

“究竟是什么秘密，这么重要?”

“它比世界上任何一个秘密都要可怕，你无法想象!”

二人都陷入长久的沉默和痛苦之中。人的好奇心就是这样，你越是压制，它越是猖狂。

“拉奥，你必须对我发誓你不再追究此事，你发誓从今以后不许再私自闯入我的化妆间。”克莉丝汀严肃地望着拉奥，眼里闪着泪花。

“可以，我完全听你的，但你也要答应我不要不见我，好吗？克莉丝汀。”

“嗯，我答应……”

“什么时候我可以再见到你呢?”

“很快，明天就可以。”

“那好吧！我答应你！”

于是两人握手道别，拉奥一面吻着克莉丝汀的手，一面在心里暗暗诅咒该死的情敌艾瑞克，一面下定决心一定要夺回克莉丝汀，随后他带着胜利的微笑离开了瓦勒留斯夫人家。

第十二章 黑洞

次日，拉奥按约定来剧院见克莉丝汀，发现她手指上仍套着那枚戒指，她语气柔和而温情，和拉奥一起畅想二人的未来和规划。

拉奥告诉克莉丝汀自己马上要去加入一个南极探险队，行程提前了要不了三周他就得乘探险船奔赴远方。克莉丝汀听到消息很兴奋，给拉奥鼓气加油，告诉他这次探险远征将为他的远大前程筑起新的台阶。拉奥平淡地说，没有爱人的荣誉和成功是不完整的，对他而言没有一点意义。克莉丝汀只当他是在使小性子，嗔笑他可爱。

拉奥有些生气："克莉丝汀，你怎么这么不在乎呢？或许我这一趟路途遥远，前途未卜，很可能是有去无回了……也许……也许我们再也见不到了！"

"我也是，你也很可能再也见不到我了！"克莉丝汀停住笑，表情幽怨而哀伤地说道，似乎前方有一个黑暗的无底洞将要吞噬她一样。

“你是什么意思，克莉丝汀？”

“我想我们有可能再也见不到了。”

“难道这让你兴高采烈吗？”

“再过一个月，我们就永别了……永远不再见面！”

“但是，克莉丝汀，我们心里装着彼此，我们的灵魂永远连在一起啊！”

“傻瓜，别瞎说！……。事情不是你想的那样的，没有那么糟也不会很好！我们都很清楚，我们不可能结婚！这是命中注定的悲剧！但是……”她面露喜色，好像在绝望中抓住一线生机，兴奋的一拍手，这让他感到莫名其妙。

“就算……就算我们成不了夫妻，我们还是可以举行订婚礼，成为未婚夫妻啊！”克莉丝汀为这个提议感到无比兴奋，把手突然伸向拉奥就好像要给他一个大大的惊喜一样。“拉奥，我们订婚只有你知我知，我们不会告诉任何人！……拉奥，我太高兴了！……我们就订婚一个月吧……也许一个月后你我再也不会相见，但是我们将永远铭记这一个月的幸福，那回忆将陪伴我们度过余生。况且这幸福不会伤害任何人的利益，你说呢？”她沉醉在自我幻想和自认为完美的设想中，好像她能立马实现一样。

拉奥也拍手称赞，开心得像个孩子得到了梦寐以求的玩具般又笑又叫，恨不得马上牵起爱人的手走进教堂。他望着克莉丝汀温柔而深情地鞠了个躬，无比绅士地说道：“小姐，在下能否牵起你的玉手？”

“啊！我亲爱的拉奥，我的双手不正被你紧握着吗？……我们的未来一定美好而灿烂，我们的婚姻一定幸福而甜蜜！我是你的小老婆，你是我的小老公，我们恩恩爱爱到永远！

……”

拉奥在心里喃喃自语：“傻丫头，我发誓从现在起我要尽一切力量把你从那个男人的魔音控制下给夺回来，我一定要让你看清骗子的真面目！再过一个月，你一定会答应做我的妻子，现在好戏才刚刚开始！”

这大概是世上最有趣最纠结的爱情游戏了吧，而他们像贪玩的孩子一样玩到天黑也不想结束游戏，他俩互诉衷肠，缠绵缱绻难分难舍，彼此立下海誓山盟。但是一想到一个月后的分离，所有的誓言都将变得一文不值，他俩又感到命运无情，抱头痛哭。分分合合，兜兜转转这些日子，他们尝遍虐恋的痛苦滋味。在这场爱情游戏中，谁也不是赢家，两颗心在互相猜疑和互相谅解中越靠越近，最终融为一体，而在这场游戏中两个人都得时时小心翼翼，互相揣摩对方的心思和想法，还得刻意掩饰自己内心的痛苦和忧愤。

直到离出发的日子一天天近了，拉奥再也受不了煎熬大叫道：“我不想去南极探险了！”

克莉丝汀一下子呆住了，她没想到拉奥会临时改变主意，但是她也无可奈何，内心愧疚而自责，想要说些什么，却终究没有开口，转身回家了。

在一个阳光明媚的午后，拉奥又去克莉丝汀化妆间找她说话，这是他们常常约会的地点。克莉丝汀准备了一些小点心，两杯波尔多(Bordeaux)①红葡萄酒还很用心地在花瓶里插了一捧鲜艳的紫罗兰，两人玩起了过家家游戏，似乎又回

---

① 波尔多：法国西南港口城市，地处典型的温带海洋性气候区，全年温暖湿润，有着最适合葡萄生长的气候。常年受阳光的眷顾，让波尔多形成了大片的葡萄庄园，波尔多葡萄酒享誉全球。——译者注

到了小时候。

那天晚上，她推辞演出，也没有给拉奥写信。尽管他们约定要在这一个月里天天给彼此写信，拉奥觉得有点诧异。于是次日一大早跑去瓦勒留斯夫人家问明情况，得到消息说克莉丝汀近两天都不会回家。昨天下午傍晚五点回家一趟，很快又走了，还说两天后才回家。

拉奥很烦躁，看到老夫人那副令人恼火的镇定和冷漠，他就更生气。他还想从她那多问出些信息，然而护女心切的老人却装作什么都不知道，只是冷冷地说了一句：“不好意思，这是克莉丝汀的私事！我无可奉告。”说话间，她还竖起一根食指放在干老的嘴唇上，神秘兮兮地暗示拉奥不要声张也不要多问。

“噢！真是太好了！您把您的女儿的秘密保护得真好！”拉奥气急败坏，疯了般地冲下楼梯，离开了她家。

“她到底玩的什么名堂!？一天……两天……她还是不见人影，说好的一个月幸福又减少了两天，都是她变来变去。”他就这样被她牵着鼻子走，没有思想没有主见。不过这也怪自己，要是他不这么优柔寡断，快刀斩乱麻就此结束这折磨人的游戏，他也不用每天和恐惧担忧做伴了。拉奥在自我谴责与怨愤中熬过了漫长的两天，直到看见克莉丝汀再次登台才稍稍平复。

克莉丝汀在万众瞩目中重返舞台，并且再次达到新的高度。而女一号卡洛塔受那晚蛙叫事件的影响后，很长时间内无法恢复正常，总害怕癞蛤蟆会再次从嘴里蹦出来。那些追捧她的观众也纷纷倒台，认为她面目可憎唱功极烂，剧院方面也设法跟她解除合约，不再启用。年轻的克莉丝汀再次受到关注和重视，立刻被委以重任填补剧院一姐的地位，《犹太女郎》剧目让克莉丝汀再度辉煌，观众的狂热程度更胜以前。

前来捧场的观众都为克莉丝汀的精彩表演欢呼鼓掌，在热闹而热烈的观看气氛中，拉奥大概是唯一一个感到不安与痛苦的观众吧，因为他再次看到克莉丝汀手上挥动的金戒指，就像一把利剑深深地刺入他的心。一个沮丧的声音告诉他："今晚她的演出不是献给你的，她把她的灵魂再次献给了音乐天使，而那枚戒指是她专门为音乐天使而戴的。"拉奥感到无比躁狂，而那个消极的声音还在耳边不依不饶："如果你无从得知她这两天去了哪，做了什么，那是因为她不想让你知道，为了袒护那个可怜的艾瑞克！"

拉奥坐立不安，等克莉丝汀一谢幕便马上跑到后台去找她问明白。看到拉奥进来，克莉丝汀一把把他推入化妆间，这正好被外面一群前来祝贺的拥护者看到，好事的人们对着紧闭的房门窃窃私语、指指点点，说起各种八卦绯闻流言。

拉奥"扑通"单膝下跪，信誓旦旦地说自己三个星期后必须出发了，希望克莉丝汀能多陪陪自己，不要再无故失踪，减少本已不多的相处时间。克莉丝汀哭得梨花带雨，一对恋人幸福相拥，就像正在经历生离死别的患难兄妹一样。

拉奥甜蜜而幸福地拥抱着心爱的姑娘，享受这一刻的温存与浪漫，突然被克莉丝汀一把推开，只见她似乎听到什么声音……紧接着又用手指门，暗示拉奥赶紧离开房间，目送他出门时又小声喊道："我挚爱的人儿，明天再找我！拉奥，我希望你生活的平安快乐！……记住，我的歌声只为你响起，我只为你而唱！我的心早已给了你！………"说到后面，她害怕地压低了嗓音，低到让拉奥听不清后面的话。

次日晚间，拉奥准时出现。

但是一种难以控制的间隙已然出现，两人相对而坐，忧郁而彷徨，不知道说什么来打破这尴尬沉闷的气氛。拉奥任性地大叫到：“我吃醋！我吃醋！我好吃醋！受不了啦!”克莉丝汀像个沉稳的姐姐一样忍受弟弟的胡闹，一言不发。

为了缓解下气氛，克莉丝汀提议说：“走，我们出去散散心吧，呼吸一下外面的清新空气感觉更舒服!”

拉奥心想她或许是要带他到巴黎郊区的乡村田园去走一走，暂时摆脱这喧嚣浮华的钢铁城市还有这座压抑沉闷的歌剧院，他深深厌恶这幢牢房般的歌剧院建筑，那个神秘的艾瑞克就像个严厉冷酷的狱卒牢牢地控制了克莉丝汀。拉奥时常觉得狱卒艾瑞克就隐藏在墙壁之间来回走动、监视一切，随时都有可能蹦出来抢走属于他的克莉丝汀，该死的艾瑞克!

克莉丝汀没有带他去乡下，而是把他带到舞台布景前，一堆人造的田园布景矗立在那里。拉奥坐在人造的喷泉石头上，顿时感觉清爽而安宁。也许有一天，他终将牵起她的手，携手漫步在开满野花的乡间小路上，看绿色藤蔓蔓延至脚边，轻轻摘一朵小花别在爱人发髻。躺在草坡上，看蓝天、白云、小鸟构成一幅水彩画，呼吸自然的清风闻着淡雅的花香。不必再受制于剧院舞台虚假的布景还有狱卒的管制，从此和爱人浪迹天涯、远走高飞。拉奥这样幻想着，心中波澜起伏，有千言万语想要对她说却又无从开口。而他又深知克莉丝汀给不了任何他想要的答案，既然这样不如不问。

两人就这样徜徉在幻想中的田园山水中，不时有工作人员走来走去，他们大概早已注意到这一对忧郁伤感的小情侣了吧。偶尔，克莉丝汀也试着用谎言麻醉自己和拉奥，为自己编织一个梦幻般的世外桃源，幻想二人远离俗世，享受不受打扰的乌托邦世界。她本来就是一个想象力丰富的姑娘，从小就显示出异于常人的幻想能力，此刻她似乎又开始神游在精神世界中，激动地抓住拉奥的手兴奋地大叫到："快看啊，拉奥！眼前这粉墙黛瓦，成荫绿树，这宛若油画的美景，不正是诗人笔下不朽的诗句吗？亲爱的拉奥，我们的爱也会不朽，因为它是上帝的杰作，命运的安排！这绝非幻觉！"

他强忍悲痛听她欢呼雀跃。克莉丝汀继续她的激情演说："我俩的爱深沉而忧郁，愿上天能带走我们的痛苦，赐我们幸福和快乐吧！"

她一路跑跑跳跳一如十多年前，她一下子爬到高高的布景脚手架上，笑嘻嘻地嘲笑拉奥的胆小。高空布景架摇摇荡荡，她却如履平地，穿梭在上千根绳索、滑轮和轮轴间，就像丛林里的猴子在茂密的林海里跳跃玩耍。拉奥胆战心惊地跟在身后，一眼都不敢往下看。克莉丝汀看到他这副模样，嘟着嘴狂笑他："亏你还是个水手呢！"

玩够了后，他们从架子上下来，穿过走廊去别的地方玩。一群芭蕾舞蹈演员正在排练，老师严厉地训斥道："姑娘们！动作柔和点，轻快点！脚尖用力！……"这群芭蕾舞小演员们大概八九岁的样子，一个个穿上清一色的芭蕾舞衣，雪白紧身裤，蓬蓬纱裙并粉红特制舞鞋，整齐划一地站成一排。她们很认真地学习各个动作，咬紧牙忍受脚尖的疼痛，期望从四级舞蹈演员上升为三级、二级、配角、主配再到领舞再到台柱，收获荣誉和财富……克莉丝汀常常叹息她们可怜，休息时总是带点零食果子分给这群小女孩。

记得有一天，克莉丝汀把拉奥带到舞台后面的一间道具室让他看各种各样的演出服装，骑士铠甲、盾牌、弓箭还有旌旗，这些道具长久不用早已蒙上灰尘。克莉丝汀对着这堆道具自说自话，发誓总有一天带它们重登舞台，在恢宏的音乐中让观众疯狂喝彩。

就这样，拉奥跟随克莉丝汀走遍了巨大的歌剧院，从底层到上面一共十七层，往来穿梭无数演员，一个个房间像蜂巢一样密集。而克莉丝汀像一位莅临检查的女王，一路上不停地跟大家招呼问好，鼓励或是建议。看到服装间，女工们对布料一筹莫展，克莉丝汀便委婉地提些小建议，在这座庞大的宫殿中分散着各个部门，补鞋匠、打铁匠、道具师、灯光组应有尽有。所有工人看到克莉丝汀来了都停下手上的活儿热情地跟她打招呼，克莉丝汀平日里总是对大家嘘寒问暖，人缘极好。

她一个个地敲门，向大家介绍自己的未婚夫拉奥，一位仪表堂堂的英俊小伙。两人坐在朽坏的道具凳上，听老工人讲述过去的故事，就像多年以前在布列敦听村里老太太们讲故事一样。这些老工人一辈子生活在剧院，早已和剧院的历史融为一体，剧院领导早已忽略这群人，剧院的改革也把他们排除在外。他们是一群与世隔绝的底层人们，没人在意他们，他们也不需要被在意。

珍贵的时光总是转瞬即逝，克莉丝汀和拉奥极力表现出对剧院故事的巨大兴趣，以此掩饰内心驱之不散的忧郁和痛苦。克莉丝汀一直表现沉着坚强，但是偶尔她会突然受惊，手心冰凉，停住脚步，四处张望就好像被什么东西跟踪了一样。她害怕地抓紧拉奥的手，大叫到："这边走，这边！"过一会儿她又开怀大笑，笑得快要呛到，下一秒钟又痛哭流涕，哭成泪人。有好几次，拉奥都想问她话，还没等他说出口，她又极不耐烦地吼道："没事！真的没事！"

有次二人游荡在舞台上时，拉奥突然发现地板上有一道暗门，于是好奇地俯身探望，央求克莉丝汀带他下去看看："快看，这里有个入口，克莉丝汀你带我下去看看吧！听说剧院发生很多奇异的事情呢!”

一听这话，克莉丝汀赶紧拉回拉奥，生怕他掉入那个漆黑的洞口。她声音战栗地说道：“你不可以下去！永远不可以……我绝不允许！那里不是我们的世界，那个世界只属于他!”

“哦……看来，他就来自下面咯?”拉奥试探道。

“谁说的？我可不知道！我们快走吧，过来，拉奥！我们去别的地方玩！你肯定是大脑受刺激了，总是说出一些疯话来，快走！快走!”

拉奥像头犟驴，执拗地要看那个黑洞。克莉丝汀用尽全身力气把他往回拽。两人正拉扯间，突然听到“砰”的一声，黑洞关闭，迅猛而干脆，根本来不及看是谁关的门。两人愣了半天。

“恐怕是他来了吧?”拉奥问道。

“不可能！不可能！一定是舞台工作人员，那是他们的职责……他们整天就是开门关门……就这样……消磨时间磨洋工而已。”

“是吗？克莉丝汀?”

“当然是了！相信我！这个点他肯定在闭关工作。”

“他还有工作吗?”

“他怎么可能同时守住洞口，同时工作呢？一定是工作人员，不用担心!”克莉丝汀不住打战。

“那他的工作是什么?”

“很可怕的工作！……。放心，跟我们无关！……他工作的时谁也不见，哪儿也不去，不吃不喝不睡觉甚至听不到呼吸……。像死人一样……一直要持续好几天……这个点他绝对没闲工夫来开关暗门!”

她还在瑟瑟发抖，耳朵贴着门边屏息倾听。示意拉奥不要出声，拉奥手足无措地站在一边。克莉丝汀用一只手勾住他的手臂，哀怨地叹息："要是真是他……"

"你很怕他么?"拉奥低声问道。

"不！不是的!"克莉丝汀连忙辩解。

拉奥内心顿生一股怜悯之情，她看起来就像个饱受怨灵折磨的可怜人。他本来想回一句："你就是怕他知道你跟我在一起!"拉奥脸上的神色变化克莉丝汀很快就觉察到了，看他一脸的义愤填膺还带有几分稚气与莽撞，又好气又好笑。她扬起头温柔地吻了一下拉奥，就像姐姐亲吻在外面受到欺负的弟弟一样发誓要给他报仇。

拉奥似乎发觉自己的失态，脸刷地红了一片。他在心里喃喃自语："她其实跟我一样脆弱无助啊！她让我别担心，自己却浑身颤抖如筛糠。"

这次约会之后，克莉丝汀变得更加警觉，每次约会都要拉上拉奥去剧院楼顶，尽管如此，她的焦虑和恐惧不减反增。直到一天下午，她约会时间迟到了很久，赶到时只见她两眼通红，面色煞白，眼睛里红丝遍布，似乎经历了巨大的痛苦与挣扎。拉奥见她这个样子，再也按捺不住，非要克莉丝汀把那个神秘男子的一切和盘托出，否则就不去南极探险。

"闭嘴！老天爷啊！求求你别问了……要是被他听到我们就完了……你懂不懂!"克莉丝汀恐慌又畏惧。

"克莉丝汀，我想救你脱离魔掌！我发誓，总有一天你不用再担惊受怕，我们要快快乐乐地生活在一起!"

"我们会吗?"克莉丝汀迟疑又哀婉地望着她，眼神里有一丝绝望还有几分探求的肯定。她一直拖着拉奥一口气跑上了顶楼，这个地方垂直算来离黑洞最远。

“我一定会好好保护你，将来我要带你去一个他找不到你的地方，只有我跟你，我要娶你，让你一辈子做我的妻子！你说过你将永不结婚，但我没说呀！我就要娶你！所以等着我南极归来吧！”拉奥无比深情而激动地说道。

克莉丝汀一头扑进拉奥的怀里，坚定地点点头，流下幸福的泪水。突然，恐惧和不安又占据了她，她转身拉住拉奥一路往顶楼上钻。

“快跟上！快点！我们去更高的地方！”就这样她带他爬上了屋顶。

她健步如飞，轻盈地像一只飞鸟，拉奥双腿颤抖根本不敢移动。克莉丝汀带他穿过穹顶、圆拱形石柱、方形柱子、矮墙和檐壁躲到屋檐后面，就像小时候拉奥带她在森林里穿过一棵棵大树小树奔跑追逐一样。

移动的过程中，克莉丝汀时刻神色不安地往身后张望，后面并没有什么东西跟着她，只有两人的影子投影在墙壁上，人动影子也动，走走停停好不有趣！拉奥根本没看到什么，也无心去看，一门心思只放在前面的克莉丝汀身上。

第十三章　黑鸟与竖琴

于是，他俩摸索着爬上了屋顶，克莉丝汀像一只飞燕般在屋檐瓦砾间往来穿梭，轻盈跳跃，拉奥笨拙地紧跟其后，直到看到三个圆圆的穹顶和尖尖的屋楣下面的空地，他们才轻舒一口气。巴黎城依旧繁华而喧嚣，此刻缩小成一个小点，尽收眼底。克莉丝汀无比依赖地看着拉奥，紧紧挨着他走，一边小心翼翼地摸索探路，一边欣赏脚下热闹嘈杂的大街和露天咖啡馆，顶楼的蓄水池倒映出两人亲密的身影，这水池是剧院小男孩们夏天用来消暑打水仗的地方。神秘的黑影匍匐在后面，穿过石柱，绕过围栏，隐藏在圆顶之后，密切地注视着两个人的一举一动。而拉奥和克莉丝汀还一无所知，来到一座青铜浇铸的雕像前，正是音乐之神阿波罗（Apollo）①，他高擎一把里尔琴，显得威严而壮丽。

时值春日傍晚，夕阳西下，烧红半边天。晚霞像拖着长裙的仙女，裙边被落日余晖镀上一层金黄与火红，悠然地在天空飘来飘去。“要不了多久，我们也要像西天云彩一样自由漂浮，你要带着我远走高飞，然后你再丢弃我。但是你如果要再带上我，我可不会同意，你要求我、逼迫我，然后把我掳走！”克莉丝汀仰着脸，一脸幻想地对拉奥说。

说话间，一股强大的气压场似乎要将她撕裂，这让她更加害怕地靠紧拉奥。

“克莉丝汀，你在担心什么呢？”

“我……我也说不清楚！他是个恶魔，我很害怕！我现在好怕见到他，更怕回去和那个魔鬼一起永远住在地下！”

“到底是什么在逼迫你呢，克莉丝汀？”

“他威胁说如果我不跟他在一起住在地下，所有人都不会安宁！可是……可是……我不想去地下！我无法忍受那阴暗的地下！我无法面对那张阴森恐怖的面孔！噢！没人比他更加恐怖残忍！主啊……我只有最后一天了……可是我不想回去！他扬言如果我不跟他一起走，他就用音乐迷昏我再把我拉到地下。他曾跪下向我求婚，那张骷髅脸直直地望着我，

---

① 阿波罗：阿波罗（希腊语：Απολλων；拉丁语：Apollo）是希腊神话中的光明之神，为奥林匹斯十二主神之一，是众神之王宙斯与暗夜女神勒托的儿子，阿尔忒弥斯的孪生弟弟，全名为福玻斯·阿波罗（Phoebus Apollo），意思是“光明”或“光辉灿烂”。他主管光明、青春、医药、畜牧、音乐等，是人类的保护神、光明之神、预言之神、迁徙和航海者的保护神、医神以及消灾弥难之神。阿波罗是所有男神之中最英俊的一个，他快乐、聪明、拥有着阳光般的气质，在许多艺术家的诗与艺术中被视为为光明、青春和音乐之神。——译者注

眼泪从两个黑洞里流出来！魔鬼的眼泪，魅影的哭泣！我实在无法直视那张惊悚的脸！我再也无法忍受跟他在一起！可是我能怎么办?”

她绝望的双手又拧又抓，情绪失控。拉奥紧紧地抱住她，用力地安慰道：“别怕！别怕！还有我呢！我会带你逃走，我们逃得远远的！再也不让你见到恶魔，我们现在就走！跟着我！我会保护你，克莉丝汀!”说着，拉奥就欲拉着克莉丝汀走。

“不！现在不行，时机未到！我们切不可莽撞冲动……明晚吧，等我为他唱完最后一曲……然后，你带我走！明晚零点，来老地方找我，务必准时！他会在湖边餐厅等我……你一定要过来，带我远走高飞！如果这次我被抓回去了，我们就再也见不到了！……”克莉丝汀绝望地哭泣“你永远也不会懂!”接着她难过地叹了一口长气，突然听到身后不远处也传来一声哀叹。

“听到什么声音了吗?”克莉丝汀瑟瑟发抖。

“没有，哪有什么声音……”拉奥疑惑地问。

“我受够了，我再也不要这样担心害怕，每分每秒我都活在恐惧中，这样的日子我真是受够了！我想去一个没有痛苦的地方，你跟我徜徉在阳光、新鲜空气和青山绿水中，鸟儿沐浴着阳光，在头顶唱歌。啊！我是多么热爱阳光啊，要是在地下生活，我就再也看不到阳光了！那真是太恐怖了！我从未看他出现在阳光下。我见他第一次时，真以为他要死了!”克莉丝汀继续说道，眼神恍惚，极度惊恐。

“他为什么要死了呢?”

“我看到他空洞的眼睛和骷髅面孔了!”

正说到这里，拉奥突然问道：“你听到了吗?好像有人在啜泣、呻吟，似乎受了很大的创伤……听……”他们同时回头，四处张望，什么也没发现。

“我不知道，有时候我没看到他的时候，耳朵里也不断回响他的叹息和哭泣……现在竟然连你也听见了……难道?”

两人顿生警觉，到处扫视，发现没有别人后又坐下，继续谈话。

“那你是怎么遇上他的呢?”

“那还是三个月前，那时我经常一个人在化妆间听到一个奇怪的声音从墙壁里面渗透出来，起先我以为是隔壁的人在练唱，随后我发现隔壁根本没有房间，我的房间是走廊里的最后一间。那个声音每晚都会响起，有时唱歌，有时讲话，陪我聊天。那声音无比美妙动听，宛若天籁。那让我立马想起父亲生前对我说的话，他说在他死后会有一位音乐天使来陪伴我。你知道我的父亲，他很疼爱你，小时候他常常对我们讲音乐天使的传说，那时我们都深信不疑。你是知道这些的，所以别笑我无知。我始终坚信我就是故事中的小洛特，会有一位音乐天使出现在我的生命中，而我将只为他一人歌唱。当我把这些告诉养母时，她立刻判断那就是音乐天使，因此我更加确信那个奇遇了。后来，我又问那个声音证实此事，而他非常确定地告诉我他就是我的音乐天使，是我的父亲派他来的。从此，我跟他成了很要好的朋友，完全信任他，他告诉我他来到我身边就是为了帮助我感受艺术的力量，提高歌唱水平。他提议当我的音乐老师，每天指导我。我无比兴奋，每天清晨准点上课，他实在是一位音乐奇才，在他的指导下，我的音乐水平急速飞跃。

“我无法想象一个魔鬼是如何给你上课的？那他用什么乐器呢?”

“那是一种世上没有的音乐，仿佛是仙乐，音质纯净精准，像玉石碰撞般清脆悦耳。那个声音对父亲生前训练我的一套方法了如指掌，他借鉴父亲的方式对我进行指导。很快，我把过去丢掉的知识都捡起来了，而且还重新补充了新的东西。他训练我唱歌的方式，锻炼我的发音器官。我知道，我自己身材瘦弱无力，以前根本无力驾驭女高音，中音也唱得干瘪无力，低音缺乏圆润变通。父亲在世时，常常就我的问题反复纠正训练，但我还是没有完全克服，而他用一种特殊方式让我完全改掉了这些毛病。我的唱功一天比一天好，我可以在不同音域间来回转换，运用呼气吸气收放胸腔，有时灵光乍现，我还可以创作一些小曲。他就是我的启蒙老师，激发了我对音乐的激情和热爱，最神奇的是，我现在竟然可以达到和他一样的水准。他似乎已融入我的每一个音乐细胞，随时可以控制我的声带和唇齿，唱出美妙的乐章。

长此以往，我已经失去了原来的声音……。对此，我曾感到惊慌！以为自己被施了魔法，但是养母劝慰我说音乐天使不会陷害我这样的好姑娘。

在他的帮助下，我的功力与日俱增，这件事情只有我、养母还有他知道。但诧异的是，只要我一出化妆间，声音就立刻正常。因而剧院没人知道我的奇遇，而我对他崇拜得五体投地。他总是鼓励我说终有一天，我的歌声会惊艳全巴黎城。就这样，我每天沉醉不已，期待指日可待的辉煌与成功，直到我遇见你。在剧院看到你的那一刹那，我心都快要蹦出来了！回到化妆间，我依然欣喜若狂，满脸喜色，不巧被他看到，他问我什么事让我如此高兴。我没有觉察，把我们所有的故事都告诉了他。之后，他一言不发，对我不理不睬。我惊慌失措，害怕天使要离开我了。那晚，我闷闷不乐地回家告诉了养母，养母笑着说那个天使八成是在吃醋，他爱上我了！不过，养母的一番点拨倒让我幡然醒悟，原来我爱的人一直是你！”

话毕，克莉丝汀把头往拉奥的胸怀中靠得更紧了，两人幸福相拥，陶醉在爱情的甜蜜中，根本没注意到屋顶后方有个黑影在悄悄移动，越来越靠近他们，只差一步便可扑来将他俩推下屋檐。

克莉丝汀继续讲述：“次日晚，演出之后我回到化妆间发现他就在那里，声音低沉而忧郁。他告诉我如果我执意眷恋人间，他将回到天国。他的语气完全像凡尘俗子一般充满七情六欲，那一刻我就应该明白，音乐天使只是个传说。但由于对过世父亲的痛苦思念，对音乐的狂热迷恋让我选择继续陶醉在这虚幻的谎言中。此外，我也认真地思考过我对你的爱，我俩门户悬殊，我都无法确定你是否还爱着我更不敢奢求你会娶我，这是一场没有结果的爱情。因此，我对他保证我俩只是小时候的玩伴而已，已经忘记彼此了，我不再眷恋人间爱情……。所以每次看到你我都装作不认识……一门心思认真学艺，努力超越自我。直到一天，他告诉我我可以登台献唱了，让众人一览我的美妙歌声。就是剧院前任经理卸任晚会那天，台柱卡洛塔无故缺席，我只好临时受命，替补演唱。那晚，我发挥地如此平稳而出彩，连我自己都被自己的歌声感动了。我徜徉旋律，如痴如醉，唱得我的灵魂都快要出窍了！”

“噢！我亲爱的克莉丝汀！你知道那晚我有多么难过吗？我看见你泪雨滂沱，瘫软无力，我也潸然泪下，为你担忧又为你欢喜！”

“是的，拉奥！我理解你的感受！那晚我用尽生命的力量在歌唱，唱完我就不省人事了……待我醒来，发现你竟抱着我！我心里感觉是那么温暖，可是我不能和你相认！因为他就躲在暗处。拉奥，我太害怕你受到任何伤害了……。当你告诉我小时候你为我跳入大海捡回丝巾那件事时，我记得比你还要清楚，但是我必须要故意装作忘记一切，哈哈大笑！……可是我到底没有骗过他，他知道了你。他一直嫉恨你带走了我全部的爱……此后几天，他总是大发雷霆说如果我不爱你，就不会那么保护你！既然你是我的童年小伙伴，我就该跟你握手打招呼！如果我不爱你，我就不会害怕让你在我的房间久待！我被他激怒了，对他大吼：'随你怎么想！反正沙尼子爵是我的朋友，仅此而已！明天我要回沛洛斯镇扫墓，拉奥也会前往，我会跟他叙旧！'他恶狠狠地说，只要我去哪儿，他就会去哪儿，像影子一样跟着我！还说我不许背叛他，他将让勾引我的人不得好死。末了还说他要在午夜十二点，用父亲陪葬的小提琴弹奏《拉撒路复活》。于是我写信让你前往沛洛斯，你也的确如约而至。天哪，我真是个傻瓜！怎么就那么对他言听计从呢！这完全就是一个阴谋，我却浑然不知，我们都成了他手心的玩物！"

"可是……可是……可是真相就要大白于天下了，你又何必继续沉沦其中呢？为何你没有早点告诉我？"

"真相大白？拉奥！……就在我快要全部识破真相的时候，噩梦才刚刚开始呢！别再说了，什么都不用说了！……忘掉我刚才说的一切吧！忘记一切，让命运之神来安排。拉奥，你可以恨我、怨我、骂我……你可以诅咒我！但是我绝不能让你受到任何伤害！不然会有更多的悲剧降临到无辜的人们头上，那晚卡洛塔嘴里蹦出癞蛤蟆，就好像她就真的是只癞蛤蟆一样……剧院灯光突灭，人们四下惊呼，水晶大吊灯轰然坠地……人们四处逃窜，死的死伤的伤……我目睹这一切，心里突然想到你跟他。但看到你毫发无伤后，我就安心了。那一刹那，你跟他在我心里各占一半，但想到你我是担心，想到他我更多的是可怜和害怕。因为我知道他当时也在场，他说了会来五号包厢。吊灯砸人后，我惴惴不安，生怕他也会像凡人一样死去。随即我回到化妆间，对着墙壁大喊，要他回答报个平安。过了好久，我才听到熟悉的音乐再度响起，就像拉拉撒路听到耶稣呼唤，苏醒过来发出的轻声附和。

“那旋律高低起伏，婉转悠扬，就像父亲生前拉奏的小提琴曲一样，正如那晚在沛洛斯墓地听到乐曲一样。一双看不见的双手在演奏小提琴，一个喜悦而神秘的声音在对我召唤：‘跟我来！向前走！信任我！跟我来！往前走，你将永生不朽！’我像中了魔法一样呆呆地往前挪步，外面人声鼎沸、哭喊声此起彼伏，有人伤亡，而他却高歌永生！我无法控制自己的脚步，一步步走向大镜子，脚下的路似乎变得漫长而曲折……我就这样走着走着，不知不觉竟发现离开了房间。”

“天哪！你自己都不知道发生什么了吗？克莉丝汀，醒醒吧，别再痴人说梦了！”

“我才没有痴人说梦！我真的不清楚发生了什么！那天晚上你亲眼看见我消失镜中，你看得比我更清楚，或许你可以告诉我到底是怎么回事！那时，我只感觉面前的镜子消失不见，一瞬间后所有的东西都不见了，我竟然进入了一条暗长的甬道，我异常恐惧，尖声大叫！一抹红光摄入无边的黑暗，借着那光，我隐约看到一道岔口。甬道里回荡着我的尖叫和微弱的琴声。突然黑暗中伸出一根白骨，抓紧我的手腕。我死命挣扎大声叫喊，他抓得更紧，随后我被拦腰抱起……我手臂乱舞，在湿润的甬道壁上留下一道道抓痕。那道红光越来越清晰，只见抱着我的是一个神秘黑影，拖着火红长袍，他头戴面具，两眼空洞。我正欲叫喊，一双死神样的爪子一下子捂紧我的嘴，我吓得昏死过去了。”

“也不知道过去了多久，当我苏醒过来时看到黑影仍然守在我身边，昏黄的灯火照耀着漆黑的走廊，旁边是一股清泉，水源正从墙上的小洞里汩汩流淌，汇聚成泉然后消失不见。那个黑影把我放在他的膝盖上，默默地注视着我，还用清泉拂拭我的前额。然而，比起他的粗暴，我更加恐惧他的温柔体贴。在我看来，那就是一双死神般的手，他让我感到无处不在的惊悚！我用尽全力推掉他关切的手，虚弱地问他是谁，天使之音去哪儿了？他没有说话，只是长叹一声。突然一个白影突现，迎面一股热气喷到我脸上。恍惚中我看见一匹白马立在我身边，黑影把我抱上马背，拍打了一下马儿，白马立刻欢快地嘶叫。我大吃一惊，那不就是丢失的恺撒吗？我低声叫唤“恺撒!”马儿立马热情地回应了我。以前我常常带水果给恺撒，他是一匹乖巧的马儿，很听我的话。但是，某晚他神秘失踪了，我就再也没见过恺撒了，据说它被魅影给牵跑了。歌剧魅影传说由来已久，我只信音乐天使，对这些传闻根本不放在心里。就在那一瞬间我幡然明白原来音乐天使和歌剧魅影就是同一个人！或者说是同一个鬼！而我现在竟然也给魅影活捉了，成为他的奴隶！天啊，这实在太可怕了!”

“对，克莉丝汀，我早就听说歌剧魅影传闻，那么你上马之后如何呢?”

“我在马背上不能动弹，任马儿带着我在黑暗中漫无目的地移动……恐惧和眩晕被恺撒的出现稍稍减轻了些。黑影怕我摔倒一直搀扶着我，我看他没有恶意，也就停止挣扎。我全身无力，好像中了软骨散一样，但意识还是清醒的。黑暗中有几点灯火在闪烁，凭方位我猜测我现在正在剧院地宫深处的圆形回廊上，剧院修建时地基下面挖了一条圆形回廊。我记得有次，我壮胆下去过，一直下到地下三层便再也不敢继续深入了。凭直觉，我认为地下室下面还有至少两层的深度，各个甬道和回廊形成一个庞大的地下迷宫，规模简直可以包围巴黎市中心。那次探险，我依稀看到鬼火闪烁，我吓得撒腿就跑。人们传言，地下宫殿住着一个幽灵，他的头颅是熊熊燃烧的火焰，只要谁靠近，他立马喷火烧死谁！对，就跟冥王哈德斯一样！

我早已吓得魂不守舍，恺撒却似乎显得怡然自得，慢悠悠地带着我前行。突然我瞥见不远前方有群小黑影，像群妖乱舞般跳跃闪烁。他们忽远忽近、忽大忽小，全在火炉前舞动，黑影被火光照耀投影在墙壁……最后消失不见！恺撒兀自向前，黑影小心护着我……。我也记不清在黑暗中走了多久……只感觉不停旋转往地底更深处走去……我很清醒，我们是在沿着隧道往下深入。这太不可思议了！突然，恺撒停住，似乎走到了尽头……一片奇异的蓝色光芒闪烁在波光粼粼的水面，空气中满是潮湿的气味。天哪！眼前居然出现了一汪湖水！水面波澜不惊，深不见底，深邃的湖水和浓重的黑暗在远处交融、化为一体。一条小船被拴在湖边。

回想这一路的经历，我不禁感到又惊又怕！当亡灵渡过哈德斯的地狱之河时，撑船的骷髅艄公大概也不会比我身边这位护卫要加恐怖更加骇人吧！冷空气已让我清醒大半，眩晕感也差不多好了，莫名的惊悚席卷而来。黑影意识到我的恐慌，迅速松开恺撒，恺撒欢快地跑走了。随后，黑影抱我上船，解开锁链，撑开双桨，迅速而有力地划开。那双黑洞般的眼眶直直地盯住我，这让我丝毫不敢动弹。水面无风，一片蓝色光晕笼罩湖面，黑夜显得更黑了。很快，黑影划到对岸，抱我下船，行走，转弯，把我带到一个小房间。我大叫不止，一束刺眼的光芒打到我脸上，我发现我竟然来到一个鲜花遍布的客厅。一捆捆的花束被笨拙地扎好依次摆放，巴黎满大街的花店随处可见这种俗艳的花束，以前我在后台也会收到很多爱慕者献上的这类花束。黑衣人温柔安慰我说："别害怕，克莉丝汀，我不会伤害你!"我极度气愤，正欲冲上前去扯下他的面具，看看到底是谁这么可恶！而他似乎看破我的心思，对我说道："别动，你能保证不动我的面具，我就能保证你的人身安全!"说完，他就单膝下跪，紧握住我的手，态度绅士而有礼。这稍稍让我感觉放松。我注意到这是个精心布置的房间，灯光明亮，摆设精致。地毯、壁柜、梳妆台、花朵还有陶瓶，这一切世俗的物件让我感觉安定而平和，我甚至看得出这些东西分别是从哪采购的，价格多少。

这样的客厅，这样的摆设，在巴黎市民家随处可见。只是此时此地，它出现的位置让它抹上了诡异神秘的色彩。也许，这是一个喜欢住在地下的怪人，也许他是一位特立独行的艺术家，想要远离俗世喧嚣专心于艺术创作。

虽然他一直不肯摘下面具，但我可以清晰地辨认出眼前这个黑影就是个披着伪装的男人！那一瞬间，我的眼泪夺眶而出，早已不管自己被黑影劫持，前途未卜，心里满是一个念头：原来音乐天使竟是一个男子！我不相信！怎么会这样！我大哭起来，哭得撕心裂肺！黑影似乎读懂了我的眼泪，低声说道："对不起，克莉丝汀，我骗了你……。我不是音乐天使，不是歌剧魅影也不是魔鬼……我的名字叫艾瑞克!"

刚说到“艾瑞克”这三个字时，后面似乎有回声重复“艾瑞克”三个字，他们猛然回头发现后面什么都没有，而浓重的夜色早已笼罩天际。拉奥正欲起身，被克莉丝汀一把拉回。

“别走啊！我还没讲完呢！”

“干吗非要在这里讲，我怕你着凉了！”

“这里离那个黑洞最远，他发现不了我们，这里最安全！”

“克莉丝汀，我等不了了！我们必须马上走，立刻离开这个地方，永远逃离魔掌！”

“可是，我答应了明晚为他歌唱，要是他看不到我，会痛苦一辈子！”

“你既然已下定决心远离艾瑞克，他注定要痛苦一辈子的！”

“对，拉奥……或许他会因我而死，但是我们同样可能死于他的报复，这二者的风险是对等的啊！”

“这么看来，他一定是很爱你咯！?”

“没错，他可以为我去杀人放火！”

“可是，我们现在已经知道他住哪了，我们可以随时去找他谈判协商啊！他既然不是什么魅影、鬼魂，要是他不成全我们，我们完全可以逼他答应！”

“不！不！没有任何人可以强迫艾瑞克，我们只能选择逃离！”

“既然如此，那你为何还要为他献唱?”

“我不得不这样……且听我继续讲说他的故事吧，也许你就明白了我的为难……”

“我恨死那个混蛋了！克莉丝汀，告诉我，你恨不恨他?”拉奥发狂似的大叫。

“不恨！”克莉丝汀干脆地回答。

“那你又何必告诉我这些故事呢！……你的心里爱着他，你只是畏惧，不敢靠近！但是你的畏惧全部源自于你对他的爱，最真切的爱！即使你不知道你爱他，也不敢承认这个事实！但是一想到他，你没有一点恨，这完全证明你是爱他的！呵呵呵呵……一位统领地下宫殿的国王！呵呵呵……”拉奥苦涩而嫉妒地冷笑出来。

“看来，你是不要我了，你想让我回到他身边！”

克莉丝汀冷冷地说道。

“你可要想清楚，我这一走，我们今生再也别想见面了！”

气氛静默得可怕，一场爱情心理战在三人之间不声不响地进行着。两人相对无言，另一个屏息倾听。

“告诉我，既然你对他恨不起来，那你对他究竟抱有哪种感情呢？”

“畏惧！”两个字掷地有声，如滚滚惊雷盖住了黑夜里沉重的叹息。

“更可悲的是，我的畏惧每天只会加深不会减少，但是我一点儿也恨不起来。当你看见一个可悲可怜的男子为你单膝下跪，痛哭流涕，不断忏悔，求你原谅时，你怎么恨得起来呢？”

“他对我坦白一切，告诉我他爱我爱得疯狂！深沉而忧伤！他知道我不会接受他，可他还是一如既往地帮我，训练我！……有时他也会发狂想要把我永远囚禁在地底下。但只要我不开心，他也会痛哭流涕！他为我不顾尊严，卑微到尘土里去！而我却对他说，只要他敢限制我的自由，我会永远看不起他！他答应了我的请求，告诉我只要我想走，他随时可以指明出口！然后他站起来，用一把竖琴为我演奏了美妙的乐曲，那个熟悉的歌声再度响起，就是那个声音！我的音乐天使！我听得陶醉不已，竟然不想离开了……”

“那是一种能安抚灵魂的歌声，他的所有音乐都如此具有魔力，让听众忘记一切烦恼和痛苦，乘着音符的翅膀到处飞翔！我不安的心灵在这美妙的仙乐中平静、平和最后升华到一种极乐享受中，似乎触摸到了天堂的模样。很快，我便伴随着竖琴的音乐进入了梦乡。”

“待我苏醒过来时，我正独自一人，仰面躺在一个柔软的沙发中，环顾四周发现这是一个简单装饰的小卧室，房间里只有一张桃花心木大床，一个路易斯・菲利普(Louis Philippe)①王朝时期的老式橱柜，墙上挂着一幅古怪的抽象油画，还有一盏小油灯搁在大理石桌子上。这到底是什么鬼地方？我用手锤头，确认不是在做梦……。很快，我意识到我被一个疯子囚禁了……我哪都不能去！唯有在这间卧室还有一个设施齐全的浴室里自由活动。绝望之际，我看见橱柜上方有张红色笔迹的纸条，上书：‘我亲爱的克莉丝汀，请不要害怕，我对你绝对尊重，远胜于任何人！这是你的专用卧室，我现在去外面给你置办一些个人用品，你可以好好休息一下！’天哪！他一定是疯了！”

“我不知道这个疯子要把我囚禁多久？要怎样处置我？我像只羊羔一样被圈养起来，只等着被宰割。我懊悔自己从前的天真和迷信，痛恨自己的愚蠢和善良，竟然完全相信这个恶魔所说的一切。现在沦落如此完全是活该！我在房间里又哭又闹，直到艾瑞克归来。”

“他回来时在门上轻叩三下，然后进门，那扇门我根本没

---

① 路易斯・菲利普：法国国王(1830～1848)，法国奥尔良王朝的唯一一位君主。——译者注

看到过。他买回了一大堆东西，轻轻地放在我床上，而我丝毫不领情，恶语相向，冷嘲热讽要他露出真面目……。结果，他还是固执地一口回绝。

“永远别想看到艾瑞克的脸!”

“随后，他厉声问我怎么到这个点还没有洗漱，大约已是下午两点钟了。他命令我必须在半个时辰内洗漱完毕，他还用我的手表计时，告诉我半小时后将和他共进午餐，那时，我早已饿得快晕死了。我让他出去，开始洗漱，沐浴前，我偷偷放了一把剪刀在身上，以便艾瑞克若有图谋不轨我可以防身，必要时我将以死保护自己的清誉。温暖的热水让我感觉全身舒畅，沐浴更衣之后见艾瑞克，我下定了决心，无论如何都不能和他发生正面冲突。我要想法子取悦他，让他放我出去。尽管他说过只要我想离开，他随时可以告诉我出口，但是他又对我说希望我不要马上离开，因为有我的陪伴，他感到非常开心。他深爱着我，会给我时间认识了解他直到接受他的爱。这之前，我们还是像老师和学生一样每天学习音乐。”

“‘这之前你指的是什么?’我问他。”

“‘我们在一起的五天时间内。’他回答。”

“‘这么说我陪你五天之后，你就放我走吗?’”

“‘是的，我保证让你走，克莉丝汀。五天之内你会认识了解一个真正的艾瑞克，或许将来你想我的时候还会常来探望下可怜的艾瑞克……’当我听到‘可怜的艾瑞克’时，我心里突然涌出一阵感动。我从他的话语中听出了一种自卑的哀求，一种令人怜悯的绝望，我抬头注视着他的脸。戴着面具的脸颊和双眼模糊了他真实的表情，但我分明看见两行泪水顺着面具缝隙滑落下来。我突然很想摘下他的面具看看他，给他一个温暖的拥抱，但我还是感到丝丝恐惧。他沉默着示意我坐到小圆桌对面，桌子正放在房间中间，就在这个位置他前晚为我弹奏过美妙的竖琴。我饥肠辘辘又惶恐不安地坐下，桌上摆满了美味的对虾和鸡翅，喝了一杯匈牙利产的白葡萄酒，他告诉我酒是特地去哥尼斯堡(Konigsberg)[①]酒窖买回来的。我吃得津津有味，他却一口也不吃。我很好奇他的身世，于是问他的故乡和姓氏，'艾瑞克'这个名字大概是源自于斯堪的纳维亚北欧民族的。他回答说自己没有家人、姓氏和故乡，'艾瑞克'是他自己随便编的。"

"然后我又问他为何要用这种挟持的方式来向我求爱，爱不应该是这样的，强扭的瓜不会甜。他回答道：'我没有其他办法，只好出此下策'他的声音充满苦涩。紧接着，他站起身来，准备带我参观整个住处，当他的手一触碰到我时，我吓得大叫一声，赶紧缩回我的手，因为我摸到袖管下是一只湿润的骷髅柴骨。"

"'抱歉！吓到你了！'他低声下气地道歉。然后为我开门。"

"'这是我的卧室，你想参观下吗?'他询问道。我毫不犹豫地答应了，因为他一举一动都向我证明他是一个守诺言的好人，我不必害怕。"

"我放心地进去了，放眼望去满墙尽是黑布白幡，整个就是一间棺材房。房子中间，是一顶巨大的红绸帐篷，帐篷里面直直地躺着一副开着的棺材。旁边放着乐谱架，一本打开

---

① 哥尼斯堡：俄罗斯加里宁格勒州首府，位于桑比亚半岛南部。1946年，为纪念刚逝世的苏联共产党和苏维埃国家领导人米哈伊尔·加里宁，哥尼斯堡更名为加里宁格勒。——译者注

的《末日曲》(Dies Irae)乐谱正搁在上面。那副红绸布幔下面的漆黑棺材让我望而却步，浑身哆嗦。”

“‘那就是我的床!’艾瑞克说道，‘我们必须适应生命中所有可能出现的一切，包括死亡和永生!’这副阴森骇人的景象让我有点受不了，我把头转过去，尽量不去看它。我的目光被一架巨大的管风琴吸引住了，风琴有一面墙那么大。琴架上搁着一本涂满红色笔记的乐谱，只见乐谱首页上书《唐璜的胜利》(Don Juan Triumphant)。”

“‘我常常一个人把自己关在房间作曲，这首曲子我从二十年前开工，反反复复修改了二十年，我决定等我修改到死的时候将用它来陪葬，永远不发表。’”

“‘噢……那你必须得写慢一点，再慢一点咯!’我打趣道。”

“‘我常常连续工作两周，满脑子都是跳动的音符和旋律，完成一部乐章后我得休息好几年才能恢复。’”

“‘那能否赏脸为我弹奏一曲《唐璜的胜利》呢?’为了缓解我的惊悚情绪，也为了取悦艾瑞克，我于是向他请求道。”

“‘请收回你的请求!’他声音低沉而阴冷，‘我手中的唐璜可不是一个玩世不恭、风流倜傥，整日与佳人美酒相伴醉生梦死的浮华公子。如果你想听，我可以为你弹奏莫扎特，他的音乐欢快中带有苦涩，让人沉思和流泪。我的唐璜乐章像飞蛾扑火，壮烈而辉煌。’话说间，他已经坐在琴前，准备为我演奏。房间里没有一面镜子，这让我感到无比奇怪。‘克莉丝汀，这世界上有一种能吞噬灵魂的音乐，闻者必然沉醉忘乎所以。不过，你现在的水平还远没有达到这种境界，等你达到的那一天，你将不再是你，你的清丽脱俗将变得风情而艳丽。到时候，你将令众人刮目相看。现在让我们唱歌吧，克莉丝汀！’”

“最后一句‘现在让我们唱歌吧，克莉丝汀！’让我感觉极不舒服！”

“那你随后做了什么呢?”拉奥好奇地问道。

“不过，还没等我有时间发作，他已经准备开唱《奥赛罗》(Othello)①篇章，他让我扮演苔丝狄蒙娜(Desdemona)②，而他则演唱奥赛罗。他的歌声再没让我感到恐惧，而是给我灵感和希望。似乎为我打开了通向拜伦心灵深处的大门，让我跟诗人产生共鸣，如果诗人此时此刻听到我们的演唱，一定会感到非常欣慰。他对每一个音符、旋律和节奏都拿捏到位，在他的歌喉下，爱恨情仇、理想希望、幻灭与重生都焕发了异常的爆发力。他那副神秘的黑色面具使我想起《摩尔人在威尼斯》(Moor of Venice)③中的一幕。此刻，他已完全入戏，仿佛他就是奥赛罗，我是苔丝狄蒙娜。我以为我会像剧中的苔丝狄蒙娜一样昏倒在奥赛罗的鞭打之下，但我没有。与此相反，我被他散发的一种神秘魅力所吸引，一步步靠近他。我想我当时已然沉醉在艺术的激情之中，我想象着在这么伟

---

① 《奥赛罗》：是莎士比亚的四大悲剧之一，是莎士比亚大约于1603年所写作的。目前所知这出戏最早于1604年11月1日在伦敦的Whitehall Palace首演。——译者注

② 苔丝狄蒙娜：《奥赛罗》中的女主角，奥赛罗的妻子，因被诬陷而死于丈夫手下，后来真相大白后，丈夫拔剑自刎死在她身旁。——译者注

③ 《摩尔人在威尼斯》：莎士比亚四大悲剧之一全称为“威尼斯的摩尔人奥赛罗的悲剧”。描写勇敢、正直、荣誉感强烈的威尼斯大将奥赛罗同极端利己主义者伊阿古之间的矛盾冲突。奥赛罗冲破重重阻力，与贵族姑娘苔丝狄蒙娜相爱并结婚，但婚后的奥赛罗却在伊阿古的挑拨、欺骗下，扼死了苔丝狄蒙娜，明白真相后又愤而自刎。——译者注

大的音乐下隐藏着一个怎样的面孔。我不禁一手摘掉他的面具……。上帝啊！简直太恐怖了！……恐怖！……。恐怖！……”

克莉丝汀讲到这里，仿佛面前又出现那张骇人的脸，双手不住哆嗦，夜色中回响着她那句尖厉的“恐怖！恐怖!”拉奥紧紧地抱住克莉丝汀，仰望星空，只见晴朗的夜空下挂着千万颗星星，一眨一眨的像萤火虫。

“你听这夜空和星星好像跟我们一同叹息着呢!”拉奥说道。

“现在我已经告诉你整个事情的真相了，这简直就是个悲剧!”她牢牢地握紧拉奥双手，好像在抓着一根救命稻草一般，像在寻求认同又像在求救。倒吸一口凉气，继续道来：“当我掀开他的面具时，他惊恐而绝望地尖叫，一张惊悚的脸直直地摆在我面前，我因过度恐惧而吓得发不出声来，半天也没缓过神来。”

“噢！天哪！拉奥，我永远忘不了那张脸，它常常浮现在我眼前，那撕心裂肺的叫喊，那丑陋而惊悚的面庞，我怎样才能让记忆抹去！我该如何向你形容他呢？你记得在沛洛斯镇墓地里见到的那个骷髅头吧？你记得化装舞会上那个红衣恶魔吗？你见过死后风干数年的干尸吗？所有这些恐怖景象都不过是静态物体而已，和他移动死人面孔相比根本不算什么。那张恶鬼一样的脸，那空洞的眼睛还有残缺的鼻子简直让我不敢直视。我吓得靠在墙边，只见他愤怒地向我逼近，我跪在地上求他饶命。他如发怒地狮子般对我吼叫，咒骂……我没敢作声，根本没想到结果是这样。‘看啊！再看看！你不是一直想看吗！现在看啊，抬头，直视我！用我这张丑脸满足你的窥视欲！看着我的脸！你终于看清你期待已久的脸了吧！是不是我的歌声还不够满足你呢？你还想要知道我更多？你这可恶的女人，该死的好奇心！’”

“他机关枪似地吼完后又开始仰头大笑，嘴里反复骂道：‘该死的好奇心！可恶的女人！’直到声音干哑而无力。他还在不停地咒骂：‘现在你高兴了吧？我很英俊不是吗？你已经看了我的脸，现在你是我的女人了！你必须爱我！克莉丝汀！我比唐璜更胜一筹！’随后他猛然起身，双拳紧握叉在腰间，脖子上那颗惨不忍睹的头颅左右摇晃，一边暴虐而得意地大叫：‘看吧！看吧！我就是唐璜！我的胜利！’”

“我还是不敢和他四目相对，偏着头不住地道歉。他一把掰过我的头，枯枝一样的手扯着我的头发，非要我好好看他！”

“好了！住口！”拉奥大声吼道，“我一定要杀了那个恶魔！以上帝的名义！告诉我，他住哪儿！我必须杀了他！”

“冷静！拉奥！先听我把话说完！”

“快讲！我倒要看看那个恶魔对你做了什么！我一定不会放过他的！告诉我！克莉丝汀，你是怎么出来的？”

“镇定！镇定！拉奥！既然你想听，就安静下来好好听我讲！”

“然后……然后……后来发生的事情实在太恐怖了！他揪着我的头发……”

“然后什么呀！快说！”拉奥暴躁地吼叫。

“然后他龇牙咧嘴地对我咆哮：‘怎么，你害怕我了是吗？……你是否想着我这张脸下面还有一层面具？来呀，摸摸看，撕掉它！看看下面是什么样子！来呀！来呀！撕开！我要你撕开！把手伸出来给我！要不要我帮你?！来把，我俩一起来撕开看看！我今天要让你看个够！’拉奥，他牢牢地抓紧我双手，让我无法动弹，然后把我的手按在他的脸上来回摩擦，我的指甲都快磨断了，那是干尸一样粗糙而丑陋的皮肤！我惊恐地大声尖叫！他却不罢休！‘看到了吧，摸到了吧！我是不是很英俊？我爱你！我崇拜你！我永远都不想离开你！……哪一天你若要弃我而去，我会把我们的棺材做宽做大……我要和你一起生生世世长眠在此！我的心为你哭泣，我的灵魂为歌唱！你看见了我的真容，你将永远属于我！你是不是一直认为我是个英俊的公子，所以你才迷恋我的声音，现在你知道了我的丑陋了吧，你要离开我吗？……没门！我要你和我永不分离！克莉丝汀，你个邪恶的坏女人！你为什么要揭开我的面具！你居心何在？我的父亲、母亲生下我之后都不再看我的脸！我那亲生母亲，为了逃避我，竟然给我做了一张面具！他们都厌恶我！害怕我！抛弃我！你为什么要揭下我的面具！?’他发泄完了后，终于松手，绝望地在房间中哀号痛哭，来回转圈。过了好长时间他飞快逃走，进了卧室闭门不出。我在黑暗和战栗中懊悔反思，他离开我后，我感到如此轻松。”

“狂风暴雨之后，周围只剩死一般的寂静。回想刚才那一幕，真是后怕！我没想到我的鲁莽行为竟然造成这么严重的后果。我终于明白他的自我封闭、绝望和痛苦了，全因为他天生的缺陷和不幸的童年。我懊悔我的莽撞，万不该揭他的伤疤，我痛恨我可恶的好奇心，他曾多次警告过我不要触碰他的面具，然而我还是犯了禁忌。他说戴着面具，我一定会心存幻想，再度回来；一旦摘下面具，我肯定不会再回来，人对美丑的偏好就是这么狭隘，人性就是如此！他的话非常在理，让我又羞又愧。我在心底暗暗告诉自己，无论如何，我都会永远铭记这个声音，这张面孔，无论他对我做了什么，说了什么！他曾助我达到歌剧艺术顶峰，我将永远心存感激！可是我真的无法勉强自己接受这样一个面孔，无法忍受一辈子生活在永无天日的地底下！他那种凛冽的疯狂，那狂野的眼神，那两个深邃的黑洞靠近我的姿态，足以表明他对我的火热激情。但是他并没有不轨企图，他是长着魔鬼面孔的天使，上帝给了他一副丑陋的皮囊，却赐给了他世上最动听的嗓音！"

"我不知道接下来还会发生什么，我已经濒临崩溃，我害怕他会打开那扇棺木，把我拉进去和他躺在一起。我轻声进房，拿出那把剪刀，正欲自我了结之际……突然听到悦耳的风琴声从隔壁房间传来……。"

"那一瞬间，我幡然醒悟，明白为何艾瑞克如此厌弃剧院科班音乐。真正的音乐源自于内心的激情、痛苦还有动荡。他弹奏《唐璜的胜利》如痴如醉，忘乎所以，把悲哀和痛苦全部用音乐宣泄。可怜的艾瑞克是要把风琴弹烂！他是一位真正的音乐天使！"

"那本红色笔迹的乐谱仿佛是他蘸着鲜血写成的，一个个鲜红的音符仿佛在对我讲述一件件凄惨的往事，带我走进艾瑞克不为人知的过去。旋律在空荡荡的房间里回荡着，我似乎可以看见这么多年来他是如何一个人蜷缩在这暗无天日的地底下，逃避凡人诧异的目光，远离俗世喧嚣，把自己缩进一个坚硬的壳里，痛苦时拿那颗丑陋的头颅狠狠地撞击墙壁，独自舔舐心灵的孤独与创伤。也唯有此，伟大的乐章才得以诞生，才得以回响在这没有观众的一个人的剧场。一股敬佩之情油然而生，我对艾瑞克崇拜得五体投地！只听见一股充满震撼与力量的音乐从压抑的琴键下腾地升起，像爆发的火山般冲上天空，巨大的轰鸣响彻天际。我知道，一部伟大杰作就此诞生了！此时，丑陋与美丽已经没有定义，在艺术面前，所有充满激情与真实的东西都是美好的！我狂喜地推开他紧闭的大门，艾瑞克听到一声重响，猛然惊起，却自卑地背对着我。”

“我激动地对他大喊道：‘艾瑞克，不要悲伤不要绝望，看着我！虽然你承受了常人无法想象的痛苦，但你拥有世界上最伟大最纯洁的灵魂！请原谅我的无知和偏见，如果今后我再在你面前战栗发抖，那肯定是因为我为你的伟大音乐激动不已！’艾瑞克听到这话，默默转身望着我……他信任了我，就像我信任了他……他无助地在我面前单膝下跪对我说爱我……”

“音乐静止，世界一片寂静……”

“他热情地吻了我的裙摆，我紧闭双眼任他狂吻，为了自由我不得不委曲求全。两个星期以来，我尽力讨好艾瑞克……用谎言和温柔的话语。我的谎言像怪物一样恐怖，但我没有其他选择。我烧掉他的面具，告诉他我更习惯一个真实的艾瑞克。我伪装自我，装作平和而镇定。他就像一条可怜而瘦弱的小狗，小心翼翼地围在我身边。他像一位老实忠厚的仆人一样，听候差遣，唯唯诺诺。”

“不唱歌的时候，他会带我去博伊斯湖边散心，乘船游玩，还带我穿过巴黎城地下水道，乘坐四轮马车穿过丛林大道去公园玩。”

“那晚，我们在马车上看到你在路边大喊我的名字，差点就出事了。艾瑞克对你非常妒忌，我只好哄他说你马上要出航探险。半个月的囚禁生活终于到头了，他送我出去我转身的那一刹那，恐惧、怜悯、感激还有内疚五味杂陈，我对他挥手喊道：‘艾瑞克，我一定会回来看你！’”

“艾瑞克信任地点了点头。”

“你到底还是回去了!”拉奥咕哝道。

“没错，但并非因为我留恋他，只是因为听到他在坟墓边那振聋发聩的痛苦嘶喊!”

“他的嘶喊?”

克莉丝汀面带悲怆地摇头。“在道别的一瞬间，我忽然感觉我跟他的命运如此紧密相连，我在脑海中反复呐喊‘可怜的艾瑞克！可怜的艾瑞克!’”

“可怜的艾瑞克！可怜的艾瑞克！他真有那么可怜吗?”拉奥又是吃醋又是愤怒。

“你说过你只爱我，可是那天化装舞会上，你只跟我待了一会儿就又回到他身边去了!”

“是的……拉奥，但你想过没有，我是如何冒着巨大的生命危险和你待了那么半天！在那短暂的时间里，你竟然还质疑我对你的爱!”克莉丝汀委屈地嚷道。

“拉奥，你现在依然怀疑我对你的爱么？……每次见到艾瑞克，我的恐惧与日俱增，我如果不辞而别不仅不会消减他对我的爱，反而会让他的爱变得更加疯狂！我实在无法想象！……我害怕极了！我好怕！……”

“你真的害怕？……那你到底爱谁？……如果艾瑞克帅气而迷人，你还会选择我吗，克莉丝汀?”

“天哪！你怎么可以做出这种假设！爱情可以假设吗?!”克莉丝汀愤怒地站起身来，用那美丽白皙的玉臂抱住拉奥，温柔地说道：“噢！我亲爱的未婚夫，我不爱你爱谁呢？我的双唇是属于你的，你将是第一个也是最后一个吻我的男人！来吧!”

拉奥一把搂住克莉丝汀，吻上她的柔唇。黑夜似乎被撕裂般，爆发出一声巨响。他俩像躲避风暴一样逃离，生怕艾瑞克看见这一幕。夜空中，一只黑色大鸟在头顶盘旋，目光犀利冷酷，从远处看去就像一块黑布挂在阿波罗竖琴上。

第十四章　克莉丝汀失踪

拉奥带着克莉丝汀飞快地逃离屋顶，不敢直视漆黑色夜空中那犀利而闪烁的巨眼，他俩一口气从顶楼跑到剧院八楼才敢停下来歇息一会儿。那晚，剧院空档，放眼望去剧场四下无人。

突然，只见一个陌生男子走到俩人跟前，他长相古怪行为诡秘，那人拦住二人去路。

“别！别从这边走！”陌生男子一边大声劝阻一边手指通向后台的另一条小道。拉奥觉得很蹊跷，正欲问个清楚。

“快走！快点！”陌生男子大声命令！只见他宽衣长袍，头顶一顶小圆帽，大手一挥，衣袂飘飘。

克莉丝汀拼命拽进拉奥，拉着他往陌生男子指的小路跑。

“那个人是谁啊！为什么给我们指路？”拉奥问。

“他就是波斯人！”

“那他来这干吗呢？”

“没人知道！据说他一直都生活在剧院中！”

“克莉丝汀，你希望我变成一个胆小鬼吗!？你竟然让我跟你一起当逃兵！这对我来说简直就不可能!”拉奥激动不已地说道。

“哪有？我只是感觉害怕，带你换个地方聊天而已!”

“如果刚才那黑影真的是艾瑞克的话，我一定要把他钉死在阿波罗琴柱上！就像布列敦农民把猫头鹰标本钉在农庄的墙壁上一样！这样一切阻碍都化解了!”

“亲爱的拉奥，阿波罗雕像那么高，你爬得上去吗?”

“那双贼眼不也爬上去了吗?”

“看来现在你跟我一样都变得疑神疑鬼了，无论我们到哪儿，我都感觉黑暗中有双眼睛在盯着咱们！转念一想，那也有可能是天上的星星呢!”

“既然你已选择跟我，我们就应该马上远走高飞，干吗非要挨到明晚跟他道别呢？保不准我俩今晚所说的一切都被他听到了呢!”拉奥紧跟在后面焦急地说道。

“这怎么会！绝不可能！我离开他的时候，他正在创作《唐璜的胜利》我了解他，创作音乐时他绝不会出来!”

“那你为何总是往身后看，难道他跟着我们吗?”

“好了，来我的休息室吧!”

“算了，我们还是去其他地方好吧!”

“不可以！千万不能在外面见面！如果被他知道我不守诺言，我俩都不会有好日子过的！我向他保证过绝不走出剧院一步和你相会。”

“哦？这么说我还要感谢艾瑞克的大度与谅解了？那我们现在是在玩的什么？订婚游戏吗？这安全吗?”

“亲爱的拉奥，我告诉过他这件事情，他对我说他相信我并且理解你的感受，但是你不得不离开法国，你的心情一定和我离开他时他感受到的一样难过。”

“你告诉我这些有什么意思?”

“我想问你，拉奥，爱上一个人是不是感觉很痛苦?”

“完全正确，克莉丝汀！爱上一个人又不知道那个人是否也爱我们的时候感觉最痛苦!”

“你这句话是针对艾瑞克吗？拉奥。”

“针对他，也针对我自己!”拉奥满脸悲怆，若有感触地叹息道。随后跟着克莉丝汀进了她的化妆间。

“你怎么就认定化妆间是最安全的地方呢?”拉奥问道，“你说过你常常能听到他在墙对面说话，我想我们的谈话他也可能听到的!”

“不会的！艾瑞克向我保证过，绝对不会躲在隔壁偷听我的一言一行，他是个守信的人，我相信他！这间化妆间和隔壁湖对岸的卧室只属于我一个人，谁都不可以私自闯入和偷听，艾瑞克是这样向我保证的。”

“那你要怎样才能从这个房间穿过走道达到另外一个房间呢？你可以演示一下吗?”

“不行！拉奥，这不安全！如果镜子像上次一样带走我的话，我有可能再也出不来了，我会顺着密道滑到湖对岸，到时候只有呼天抢地要艾瑞克帮忙了!”

“他能听见吗?”

“当然！他对我说过，不管我在哪儿喊他，他都会第一时间赶过来……他确实是个奇才！拉奥，千万别以为他只是个住在下水道的怪物！他有着异于常人的天分和禀赋!”

“看来，你早已把他当成你的神了！克莉丝汀。”

“错！他是半人半神，是个真正的怪才!”

“呵呵……半人半神？怪才？真的么？……你到底想不想和我一起远走高飞？”

“当然了！就在明天！”

“可是我今晚就想带你走！你知道原因吗？”

“告诉我为什么？”

“因为我害怕到明天你就改变主意了！”

“亲爱的拉奥！如果真那样，你就把我拖走！我告诉过你，你可以逼迫我！”

“好吧，明晚此地！零点时分我们准时见面！”拉奥脸色沉重地说道，“无论如何，我一定信守诺言！希望你也是！你是说他会在湖边餐厅见你吗？”

“不，是在这里。”

“那好吧，克莉丝汀，你刚才说你不知道如何通过镜子去湖边，那你怎么找到他呢？”

“到时候，我会直接赶去湖畔。”

“从地下室走过去吗？剧院上上下下全是机械师和工人，你不怕密道被人发现，到时大伙都跟着你去找艾瑞克吗？”

克莉丝汀胸有成竹地从小匣子里掏出一把大号钥匙，递给拉奥。

“哪儿的钥匙？”拉奥问道。

“斯克利布大街下水道门闸大门钥匙。”

“哦……我懂了！原来下水道和地下湖是连接的，钥匙给我吧。”

“不可以！我不可以出卖艾瑞克！”克莉丝汀脸色煞白，大声叫道。

“噢！天哪！艾瑞克！艾瑞克！我不想出卖你！请原谅我！”

“闭嘴！克莉丝汀！小心他听到了！他无处不在，随时可以听到你的呼喊！”

然而，克莉丝汀的表情越来越让人费解，她双手来回揉搓，面色惶恐不安，嘴里反复咕哝着：“天哪！天哪！我不想这么做！”

“怎么回事，克莉丝汀！告诉我！”拉奥着急地问道。

“我的戒指不见了！”克莉丝汀哭丧着脸。

“哪个戒指？克莉丝汀你镇定一点行吗？”

“艾瑞克送我的金戒指不见了！”

“我就知道是他送的！可恶！”

“是的，拉奥，他给我戴上戒指的时候告诫我说只要戒指不离手，我就会永远平安！他说他是我永远忠诚而信赖的朋友，但是一旦我失去戒指，我将会遭遇不测！因为他要展开报复了！……拉奥，我该怎么办？现在戒指丢了，我们的末日就要来了！”克莉丝汀开始绝望地大哭。

他俩在房间内展开地毯式的搜索，结果还是没能找到，克莉丝汀如临大敌。

“我知道掉哪儿了！刚才我俩在阿波罗雕像前，你允许我亲吻你时，当我的双唇压上你的柔唇时，你全身哆嗦，戒指就在那一瞬间从指间掉落，坠落到楼底大街上了。现在去肯定找不回来！事已至此，我必须马上带你跟我一起走！”

“现在！马上！跟我走！”拉奥加重语气命令道。

他满以为她会立刻同意。结果她却踌躇不定。忽闪忽闪的大眼睛里充满了茫然、迷惑还有犹豫。“不行！必须明天走！”她转身背对拉奥，在房间里来回踱步，双手不停地揉搓手指，似乎幻想着只要一直揉搓戒指就会神奇地回到手指上。

拉奥无比失望又无比担忧地回到了家。

“我一定要把她从那个恶魔手心里给救回来!”拉奥一边更衣就寝，一边恶狠狠地咒骂艾瑞克，“不管怎样，我必须救她出来！哪怕付出生命代价也在所不惜!”关灯上床，辗转反侧难以入眠，又大骂三声：“恶魔！恶魔！恶魔!”

突然，黑暗中出现两只闪烁的眼睛，像鬼火般在漆黑的夜色里来回跳跃。拉奥惊坐起来，额上有细密的汗珠滚落，只见那两团火焰直直地盯着他。

拉奥从来不是胆小之辈，这会儿也吓得直哆嗦。他颤抖地摸索到一盒火柴，赶紧划亮一根火柴，火光突现的刹那，鬼火一下子不见了。

“克莉丝汀说过，艾瑞克喜欢黑暗，见光就闪！但他能往哪儿跑呢，一定还在某个角落。”

于是，他壮着胆子起床搜遍整个房间里里外外，还钻到床底看了看，突然觉得自己的行为实在幼稚而可笑。大声笑道：“我疯了吗？竟然相信传说！何谓真实？何谓幻影？她究竟目睹了什么？她又自以为目睹了什么？我又看见了什么呢？那双发光黑眼，难道是我的错觉吗？真是可笑，我都快成神经病了!”

继而，他关灯躺下，那双鬼眼再次出现在黑漆漆的房间里。

“啊！……”拉奥大叫！再次腾地坐起来，怒睁大眼，片刻静默。然后大声呵斥道：“艾瑞克！你来了吗？你到底是人？是鬼？是僵尸还是魅影?！现身吧!”

拉奥心想如果那双眼睛真是艾瑞克的话，他一定是从阳台窗户上爬上来的。

他身披睡袍，赶紧打开一个小安全柜，掏出一把短枪，子弹上膛。哗得打开窗户，一股冷风扑面而来，吹得拉奥直打哆嗦。他往外面匆匆扫视一眼就关窗回房，再次卧倒床上，手枪放在触手可及的位置。

他吹灯关火，可是那双鬼眼再次在眼前晃来晃去，挥之不散。让人分不清它们到底是躲在床边窗帘后面还是窗外的阳台上？

拉奥暗自思忖，又恐惧又好奇。那究竟是人的眼睛还是其他的什么？他充满恐惧和疑惑。深吸一口凉气，悄悄摸上手枪，瞄准那双鬼眼，只见黑夜里那双眼睛格外通亮闪烁，像两束激光一样直直地打向他。

拉奥屏息凝神，略抬枪口，估摸着眼睛上面的额头位置，心想着一定要把鬼影打爆头！扣动扳机，一声巨大的枪响震醒了整幢别墅。菲利普伯爵和一群家仆急匆匆地上楼查看，楼梯被脚步踩得咯吱咯吱作响。

“拉奥，你怎么了？”哥哥焦急而关切地问道。

“我一定是做噩梦了吧！刚才我看到两团鬼火一直在我头顶闪烁，我朝那个位子放了一枪。”

“你肯定是病了吧，哪来的鬼火?！……拉奥，说清楚到底怎么回事？……”伯爵一把夺过手枪，焦急地询问。

“没有！我没病！……你们快出去看看！看我刚才射中了什么？”说着，拉奥披衣而起，趿着拖鞋，拿过仆人手中的煤油灯，掀开落地窗，走进阳台。突然伯爵发现落地窗上方出现一个弹孔，周围的玻璃碎了一片。拉奥打着油灯四处查看，突然发现地上有一片血渍。他高兴地大叫：“快看！快看！这儿有血！那里也有！哈哈哈……。太好了！我射中了！我射中那个鬼影了！鬼也会流血，那他就不是鬼了！”拉奥洋洋得意地大笑，语气中还有几分轻蔑。

“醒醒！醒醒！拉奥！拉奥！”伯爵拼命摇动拉奥，仿佛悲痛的亲人在绝望地摇动一具死去的亲人尸体。

“哥！我没有做梦！”拉奥烦躁地吼道，“你看外面的血渍就跟正常人的一模一样，我方才还以为是我在梦中放了两枪呢！你看，这就是艾瑞克的血！我射中了他的眼睛！”

转而他马上由喜转忧，顿时变得焦躁不安起来。“哎！我真不应该开枪！这下，克莉丝汀一定不会原谅我了！我该在睡觉前拉上窗帘，就不会发生这样的事了！”

“拉奥！你在说什么疯话！快醒醒吧！”伯爵对他喊道。

“哥！你能不能别吵！我正在找艾瑞克呢！你有闲工夫也帮我找找吧！既然那个魔鬼会流血，他一定可怕不到哪儿去！”

“先生您看，这儿确实有片血渍呢！”一位仆人惊讶地叫道。

大伙赶忙拿灯去照，果然发现一汪细长的血渍顺着栏杆蜿蜒往上，一直消失在屋脊后面。

“亲爱的弟弟，你一定是不小心打死了一只可怜的猫咪！”

“噢！可怜的小东西！”拉奥冷笑地感叹道，这种冷漠无情的笑声让伯爵感到不可思议。

“天哪！我竟然开枪打死了一只猫咪！那到底是该死的艾瑞克？还是猫咪？还是鬼魂？艾瑞克这个名字简直快把我逼疯了！我怎么变得这么神经兮兮，不可理喻呢?!”

拉奥此时此刻所思所想完全符合他的逻辑思维，还正好证明了克莉丝汀的猜想是准确无误的。然而没有人相信他的话，大家都认为他疯了，甚至连他自己也都这么想。不久，查案的警官们也对他这样下了结论，认定年轻的子爵就是个疯子。

“谁是艾瑞克?”伯爵抓着拉奥双手问道。

“我的死敌，不共戴天！如果我没打死他，就算他走运！早晚有一天我会干掉他的！”

伯爵一挥手，所有家仆都退出房间了，留下兄弟二人在房间。走之前粗心的仆人并没有完全将门带上，后面一位仆人听到拉奥很大声地说了一句：“今晚，我一定要带克莉丝汀·戴伊远走高飞！”

后来主审大法官弗尔也听到了这句话。不过，两兄弟那晚到底谈了什么话没人知道。家仆们都说听见兄弟俩在房间内大声争吵，声音大得隔几道墙都能听到，争吵的焦点好像是集中在一个名叫克莉丝汀·戴伊的剧院女伶身上。早上，当菲利普伯爵在自己书房用餐时，又吩咐仆人去把弟弟喊过来。拉奥一脸不悦，不声不响地走进去，准备接受哥哥的一顿训斥。

“你看看你！都是你做的好事！”伯爵把一份《巴黎早报》(Morning's Epogque)重重地甩在桌子上，并用手指着当天头条“拉奥·沙尼子爵与歌剧当红小花旦克莉丝汀·戴伊订婚”拉奥小心地念了一遍新闻标题。如果新闻属实，拉奥和克莉丝汀的私自订婚务必会使沙尼家族蒙羞。爱情和婚姻在巴黎上层社会尤其变得复杂而功利，哪怕它是如此纯洁而具有魅力。这不禁令人唏嘘，一向开明圆滑的沙尼伯爵也许也会在对待弟弟的婚姻大事上采取世俗而极端的阻挠手段，不让他牵着那位贫寒人家出生的歌剧女伶走向婚姻的红地毯。然而，兄弟俩一向感情深厚，伯爵满心以为兄弟之情可以胜过逢场作戏的幼稚爱情。结果证实拉奥对克莉丝汀的迷恋远胜于对任何人的感情。

伯爵失落地说：“拉奥，你看看……你俩做的好事，让全巴黎城都笑话我们家族，那个小妖精到底使了什么诡计，把你迷得这样魂不守舍!?”看来，伯爵对他们两人之间的事早已摸透。

拉奥冷冷地说道：“大哥，后会有期了!”

“什么?! 你非要跟那个小妖精一起私奔吗? 你怎么可以做出这样的事情! 我绝不能容忍沙尼家族的人做出这种颜面扫地的丑事!”

“再会了，大哥!”说完，拉奥一言不发地走出了房间。

这些话后来拉奥也告诉过大法官，自那晚之后伯爵再未看到拉奥，直到克莉丝汀出事那天。

那天，拉奥整天时间都在计划逃亡计划，准备了四轮马车，雇用了车夫，打包了干粮行李还准备了充足的路费和逃亡路线。为避免计划泄露，他刻意舍弃铁路交通，从早到晚。他都在为整个私奔计划而忙碌着，直到九点剧院开演。

夜幕，歌剧院正门口停放一辆马车，大门紧闭，车帘垂落。两匹马高大肥壮，车夫纱巾裹脸让人看不清面孔。紧跟马车之后是其他三辆同样的豪华马车。事后才得知另外三辆由卡洛塔、索瑞丽和沙尼伯爵拥有。四辆马车除了守候的车夫外都空无一人。

稍过片刻，一位头戴黑皮软帽身披黑色大衣的男子走到剧院正门和四辆马车中间，他仔细查看马车又凑到车夫跟前似乎要询问什么，但最终一言不发地离开了。事后，警方经调查证实该神秘黑衣男子正是拉奥子爵，但依我看那人肯定不是拉奥，拉奥从不戴黑皮软帽，更不会在逃亡当晚戴上。此后，这顶黑色软帽也在某处被人发现。我猜测那个神秘黑衣男就是歌剧魅影，而他恐怕早已得知拉奥的逃亡计划。随后，我会就此详细描述。

剧院当晚正好又是演出《浮士德》场内社会各类名流汇聚

于此，人声鼎沸。那个时代，看戏听剧是个无比风雅高贵的爱好，因而也成为各界政商名流抬高自我身价，显摆高雅趣味的一项谈资。世袭贵族一般都有自己的专用包厢，绝对不会转让，出租或和他人共享。而现在境遇发生了转变，一些冠名某贵族封号的包厢里面坐着的有可能是哪位肉商或巨贾，因为他们出得起钱来租用昂贵的豪华包厢，他们是新一轮的暴发户。这在世袭贵族统领包厢时代是不可想象的，现在倒也无所谓了。

这些贵族和暴发户平时是两个阵营，虽说交集不多但也彼此互闻大名，所以彼此见面都还叫得出名字。因此，当菲利普伯爵来到剧院时，众人皆知。《巴黎早报》登布的那条头版新闻掀起了不小的浪花，当伯爵只身一人到达包厢时，几乎所有人的目光都聚焦在他身上，他却显出一副啥事都没有发生的样子。女性观众们手执扇子，叽叽喳喳地议论拉奥缺席。克莉丝汀今晚的表演并没有受到太多的热烈欢迎，显然这群女性观众对她麻雀变凤凰的飞跃和勾搭拉奥子爵又妒又羡。克莉丝汀明显觉察到观众的冷淡中透着一股中伤和讽刺，对此她感到无所适从。

有些爱八卦者自认熟知拉奥恋情，在克莉丝汀登台时，毫无顾忌地起哄冷笑。“君谓何人，姓名几何，是否王侯?”当克莉丝汀唱到这一段唱词时，这些起哄者全部嬉笑着盯着伯爵坐着的包厢，伯爵两手托腮，目不转睛地盯住舞台，完全不理会无聊之人的嬉笑。他并没有把目光聚集在克莉丝汀身上，思绪飘到了远处。

克莉丝汀唱得越来越没有底气，声音像只泄了气的皮球，她几乎是在用颤抖的声音勉强表演……。搭档卡罗勒斯·方达很为她的状态担忧，生怕她坚持不到最后。今晚让观众想起来了卡洛塔的浮士德悲剧之夜，那阵阵聒噪的癞蛤蟆叫断送了当红女歌剧家卡洛塔的灿烂前程，而现在克莉丝汀似乎也在重复这一幕。

正当克莉丝汀情绪低落的时候，卡洛塔走进剧场准备来看笑话，观众一片骚动。克莉丝汀看到她来了，马上知道了她的来意就是来喝倒彩的。于是，便打起十二分精神，内心不知从哪儿来的一股动力让她抛开一切心思，专注而认真地唱完了最后一幕，这最后一段远胜于过去任何一场成功的表演。克莉丝汀再次惊艳四座，当她唱到召唤天使飞天而起的那一瞬间，每位观众似乎都变成了飞天天使与之翱翔。听到这来自恋人的天籁之音，偷偷独自坐在二楼的拉奥也不禁飘飘然快要升天。

“天使啊，你是那么纯洁而美好！光辉灿烂的天使！天使啊，你是那么纯洁而美好！光辉灿烂的天使!”克莉丝汀张开双臂，闭眼抬头，一头金发披散在光滑的臂膀上，神圣而庄严的唱词如玉珠滚落，她已然达到忘我的状态：“啊！纯洁而美好的天使，带我去天国吧!”演唱达到了最高潮。突然，剧院灯光全灭，舞台一片黑暗，片刻之后恢复……还没等观众尖叫，克莉丝汀活生生地消失在了舞台上。这究竟是怎么回事？她去了哪儿？观众云里雾里，一片喧哗，好事者纷纷跑到克莉丝汀刚才站着的位子，演出中断。人们四处搜寻克莉丝汀的踪影，她仿佛就像中了魔术一样消失不见，消失在了男搭档怀里。难道她的歌声太优美让上帝都忍不住前来聆听，从而把她带去了天国吗？

一直盯住恋人的拉奥，此时大声尖叫，伯爵也为这突如其来的失踪吓得站起身来。人们望着伯爵和拉奥，望着空荡荡的舞台中央，纷纷揣测克莉丝汀的失踪是否跟二人有关。

拉奥慌忙离场，后面紧跟着伯爵。舞台闭幕，人们纷纷离座前往后台，坐着的观众还在议论纷纷，有人说她掉进了某条暗道，有人说她被哪个对手暗中劫持了，还有人说这肯定是场诡计，不然舞台灯光不会突然熄灭。

直到片刻之后幕布才再度升起，男主角卡罗勒斯站出来用沉重而抱歉的口气向观众解释："不好意思，各位亲爱的观众，刚才演出了一点小状况，让大家受惊了，我们优秀的女演员克莉丝汀·戴伊小姐突然失踪，原因有待查明！请各位少安毋躁，接下来欣赏我们稍后的节目。"

第十五章　一枚别针

克莉丝汀就这样从舞台上神秘消失，剧院顿时乱成了一锅粥，演员、芭蕾舞伴、布景师、灯光师、乐队团员还有观众熙熙攘攘，吵吵闹闹。“她去哪儿了?”“到底发生了什么?”“她被绑架了?”“一定是被沙尼子爵绑架的！不对，肯定是他哥哥!”“肯定是卡洛塔干的!”“歌剧魅影！歌剧魅影！一定是他!”

工作人员仔细检查了剧院各个大小暗门、天顶还有舞台，排除了意外的可能性，还是不知道克莉丝汀去了哪儿，一些看笑话的人开始放肆地哄笑。喧哗的人群中只有三个人脸色阴沉严肃，合唱团长加布里埃尔、行政经理梅西埃还有经理助理瑞米，他们三人一起退到后台一个小房间里低头接耳在商量着什么。

“刚才我敲门，没有声响，可能这会儿他们都出去了。不知道钥匙在哪儿?”瑞米说道。很明显，他指的是理查德和蒙沙曼经理。最后在演出中场时，瑞米拦住任何想去见两位经理的人并告诉来客经理们现在很忙，没时间见客。

“今晚发生的一切实在是蹊跷！众目睽睽下，一个大活人竟然凭空消失！”加布里埃尔叹息道。

“两位经理都知道了吗？”梅西埃问道。

“我现在就去禀报他们！”说完瑞米转身就走了。

过了一会儿，舞台指导过来了。

“梅西埃经理，麻烦您过来一下。我需要大家帮个忙，各位。”

“我已经报警了，在警署的人到来之前我们最好不要轻举妄动，更不要妄加揣测。我刚才已派下属去请米弗罗伊德警官了，他马上就会赶过来，到时候再说吧！”梅西埃谨慎地说。

“我觉得我们应该去管风琴室看一下。”

“万不可在警署人员到来之前破坏现场……明白吗？”

“我已经去管风琴室里查看过了！”

“啊！是吗？你看到什么了？”

“没看到一个人影！我说了，一个人影都没有！”

“既然你去看了没人，那你还叫我去看做什么呢？”

“您说得对！既然已经看过了，现在就没必要再去了！不过，如果有个人能守在那里的话，还可以随时向我们说明为何演出中途舞台灯光全部熄灭，这显然是控制灯光组的工作人员玩忽职守。现在到处都看不到马克莱尔（Mauclair）的人影，不知道怎么回事？”

马克莱尔是剧院灯光师，每场演出的灯光舞美都由他来管理。

“他这会儿去哪儿了呢？助手也不见了。”梅西埃有些生气，剧院出了这么大的事情，灯光师竟然不见了。

“他俩都不知道去了哪儿！灯光室和管风琴室都没人！”舞台指导大怒，“一个活生生的小丫头怎么会说不见就不见呢！这中间一定有鬼！……。两位经理现在闭门不见客，我没办法先让保安守在灯光室门口，闲杂人等拒绝入内，我这样做对吗？”

“非常好！你处理得非常正确！……不过，我觉得还是等警察来定夺吧！”

听到他这么说，舞台指导只好耸耸肩摇摇头，满心不悦地离开了，嘴里还咕哝着骂骂咧咧这群吃干饭的胆小鬼，在剧院上下乱作一团的时候，他们还在这里磨洋工。

加布里埃尔和梅西埃可没闲着，他俩牢牢遵守上级旨意，无论如何不去烦扰二位经理，秘书瑞米稍稍违背，结果挨了枪子儿。一脸无趣地跑回来，神色紧张。

“跟他们说了吗？”梅西埃问道。

“蒙沙曼经理给我开的门，只见他青筋暴突，眼球圆鼓，像要吃人的样子。我以为我会被暴打一顿呢。还没等我禀报事情，经理已经大吼着让我给他一枚别针。当我说没有时，经理咆哮着让我滚开。我本想冒着‘枪林弹雨’告诉他剧院发生的离奇失踪案，谁知他一个劲地嚷嚷要我马上找根别针来。他吼声如雷，震得隔壁一位年轻人马上去找了一根别针。然后经理重重地摔门把我们赶了出来。你不知道当时的情景有多吓人，从没见他发这么大的火！”

“难道他不知道克莉丝汀·戴伊她……”

“我倒是希望你们都看到刚才那一幕呢！他那暴跳如雷凶神恶煞的样子，一个劲地直念叨别针别针！若不是那个年轻人及时找到了一枚递给他，他早就要气昏过去呢！真是搞不懂他们，这个节骨眼发这样的疯病！”

“我真是忍受不了他们了，再这样我也走人不干了!”

“肯定是魅影捣的鬼!”加布里埃尔小声说道。

瑞米一听这话忍不住大笑起来，梅西埃叹息着准备告诉众人一个惊天秘闻，结果被加布里埃尔挥手住口，只好把挤到嘴边的话给生生地咽了回去。一个小时过了，两个小时过去了，经理办公室仍不见开门。梅西埃越来越憋不住了，大叫一声：“让我去找他们!”

加布里埃尔慌忙止住他，似乎若有所思的样子。“两位经理这会一定是在开紧急会议商量对策，你还是别去打搅了!歌剧魅影诡计多端，没那么好对付。还是让二位经理好好商量，争取早日解决吧!”

“不行!我一定得去告诉他们!哪怕被他们骂个狗血淋头也在所不惜，他们早该听我劝告马上报警，现在一切都由警方去解决了!”说完就急匆匆地走了。

“一切怎么了?”瑞米问道“为什么要通知警方?说啊!加布里埃尔，你是不是知道一切!?你快说啊!你再不说，我可要骂你们是疯子了!真是疯了!”

加布里埃尔双眼无神地看着他，装作一无所知的样子，直接忽略秘书瑞米的发飙。

“我知道什么啊，我完全不知道你在说什么!”

瑞米看他这副装傻的样子顿时火了：“今晚，演出中场时，理查德和蒙沙曼两人精神异常，像神经病一样!”

“哦?是吗，我倒没发现呢!”加布里埃尔非常气恼地咆哮道。

“那你的眼神可真好啊!你没注意，不代表我没看到啊!就算我看走眼了，难道信贷中心的帕拉比斯经理(M. Parabise)也看错了吗，难道博尔德里大使(M. de La Borderie)眼睛也瞎了吗？……所有的观众和批评者都在指责我们两位经理的不作为！”

“那他俩到底怎么回事啊？”加布里埃尔一脸不解地问。

“他俩怎么回事？！呵呵，你比我们都清楚吧！再说，那时你就在舞台指挥台，你跟行政经理梅西埃看得再清楚不过了！所有人都在放声大笑，唯有你俩沉默不语，你怎么说呢？”

“我真不明白你到底在胡说些什么！”加布里埃尔恼怒地伸出双手又放下，对瑞米的质问不屑一顾，表示没有心情和他继续争论下去。瑞米才不管他怎么想，依旧迫击炮一般说呀说的。

“真搞不懂他俩玩的什么把戏？剧院出了这么大事情，他俩只知道关在办公室闭门不出！还一律拒绝来宾的请见！”

“什么！他俩拒绝会见一切来宾！”

“是啊！他们还不准任何人触碰他们！真是太古怪了！”

“就是啊！真是两个怪人！”

“噢！你终于承认了！他俩还学螃蟹走倒退步呢！”

“走倒退步！你真的看见我们经理倒退着走路？原来除了螃蟹，还有他俩也倒退走路啊！哈哈哈……”

“别笑了！加布里埃尔！别笑了！”

“我才没笑呢！”加布里埃尔争辩着，脸色庄严地像法官一样。

“加布里埃尔，你一向跟二位经理关系密切，能否请你告诉我这是怎么回事？在《花园》幕中休息时，我起身走向门厅外的理查德先生准备握手时，被蒙沙曼先生神色慌张地给拦住了，他还告诉我：‘过去！过去！不要靠近经理！难道我有传染病吗？’”

“太不可思议了！”

“过了片刻，博尔德里大使也准备走过去跟理查德先生交谈，谁知蒙沙曼又冲出来大喊道：‘不好意思，大使先生，您现在千万别去跟他说话！’”

“真是难以置信！那理查德经理现在在干嘛呢？”

“他在干嘛，你应该看得最清楚吧！他旋转 180 度，往前鞠躬行礼，然后再转过来，开始学螃蟹走倒退步。真是奇怪了，当时他面前根本就没人，他在向谁鞠躬呢？”

“转圈、鞠躬、走倒退步？”

“是啊，蒙沙曼经理一直站在他后面，也学着他的样子转圈、鞠躬、走倒退步！两人一直走到办公室门口。你说他俩不是疯了还是什么?!”

“也许，他俩在练习芭蕾舞中的一种步法呢!”加布里埃尔猜测到，语气不是很确定。

瑞米听到加布里埃尔这个时候还在说笑觉得很生气，双眉紧蹙，紧闭嘴唇，一声不响地在加布里埃尔耳边说道：“少来！加布里埃尔！这儿发生的一切你跟梅西埃都要负责!”

“这儿发生的什么事?”

“克莉丝汀·戴伊不是剧院第一个无故失踪的员工!”

“啊……一派胡言!”

“我才没有胡说！也许你能告诉我，为何刚才梅西埃抓住正要往休息厅去的吉莉太太，催着她跟他过去一趟呢?”

“真的吗？我怎么没看见?”

“你怎么会没看见!? 你当时是跟梅西埃一起去的办公室，出来时就只看见你俩，那吉莉太太哪儿去了呢?”

“难道我们把她炖熟煮烂吃了不成?”

“我知道你俩一定把她关在了办公室里，还把门上锁了!

有人经过办公室时听见里面大喊大叫‘你们这帮混蛋！你们这帮混蛋！’吉莉太太肯定在里面吧！?”瑞米轻蔑地问道。

突然，梅西埃赶回来了，累得直喘粗气。

“实在太不像话了！”他语气沉重地说道：“刚才我去敲经理办公室的门时对他们大喊道‘紧急情况！开快门，出事了！我是梅西埃，快开门！’然后我听到有人匆匆赶过来，打开门是蒙沙曼，只见他脸色煞白，局促不安。他冷冷地问我‘你找我干嘛?’我回答‘克莉丝汀失踪了！’你猜他怎么反应的? ‘哦，好极了！’然后，他把个什么东西往我手里一塞就啪地关了门。”

话说着，梅西埃张开手心，瑞米和加布里埃尔凑过来一看，“原来是一枚别针！”瑞米惊讶地叫道。

“这是怎么回事！这太蹊跷了！”加布里埃尔低声咕哝，全身颤抖。

突然，一个声音在他们三人背后响起，只听他说道：“先生们，打扰了，请告诉我克莉丝汀·戴伊在哪儿?”

那个声音略带苦涩，沉重而绝望，此刻如果众人没有看到那张忧伤而颓丧的脸，他们无论如何也是笑不出来的，然而已经太晚了这些人丝毫没有动一丝怜悯之心，纷纷大笑起来。在这紧张而严肃的时候，也许这是唯一可以抓住的笑料，回头一看提问者正是拉奥·沙尼子爵！

第十六章　波斯人现身

克莉丝汀无故失踪以后，拉奥马上就想到是艾瑞克干的，现在他可以完全肯定这个音乐怪才除了在歌剧领域登峰造极外还有其他异乎常人的能力，能打通巴黎歌剧院地下室建造一个属于自己的音乐王宫。

拉奥早已六神无主，这会失去理智似地站在舞台中间大声狂喊“克莉丝汀！克莉丝汀！”就好像他这么喊就能把克莉丝汀喊出来似的，就好像被魅影囚禁的姑娘在地底下某个角落也在用微弱的声音回应他的呼唤一样。

“克莉丝汀！克莉丝汀！你在哪儿？……”痛苦的拉奥一声又一声地呼喊。隔着厚厚的舞台地板，拉奥似乎听到克莉丝汀微弱的呼救。他脸贴在地板上，侧耳倾听……像神经质一般久久徘徊在舞台之上，恨不得马上钻进去，钻进每一个可以下去的缝隙深入到地下室里去解救他的恋人。

哎！这些破木板平时总是吱吱呀呀，不是这里翘起就是那里缺口，让人们无比好奇地下室的样子……现在这些破木板却变得坚硬如铁，怎么也打不开。而剧院领导已下令封死所有和舞台相连通的走道楼梯。

“克莉丝汀！克莉丝汀！……”拉奥还在声嘶力竭地大叫，而旁观者却在嗤嗤暗笑，有人尝试着拉他一把，他也没有任何反应。众人纷纷感叹这个痴心而可怜的小伙子，一定是精神失常了。

丧心病狂的艾瑞克会不会是通过舞台一侧那个神秘的黑洞在演出途中劫持了娇弱美丽的克莉丝汀，然后把她囚禁在路易斯·菲利普王朝时期的地下室呢？克莉丝汀！克莉丝汀现在怎么样了，她还活着吗？那个恶魔会不会逼迫着拷问她，克莉丝汀会受到残忍的酷刑虐待吗？拉奥胡思乱想，越想越怕，越想越情绪失控。

一定是该死的艾瑞克那晚窃听到了他俩的私密谈话，知道了克莉丝汀和拉奥的恋情，他才会如此极端而疯狂地实施报复。遭遇欺骗和背叛一定让这个孤僻而自闭的音乐怪才无比绝望，尊严伤害和恋爱挫败折磨着这个痛苦的灵魂，激发出人性中最凶残最恶毒的部分。此时此刻，可怜的克莉丝汀就如同案板上的鱼肉只等宰割。

拉奥回想起昨晚出现在他卧室里的那双闪烁的眼睛，他一枪命中，那神秘眼睛留下一串逃窜的血迹。也许那正是艾瑞克，有些人类的眼睛会呈现出各种奇怪的现象，在黑暗中闪光放大，就像天上的繁星，地上的猫咪眼睛一样，医学上解释这类人患上了一种名叫白化病(Albino)①的疾病，白天眼睛红得像兔子，晚上亮得像猫咪！没错！那双眼睛就是艾瑞克！很幸运，他没有被拉奥一枪打死，而是顺着房屋污水管一直往上爬，像猫咪或窃贼一样带着伤口爬上屋顶溜走了。

那晚，也许艾瑞克想要先下手为强干掉拉奥的，结果不幸被拉奥捷足先登一枪射中因而恼羞成怒，于是回头劫走克莉丝汀，硬要拆散这对有情人。

拉奥一面想着最坏的结果，一面往克莉丝汀化妆间赶去。

推门而入，发现地板上散落了一地克莉丝汀的衣物细软，那是她为和心上人私奔逃亡而准备的包袱。就像开放正艳的花树散落一地的洁白花瓣，看到这景象痛苦的泪水再次夺眶而出，打湿他虚弱的面颊。“克莉丝汀你真傻！你为何不同意早点跟我一起走呢？为何拖到现在直到魔鬼发怒？为何将你的全部信任压在一个杀人不眨眼的恶魔身上呢？他根本不值得同情，他早该被千刀万剐!”

“神圣的天使，带我上天国，赐我灵魂得永生！……”

“神圣的天使，带我上天国，赐我灵魂得永生！……”

克莉丝汀的歌声仿佛回荡在空荡荡的房间内，拉奥抽噎着，大骂着，麻木地捶击那面落地镜，就是这面镜子那晚神秘地开启将克莉丝汀带到了地狱。拉奥对它又恨又怕，用力地捶打它企图让它再度开启。但是那面镜子依然纹丝不动，似乎只听艾瑞克掌控一样。这分明就是一面魔镜，人类的力量无法开启它，需要特殊的咒语像“芝麻开门”一样开启魔镜，

---

① 白化病：白化病是由于酪氨酸酶缺乏或功能减退引起的一种皮肤及附属器官黑色素缺乏或合成障碍所导致的遗传性白斑病。患者视网膜无色素，虹膜和瞳孔呈现淡粉色，怕光。(这里用来讽刺艾瑞克躲在黑暗中不敢见光)——译者注

童话书中不是这样写的吗?

突然，拉奥似乎想到了什么，原来克莉丝汀曾经告诉过他剧院地下室的秘道是跟城市下水道连通的，通往外面湖水跟地下水道之间有道铁栅栏围着，那条栅栏入口就在斯克利布大街，地下河一直蜿蜒流淌至外面河道。对！可以从那里进入！一想到这，拉奥赶忙翻遍箱子找那把大钥匙，结果没有找到。于是不管三七二十一，往斯克利布大街一路狂奔。

他气喘吁吁，双手抖动在大街某处摸索着地面石板，准备定位铁栅栏。到底在哪儿？……是这儿？……还是那边？……这就是那道铁栅栏还只是个换气窗？……他胡乱摸索，黑暗中分不清方向……突然眼前一亮找到一个铁窗，定睛一看里面漆黑一片什么也看不到，什么声响也没有，只有阴森的沉寂和腐朽的气味。拉奥回到剧院，绕着地基走了一圈又一圈，突然看到一扇巨大的铁栅栏门，手指粗的钢筋粗壮而坚硬……原来，他神不知鬼不觉地摸到了剧院入口。

拉奥一下子清醒，明白得找个熟悉剧院结构的人询问一下，于是赶紧向门房老太太打听道："夫人您好，您知道剧院地下室是否有一扇和斯克利布大街相连的铁栅栏门呢？与地下河相连……铁门……出口正好在大街……直通外面河道的……您清楚吗，剧院地下室是不是有个暗湖？"

"先生，剧院地下确实有个暗湖，至于是否和外面河道连接，是否有道通往斯克利布大街的铁栅栏，我真不知道！我一直负责看守剧院大门，对剧院内部构造不是很清楚呢！你还是去问问别人吧……"

"那夫人，您知道斯克利布大街在哪儿吗？麻烦您告诉我一下具体方位！"

老太太高声笑了起来，也不知道她在笑什么，拉奥悻悻地离开。他又走进剧院门口，穿过观众席，跳上灯火通明的大舞台上。

他站在舞台上，胸口发闷不停地喘气，感觉快要昏厥过去了。克莉丝汀到底被囚禁在了哪儿啊！他像无头苍蝇样逢人便问“你看见克莉丝汀·戴伊了吗?”别人只当他是神经病，不作理会。这会儿他又看见一群人在那里交头接耳于是走过去大声问道：“你知道克莉丝汀·戴伊去哪儿了吗?”

众人哄笑着散开，没人回应他。

突然，众人簇拥着一位气宇轩昂的黑衣绅士来到拉奥面前，众人围着的是一位表情温和而沉着的中年男子，那人气色饱满，灰白卷发，蓝色眼眸中透出镇定和自信。梅西埃走过来向拉奥介绍道：“子爵先生，您若有任何疑问请询问米佛罗伊德警官，他会作详细解答。”然后又向警官介绍拉奥：“警官先生，这位是拉奥·沙尼子爵，他会协助调查。”

“噢！原来是沙尼子爵，久闻大名，幸会幸会！请多多指教！如果您有时间，那就请您跟我一块调查吧，对了，二位经理在吗？我想和他们聊聊。”

行政经理沉默不语，瑞米只好略带歉意地告诉警官说二位经理这会儿正在办公室召开剧院行政会议，剧院演员失踪事件暂未禀报。

“荒谬！出了这么大的事情，经理们怎么可能一无所知呢？快带我去找他们!”米佛罗伊德警官说完径直带头走在前面前往经理办公室，身后跟了一群人，看热闹的、办事的纷纷加入到队伍行列中来。梅西埃眼看情况不妙，马上把一串钥匙塞到加布里埃尔手里告诉他“赶快去放吉莉太太出来!”

加布里埃尔拿着钥匙迅速离开。

人群很快堵住了经理办公室门口，梅西埃不停敲门，依旧无人回应。

“两位先生，我奉命调查，请务必开门!”米佛罗伊德语气庄严而不容置疑，带有不容侵犯的权威。门最后被打开了，众人跟在警官身后蜂拥而入。

拉奥被队伍挤在了最后面，正准备尾随人群冲进办公室时，不知哪来的一双手按住他的肩膀，一个声音在他耳边低声说道：“艾瑞克的秘密除了他本人之外不与任何人相干！现在不要掺和!”

拉奥惊讶地转头一看，差点大叫起来，只见那人双手捂嘴，脸庞黝黑，碧绿眼球，头顶一顶俄国羊羔皮毛——正是那个波斯人!

波斯人示意拉奥别出声，等拉奥从诧异中恢复镇定时，准备好好问问波斯人他怎么也搅和进克莉丝汀失踪案中时，波斯人却不声不响地鞠了个躬然后消失不见。

第十七章　真假法郎

关于米佛罗伊德警官进入办公室后发生了什么，各位看官少安毋躁，我将稍后细述，现在我将解释下为何理查德和蒙沙曼经理要闭门不出？为何梅西埃和加布里埃尔叫门不应？以下我将对这些疑问一一作答，我认为这很有必要。

正如前几章中谈到的一样，经历水晶灯砸人事件之后，二位经理性情突变，然而水晶灯事件不可能是造成他们转变态度的唯一理由。

两位经理曾一致要求我将剧院发生的一切不要泄露出去，但出于对公众负责的态度，我还是决定予以公布。事情是这样的，歌剧魅影成功从二位经理眼皮底下敲诈走了两万法郎！两位经理气得都快爆眼球了，然而事情远非这么简单！更糟的还在后头呢。

那天早晨，两位经理像往常一样赶到办公室准备开展一天的工作，发现一只空信封横放在办公桌上，信封上书“私人信函”几个大字，还附有一张魅影的红色便条“二位经理先生，现在到了你们该履行剧院管理条例相关义务的时间了！请尽快放两万法郎到信封，签字盖章，送给吉莉太太就行了。”

经理们没理会魅影的信，也没去想这份勒索信和便条是怎么送到办公室桌子上的，两位经理平时总是小心锁好门才下班的。不过他俩都觉得这是个引蛇出洞的大好时机，于是召集来梅西埃和加布里埃尔开了一个秘密会议，然后真的在信封中放了两万法郎，马上喊来吉莉太太交给她，没有跟她多说什么，而吉莉太太也没多问。

不用赘述，各位看官们都知道了这一招利用吉莉太太诱敌现身的计谋了吧！于是，忠心的吉莉太太赶忙跑到五号包厢，小心地把两万法郎信封放在包厢小桌上。梅西埃、加布里埃尔连同两位经理早已埋伏在外，整晚演出中都死死盯住那个包裹，眼睛都没眨一下。直到演出结束，曲终人散，观众和工作人员都离开剧院，他们四人仍没发现任何风吹草动，最后理查德按捺不住一把抓起信封，封印和签字完好无损，看到这四人都长舒一口气，于是轻松地拆开它，你猜怎么着？好好的两万法郎不翼而飞，只见二十张玩具假钞躺在里面！四人面面相觑，又怒又惊！阵阵恐惧袭遍全身。

票面上的“法兰西银行(Bank of France)”换成了“滑稽银行(Bank of Farce)”“France”被换成“Farce”，魅影玩了个文字游戏，一排精美的印刷显示在假钞上，好像在嘲笑四人守株待兔的计划落空一样。

经理们简直气得不行了，蒙沙曼冲动地要拿假钞去报警，被理查德阻拦下来。理查德考虑到自身名誉和面子问题，害怕他俩成为全城市民的笑柄，非不让蒙沙曼暴露出去。对大家说道：“他不可能一直这么嚣张，总有一天我要让他为所做的一切付出代价!”理查德也在思考下月的工资该怎么办，毕竟两万法郎可不是个小数目，他们得倒贴腰包把丢失的公款补齐。

遭受如此恶劣的耻辱和嘲弄后，两位经理在日后好长一段时间内都感觉烦躁不安又拿魅影没办法，急火攻心，整天怏怏不乐。两人迟迟不报警还有其他想法，其中一个就是他俩一直怀疑魅影是前任经理杜撰出来勒索敲诈的，因此在调查结果没公布之前，他俩不想惊扰嫌疑人。而且可怕的嫌隙也蔓延到两位经理之间，有时蒙沙曼甚至开始怀疑是不是理查德从中捣鬼，同样后者也会这样猜忌。基于种种缘由，二人都抱着静观其变的态度，密切监视吉莉太太的一举一动。

“照我看，如果吉莉太太是同伙，她早就拿着两万法郎跑路了，因此她只是个跑腿的奴才而已!”

“策划这一系列事件的幕后黑手肯定有不止一个奴才呢!”蒙沙曼反驳道。

“难道我们就此听之任之吗?”理查德埋怨道。

“放心，总有一天我们要让他付出代价!”

结果，这一天还真就来了，就在克莉丝汀凭空消失的同一天。

这不没过几天，魅影的信又来了，信中写道:“感谢二位先生，你们上次非常守信用，我们合作得非常愉快!希望这次你们继续照做，把装有两万法郎的信纸袋交给吉莉太太!”

魅影依然附了一张便条在信封上，经理们没有对策只好按他的要求去做。交款截止时间为演出开始前半个时辰。当晚的演出剧目恰好是百演不衰的《浮士德》。理查德把那个普通信封交给蒙沙曼，然后一张张仔细清点面额一千的法郎，清点完毕放入信封，没有封口。

“麻烦你去把带吉莉太太请过来。”

吉莉太太走进来，屈身行礼，动作漂亮而迅速。她还是穿着那身黑色劣质绸布裙，只是帽子上的羽毛换成了同样的黑色。吉莉太太今天看起来心情不错，进门就喜气洋洋地跟大家打招呼问安：“先生们，早上好！找我是为了送信的事吧？”

“对，夫人！找您就是因为送信的事，但还想麻烦您另一件事。”理查德语气温和地说道，完全没有平日的嚣张和跋扈。

“您尽管吩咐，先生！我随时听候差遣！请告诉我何事？”

“吉莉太太，我能问您一个私人问题吗？”

“但说无妨，您随便问，我定如实相告，绝不隐瞒！”

“您跟歌剧魅影私交甚密吗？”

“那确实是的，全剧院上下没人比我跟他的关系更好了！”

“啊哈！那就好！我们正希望如此，吉莉太太，您是个聪明人，希望您能帮我们一个忙，做件聪明事！可以吗？”

“理查德先生！您这是……”吉莉太太大惊讶地叫道，抖得头上两根显眼的黑色羽毛直晃荡。“我希望二位先生能充分信任我！”

“我们完全相信你，但是歌剧魅影一定是个恶作剧不是吗？……不管怎样，这个恶作剧闹得太大太久了不是吗？您觉得呢？”

吉莉太太怔怔地望着二位经理，似乎听不懂他们刚才说的话一样，她身体斜靠在理查德办公桌上，紧张地问道：“您刚才说的什么意思，我没搞明白！”

“呵呵！我想您一定非常明白我说的话吧，无论如何您也必须明白，您能否告诉我他姓甚名谁呢？”

“您指谁？”

“您的同谋啊！吉莉太太。”

“什么叫我的同谋，难道您怀疑我跟他是一伙的?”

“他想要什么，您就帮他去拿什么，这不叫同谋叫什么?”

“噢……原来是这样的，其实魅影先生本人并不坏。”

“是啊，他经常慷慨地给您小费呢!”

“这一点，我承认!”

“那您若把这个信封带给他，他付您多少佣金?”

“十块法郎!”

“真小气！这么少!”

“何出此言?”

“不好意思，一会儿再跟您解释。吉莉太太，现在能否请您告诉我们为何您对这个魅影如此忠心耿耿呢？五块、十块法郎是怎样买到您的友谊和忠心的呢?”

“此话不假，个中理由我也没必要掩饰，经理先生请相信我们绝对是光明磊落的，没有进行任何肮脏的勾当，一切都是以真诚为前提。”

“您放心，我们绝对没有怀疑您的意思!”

“事情是这样的，魅影先生痛恨他的秘密被泄露，而我恰恰是个口风紧值得信赖好朋友。”

“哦？真的如此吗?”理查德嘴角露出一抹狡黠的冷笑。

“不过，前不久我遇到一件和我切身利益相关的事……”吉莉太太若有所思的样子，“某天晚上，我打扫五号包厢时看到魅影先生写给我的一封信，红色字迹非常刺眼，我现在还记得上面的内容呢，我背给您听听……您看怎样?”得到经理默许后，吉莉太太便站在那里清了清嗓子高声念道，流畅而清晰，让人不得不为之动容。

1825 年，芭蕾领舞-梅涅特尔小姐(Mlle. Menetrier)，成

为崔西女侯爵夫人(Marquise de Cussy);

1832年,舞蹈演员-玛丽·塔里奥尼(Mlle. Marie Taglioni),成为吉尔伯特·沃辛斯女伯爵夫人(Comtesse Gilbert des Voisins);

1846年,舞蹈演员-索达小姐(La Sota)嫁给西班牙国王的弟弟;

1847年,舞蹈演员-洛拉·蒙特斯(Lola Montes)嫁给巴伐利亚国王路易斯(King Louis of Bavaria),加冕为兰斯菲尔德女伯爵夫人(Countess of Landsfeld);

1848年,舞蹈演员-玛利亚(Mlle. Maria),成为亨利维尔男爵夫人(Baronne d'Herneville);

1870年,舞蹈演员-特丽莎·海瑟(Theresa Hessier) 嫁给葡萄牙国王(King of Portugal)兄弟费尔兰多大主教(Dom Fernando);

理查德和蒙沙曼两人耐着性子听她念了这一长串麻雀变凤凰的联姻,只见吉莉太太越念越兴高采烈,就好像自己也变成了其中一位伯爵夫人一样,无比自豪地高声念出那一个个与己无关的名字,直到最后一个,她的声调猛然提高言语中满是激动与兴奋:

1885年,梅格·吉莉(Meg Giry),将成为皇后!

吉莉太太用尽全力念出最后一个名字,表情上满是夸张的兴奋与激动,念完后一屁股坐在椅子上,高兴地说:“这是魅影先生写给我的预言单,他预言我的宝贝闺女将来会成为皇后,对此我深信不疑!我完全信任他说的话,尽管之前我也一度怀疑他的真实存在,现在我不得不佩服他了。”

看到吉莉太太沉浸在女儿将成为皇后预言的兴奋中,左一个魅影,右一个皇后,完全不谈正事的样子,理查德深知这个做白日梦的老妇人无法提供任何有价值的信息了。但是，到底是何种力量支配他做出各项惊人之举呢？

“您跟他素未谋面，只凭听过他的几次声音，您就这么信任他吗？”蒙沙曼不可思议地问道。

“没错，他是个值得信赖的人！我的闺女小吉莉能由普通学员上升为三级舞蹈演员，全托他的福！我对他说过，‘既然您说我的女儿将在1885年成为皇后，已经没几年时间了，而她现在还只是个芭蕾舞小演员，何日才能如愿呢？’”话一出，他马上跟波利尼先生沟通，我女儿从此平步青云。

“那您的意思是他跟波利尼经理见过？”

“没有，波利尼先生只听得到他的声音，看不见人！魅影先生只对他低声耳语一句，他就吓得不行了。不过，我女儿从此一路顺风了！”

“真有意思！”蒙沙曼感叹道。

“噢！我还以为波利尼经理跟魅影之间有什么见不得人的勾当呢！无论魅影说什么，波利尼先生总是照做不误。”

“看到了吧！波利尼果然对魅影有求必应！”

“我知道了！波利尼和吉莉太太都被魅影收买了！我可以很肯定地得此结论！但是，波利尼既已离职，跟我们没半点关系，我现在关心的是吉莉太太跟魅影的关系！”

“吉利夫人，您知道魅影让你转交的信封是什么吗？”

“哦，我不太清楚！”

“来，要不给您瞅瞅！”

说着蒙沙曼打开信封，让吉莉太太看，二十张崭新的一千法郎让吉莉太太顿时两眼放光“是钱！这么多钱！”她惊讶地大叫。

“对，就是钱，货真价实的法郎！你大概早就猜到八九分了吧!”

“不!……我对天发誓，我什么都不知道!”

“没必要，夫人！不过我今天请您过来的主要原因是，我要报警抓您!”

“什么！您没开玩笑吧！我犯了何罪?”吉莉太太惊慌失措，大为光火。帽子上的两根羽毛抖来抖去，活像发怒的公鸡，浑身羽毛都竖起来了。恼怒、惊讶、恐惧还有不满混合成一种复杂的表情，吉莉太太的脸气得变形了，她快速转过身子，蹦到经理面前，鼻子都快要挨到对方鼻尖了，经理被这种泼妇架势吓得连连往后退却。

“凭什么逮捕我!? 我做了什么?!”吉莉太太大声怒吼，残缺不全的几颗牙齿都快要喷出来了，蒙沙曼被她问得哑口无言，而理查德表现淡定威严，站在原地一动不动，像大法官审判死刑犯一样怒目圆睁注视着老妇人，非要给她定罪打入死牢不可。

“吉莉夫人，别担心！我一定会报警抓你！你就是个骗子！小偷!”

“你敢再说一次!?”

理查德毫不示弱，吉莉太太抡圆臂膀，硬生生地扇了他一巴掌，落在他脸上的不是吉莉太太粗大结实的手掌，而是那个未封口的信封，一沓钞票像雪花般落下。蒙沙曼来不及劝架，连忙弯腰捡钱。理查德忘记脸上疼痛，也慌着捡钱，再一张张叠放好，好半天才缓过神来。

“是真钱吗?”蒙沙曼忙问。

“是真钱吗?”理查德随之问道。

“怎么，不是真钱难道还有假?!”吉莉太太龇牙咧嘴，嘴里仅有的几颗烂牙咬得咯吱咯吱响，恶狠狠地骂着诬陷他的理查德。“老娘怎么做贼了?！给老娘个说法！老娘快气死了我！”

然后，她又跳到理查德跟前，怒目圆睁。

“无论如何，你今天必须给我个说法！你比谁都清楚两万法郎去哪了！”

“呵！我怎么知道被哪个贼婆娘偷走了！”理查德厉声反问。

蒙沙曼一脸窘迫，劝也不好，不劝也不好。于是，只好站在同伴这边。

“夫人，您说话可要负责，您怎么就断定理查德知道金钱去向呢?”

理查德有了同伴撑腰，底气更足了，脸涨得通红，像老鹰捉小鸡样一把抓住吉莉太太的手，死命地摇动。嘴里大口出气，青筋暴突。只把老妇人摇得两眼发花，话都说不出来。

“你怎么就咬定我知道钱去了哪儿呢！你今天非得给我解释！你个混蛋！”

“你把钱揣进了腰包，你心里最清楚！”吉莉太太狠狠地看着他，只恨不得自己是个男人跟他干一架。

这一句话噎得理查德无言以对，始料未及。这下子连蒙沙曼都用疑惑的眼光望着他了。在这尴尬又委屈的时刻，一般人都会大声为自己的清白辩解，而理查德却感到全身无力，一句话也说不来。

理查德就像受惊的瞪羚，被逼到悬崖角落，进退维谷。吉莉太太莫名其妙的诬陷还有来自同伴的怀疑目光让他脸上一会红、一会白，惊吓得六神无主。被冤枉的状态有很多种，有人高声辩解、声嘶力竭；有人沉默不语，坐等真相；更有人当场昏厥或扬言抹脖子上吊，昭示清白。总之，各种委屈者表达各种诉求方式。现在，理查德的这种心理状态大概是最独特的一种吧。

理查德气不打一处来，差点冲上去还吉莉太太一扇耳光，被蒙沙曼给拉住了。后者极力充当和事佬，试图安抚双方情绪。

“夫人，您亲眼看我的同事私吞了两万法郎吗?”

“我可没这样说!”吉莉太太一口否认，“不过是我亲手把两万法郎塞进他的口袋的。”随后，她又哭丧着说道：“完了完了……魅影大人！求您放过我吧，我不是故意出卖您的!”

理查德委屈地大声嚷嚷，被蒙沙曼大声呵斥：“你给我闭嘴！让吉莉夫人继续说!”

“我真不搞懂你为何非要针对她呢？有时，我都看不过去了！真相大白之前，我们不应妄加给任何人任何罪名，这样有利于团结一致尽快把真相查个水落石出!”

听到这话，吉莉太太似乎得到了沉冤昭雪般自豪而欣慰，抬头挺胸，一脸释然而得意的表情。

“那个被我偷偷塞进理查德口袋里的信封，我压根就不知道里面装有两万法郎！况且，理查德先生也不知道这件事!”

“你说什么！你把装满钞票的信封鼓鼓地塞进我的口袋，我却也一点感觉也没有，这未免太可笑了点吧！吉莉太太，难道我当时死了吗?”

“我想是的，您确实一点感觉也没有！而我也不知道里面装的是两万法郎，不过我猜也许你后来发现了。”

当时如果不是蒙沙曼在场，理查德一定不会轻饶了这个老女人。蒙沙曼一直在压住理查德的火气，不紧不慢地问吉莉太太：“您还记得您塞进理查德口袋的信封样子吗？跟我们交到你手上的不是不同一个吧，后者里面才装满两万现钞。”

“不好意思，我要更正一下。我塞进理查德口袋的是你们给我的信封，放进五号包厢桌子上的才是另一个。两个信封是一样的，他告诉我藏在我衣服里。”边说她边从衣服里掏出一个一模一样的信封纸袋，两位绅士赶紧抢过来一看，看到封口上还盖着经理私章，打开一看里面竟是那叠玩具纸钞！

“这太不可思议了！”理查德高声惊呼。

“简直太奇怪了！简直太奇怪了！”蒙沙曼连连惊叹，脸上是一种异样的表情。

“简直跟变戏法一样！最简单的魔术一般只需要一个搭档即可……”

“对啊，一般是个女搭档！”理查德冷冷地讥讽道。

说这话时，他把目光牢牢地锁定在吉莉太太身上，生怕她跑了似的。没好气地追问：“真的是那个魅影让你把这个信封塞进我口袋，以此调包另外一个假钞信封吗？来侮辱我跟蒙沙曼经理的智商吗？”

“没错，的确如此！”

“那能否劳驾您为我们模拟一遍你偷梁换柱的特殊技巧呢？您就拿着这个信封，再来一次，不要理会我们有没感觉。”

“遵命，先生们！”吉莉太太拿起那封鼓鼓的信封欲往外走，被经理一把拦住。

“够了！够了！我不想这次耻辱再度重演！我真的受够了！”

“不好意思，绅士们，我们不是要进行情景再现吗？现在我当着你们的面拿走信封，你们应该装作毫无知觉的样子，这样戏才能进行下去呢！”

“那你究竟是怎样在我毫不知情的情况下把信封放进我口

袋里呢？”理查德依旧冷漠地问道。蒙沙曼夹在中间，一会儿看看这个，一会儿望望那个，不知如何是好。不过他已暗下决心，一定要查个水落石出！

“先生，您大概并没有太注意我，所以才给我可乘之机，我作为包厢管理员的职责之一就是在演出过程中到处巡场，送闺女去后台化妆，有时幕间休息时我会给她带点吃的或帮忙换装拿东西之类的……总而言之，我在剧院来去自由，熟人也多……您过来巡视的时候，一大帮人围捧在您周围，我偷偷把信封塞进你口袋，您当然不知道了，事情就是这样！”

“就是这样？”理查德低声说道，语气中积蓄着一股怒气，“好一个就是这样！老妖婆，你个骗子！”

听到“老妖婆”三字，吉莉太太一下子跳将起来，帽子掉落，头发凌乱，三颗劣齿咯吱暴突，狠狠地瞪着理查德。

“你说什么？!”

“少装蒜了，那晚我一直守在你五号包厢外面，盯着你寸步不离，你根本没出去过一步，更别说舞蹈化妆间了！”

“我可不是在你监视我的时候塞进信封的，而是后来副秘书长和他的下属来访问，你接待他们的时候我乘机放的。”

一听这话，理查德似乎幡然醒悟，大喊道：“对，我知道了！我知道了！当时副秘书长来找我时，我特意过去接待了，当时我没发现你跟在我后面。当我站在通往舞蹈化妆间楼梯口上时，我一回头发现你就在我后面，你好像挨了我一下，不过我没注意！现在我明白了，你就是在那个时候塞进我口袋的！”

“对的，先生！就是这样的，您回头看我的时候，我已经成功地完成我的任务了！不得不说一句，您的口袋大小正合适，信封一下子就塞进去了。”

“就像这样！”说着，吉莉太太已经站到理查德背后，轻巧地把信封塞进理查德口袋里，蒙沙曼看得直傻眼。

“真是太厉害了！”理查德大叫一声，脸色发白。魅影简直太狡猾了，他先用恐吓信让我装好两万法郎，然后派中间人取钱，取钱之后再调包用假钞放在桌上，最后让中间人从我口袋神不知鬼不觉地偷走两万法郎，而我毫不知情。以此造成变戏法的假象，真是太高明了！

“就是！就是！简直是天衣无缝！”不过，两万法郎可是我俩平摊的，为何他不在我口袋里放只信封呢？”

第十八章　偷龙转凤

听蒙沙曼的语气，理查德明显感觉到他的怀疑，心想越辩解他只会越怀疑因此只好忍气吞声，迫切希望揪出那个离间他们二人关系的幕后黑手。

《花园》(The Garden)幕间休息时，秘书瑞米来办公室找两位经理，明显感觉到气氛不对，两位经理没有了平时的那种轻松幽默，变得严肃而沉默，似乎某种矛盾一触即发。

吉莉太太似乎在很大程度上影响了两位经理之间的信任，理查德按照老妇人的话重新来演示一遍当晚调包塞钱的全过程，而蒙沙曼眼睛一动不动地盯住理查德的燕尾服口袋，想知道吉莉太太是如何把信封塞进去的。

理查德很配合地进行情景再现，站到当时和艺术部副秘书长谈话的位置，蒙沙曼则紧跟在他后面，吉莉太太轻轻地走过来，以迅雷不及掩耳之势把信封袋装进了理查德口袋，随后没事似地走开，应该说是被强行带走。根据蒙沙曼要求，重现放信封那一幕前，吉莉太太应该是已被梅西埃锁进了办公室，以免魅影来找她。厚道而老实的老妇人像一只羊羔一样任由他们差遣，此刻就像战败的老母鸡，羽毛凌乱，双眼呆滞无神，胆怯和恐惧充斥在她的眼眶，似乎自己犯下滔天罪行，即将接受法院审判。

理查德表演得很逼真，欢迎、致礼、鞠躬，走倒退步，就好像艺术部副秘书长真的站在他面前一样。看到这里，当事人一定觉得这场情景再现没有任何异常之处，但是，不知道的人只会认为他俩脑子有毛病，明明面前一个人也没有，干吗要鞠躬行礼像螃蟹一样走路呢？而蒙沙曼经理也跟着他一起疯。

只见理查德向空气弯腰、弯下背部、对着空气问好，蒙沙曼也是这样，而且蒙沙曼还特意支开助理瑞米，并向博尔德里大使和信贷中心经理特意说明不要触碰理查德经理。理查德清楚地记得那天回头看到吉莉太太之后再没有看见任何人出现，为了让情景重现更逼真，这次他也不让任何人靠近他。

就这样，理查德一直学螃蟹走倒退步，一直从办公室退到门外的走廊上，蒙沙曼也学着他的动作做，他们坚信只有这样才可以更快查出真相。

两位经理这样行走，当然引起众人纷纷侧目，在此不再赘述各位的反应。

很多人都看到了这反常的一幕，不过，当时那群芭蕾舞团小演员们都急着下课回寝室，并没有对此给予太多关注。否则，这群叽叽喳喳的女孩子们早就将二位经理的窘态传得人尽皆知了。两位心里此刻什么形象也不在乎了，一心想着他们被调包的两万法郎。

办公室门外的走道灯光幽暗，理查德低声对同伴说：“我十分肯定昨晚绝对没被任何人碰过，不过现在麻烦你站在远处，盯着我不要移动视线，我要从走道尽头走到办公室门口……不要出声，不要让任何人看到……我倒要看看究竟会出现什么结果。”

然而，蒙沙曼却当即拒绝：“不可以！理查德，我不同意！这样，你在前面开道，我走在你身后，我要看着你走进办公室！”

“如果这样做你让小偷怎么下手呢？”理查德无语地说道。

“正如我愿！”蒙沙曼轻蔑地笑道。

“那我们现在做这些还有什么意义呢？”

“不管怎么说，我们必须重现上次的情景，按照你从剧院大厅走出来的路线，我紧跟在你身后，一起走到办公室……”

“你说的没错！那我们现在开始吧！”理查德无奈地叹了口气，遵从蒙沙曼的建议。

片刻之后，两位经理反锁办公室大门，谢绝任何人敲门。

“那晚，你跟我就是这样反锁上大门，直到你最后回家我们没有都没有开门。”蒙沙曼边说边把办公室钥匙装进自己兜里。

“就是！我们没让任何人进来过，不是吗？”

“是的！没有任何人！”

“那很有可能是在我下班回家路上被小偷扒窃的……”理查德艰难地搜索那天的记忆。

“不可能！完全不可能，我记得那晚，我是目送你坐上回家的马车的，车里只有你一个人，怎么可能在路上被偷呢？依我看，一定是你回家后被偷的。我十分确定这个可能性。”蒙沙曼十分武断地说道。

“这太不可思议了！我家里的仆人都对我忠心不二，我十分相信他们的为人，如果想偷我的钱，他们早就下手偷钱然后跑路了！”

蒙沙曼一副事不关己的冷漠神情，对理查德家的仆人是怎样的人品毫不关心。

“我受不了了！够了！够了！”理查德终于忍不住爆发了！

“理查德，你怎么可以中饱私囊！”

“什么！你竟然怀疑我！?”

“对！我就是怀疑在跟我开这个自私而无聊的玩笑！”

“谁也不敢拿公家的巨款开玩笑！你怎么可以怀疑我！”

“我就这么认为！你看着办吧。”说完，蒙沙曼摊开一份当天的日报，面无表情地把视线转移到报纸上。

“你这是什么意思？这个节骨眼你还有心情看报纸！”

“没错，我看完报纸后送你出门回家。”

“你说重现上次的情形？”

“对啊，正是此意！”

理查德伸手抓过蒙沙曼面前的报纸，蒙沙曼大怒蹦了起来，怒目圆睁地望着理查德，后者也不甘示弱，两人就这么僵持着。理查德无比愤怒地吼道：“蒙沙曼，你最好注意你的言行！现在你照我的话做，我俩反锁在办公室内，然后到了晚上我出门，你目送我上马车，但是那晚等我上马车的时候已经发现两万法郎不见了，你怎么解释？要不要我们再重现一次？”

“你怎么认为呢？”蒙沙曼冷冷地说，脸色早已气得通红。

“既然你是那晚唯一目送我离开的人，你应该看得很清楚钱是怎么不见的，如果没有其他人接近我，钱就不见了的话，只能说明你偷偷把钱装进了荷包。”

听闻此言，蒙沙曼暴怒地大跳起来。

“去找根别针过来!”

“你要别针是什么意思?”

“少废话，给我别针，我要别在你口袋上!”

“别在我口袋上？你想干什么?”

“对！我要用别针固定你那两万法郎！这样不管你去哪儿，在家还是在外面，只要有人触摸到你口袋，你就会察觉……到那时你再下结论偷钱的人是我还是别人？你太可恶了！竟然敢怀疑我！给我找根别针!”

于是就出现前几章里的一幕，理查德开门站在走廊大喊大叫：“谁有别针？给我一根别针!”

可以想象当时身为秘书的瑞米因为没有别针是如何被经理骂得狗血淋头的。不过幸亏另一位小伙子赶紧找了一根别针过来消火。

蒙沙曼重重地摔门，对理查德大吼道：“但愿那两万法郎就在眼前!”

“希望如此!”

“而且希望是真钱!”蒙沙曼此刻痛下决心一定要查出真相，化解两人之间可怕的猜疑。

“看着！我一点动它的心都没有!”理查德说道。

蒙沙曼颤巍巍地从理查德口袋里掏出那个信纸袋。然后从里面拿出一沓钞票，为了方便随时清点数目，他俩没有盖章也没有封口。过了半天，发现钞票完好无损，他俩舒了一口气，于是把信纸袋重新放到理查德口袋，别上别针。然后，蒙沙曼在他身后一动不动地监视着他，理查德则坐在办公桌面前，丝毫不敢放松。

“你再等等！再等一会儿！理查德！马上就到零点了，等钟声一响，我就送你去坐马车！”

“别担心！我有足够耐心！”

时钟滴答滴答地不停敲击着两人的神经，一种神秘而压抑的气氛弥漫在办公室内，理查德试图缓和气氛，笑着说道：“也许，过会儿我不得不相信魅影的魔力了！你没感觉到一种恐怖、肃杀的气息正向我们逼近吗？你不觉得毛骨悚然吗？”

“是啊，我感觉到了，我承认我感到心慌不安！”

“一定是魅影！”理查德可以压低窒息的声音，害怕房间内有一双无形的耳朵窃听他的说话。“我敢确定就是歌剧魅影！前几天，我俩还同时听到魅影手指关节叩击房门的声音，他来送信了，一定是他神不知鬼不觉地把钱调包的。就是那个该死的魅影，他冷酷无情杀人不眨眼，他吊死约瑟·比凯，用水晶灯砸死我的女仆，偷走我们两万法郎……这些都是他干的！你跟我都没有碰钞票一下，办公室除了你我之外没有任何人进来过，唯一的解释就是魅影！歌剧魅影！”

钟声响起，清脆的声波回荡在房间内，正是零点时分。恐怖的气氛顿时涌遍全身。理查德和蒙沙曼忍不住只打战，虚汗直冒，坐立不安，在等待最恐怖的事情发生，他们迫切希望听到下一秒钟声响起带走他俩的恐惧。

如愿以偿，钟声依然在房间回响，两人稍感放松，站起身来。

“现在可以走了。”蒙沙曼说道。

“我也这样认为。”理查德回答。

“出门之前，还是再让我看看你的口袋吧，可以吧？”

“当然可以，没问题！”

“看吧，看吧！一定在里面吧？”理查德十分自信地催问蒙沙曼。

“感谢上帝，那枚别针还在呢!”

“那就好！我就知道放上别针，无论谁摸我口袋，我都会察觉!”

蒙沙曼还在同伴的口袋里翻来翻去，突然大声尖叫：“你的钱去哪儿了！怎么别针和信封都在，钱不见了?”

“少来了！别吓我了，都这个时候了，你还跟我开玩笑!”

“谁开玩笑！你快看看你的口袋!”

理查德一听这话，慌了神，连忙脱下礼服，两人从里到外翻遍了全身的口袋和里衬还是没找到一张钞票，那钱就像人间蒸发了一样！最不可思议的是，别针丝毫未动。

这下，两人都傻眼了，吓得脸色煞白。这是最高明的魔术师才会使用的魔法。

“歌剧魅影!”蒙沙曼自顾自地咕哝了一句。

这时，理查德却像一条疯犬一样扑向蒙沙曼，大声怒吼：“是不是你拿了！就你刚才摸过我的口袋！把两万法郎交出来！交出来!”

“我以我家族荣誉担保，我绝对没偷拿那两万法郎!”蒙沙曼哭笑不得，又气又恼。

突然，门外响起一阵敲门声，蒙沙曼面无表情地走去应门，开门发现正是梅西埃经理。他像陌生人一样冷冷地敷衍他，根本没有听梅西埃在说什么，也听不懂他在说什么。他茫然地把那枚别针交到梅西埃手中，旋即转过身去，毫不理会梅西埃的瞠目结舌。

第十九章　警长驾到

办案警署代表一进入办公室就开始询问失踪女主角克莉丝汀·戴伊的消息。

“您看到克莉丝汀·戴伊了吗?”一群尾随的看客跟在警官后面。

“克莉丝汀·戴伊不在，怎么了?”理查德回了一句。

蒙沙曼早已浑身无力，疲惫不堪了，现在一句话也说不出来，理查德比他的状态好不了哪儿去，因为现在所有的怀疑焦点都集中在他身上，而他又不知如何为自己澄清。怀疑者与被怀疑者承受的心理压力是不同的，通常情况下，保持缄默是澄清自我的最好途径，但是被人冤枉又无法辩解的心理负担确实是对人性的极大考验。

房间里安静得连掉一根针都能听到。理查德向警署代表问道:“先生您好，您为何向我打探克莉丝汀·戴伊的下落呢?”

“因为现在我们必须马上联系上她，先生。”警署代表义正词严地说道。

“什么，她不见了吗？怎么回事？”

“是的，就在演出中途失踪！我接到报案后马上赶了过来。”

“就在演出中途，这太奇怪了！”

“就是啊！更奇怪的是她失踪了您竟然还不知道，还是我来通知您的。”警官言语中带有几分嘲讽。

“没错，是很奇怪……”理查德双手撑脸也不说话，在那独自咕哝：“这演的是哪出？”

他不自觉地在那琢磨思忖，手指甲抠掉了好几根稀疏的胡茬，像做梦般喃喃自语：“她竟然在演出中途不见了……”

“就是啊，当演出进行到监狱囚禁那个场景，女主角向上天祈求怜悯，然后一转身就不见了，我们才不信世上有什么天使带走了她！”

“我信！”只见一个脸色煞白，情绪低落的年轻小伙子突然冒出一句，紧接着他又叫了一声：“我信！”

“你信什么呢？”米佛罗伊德警长问他。

“克莉丝汀·戴伊小姐就是被某个天使带走的，警长大人，我还知道那个天使的名字。”

“哈哈！沙尼子爵，您真的亲眼看到克莉丝汀·戴伊小姐被某位神秘天使带走了吗？是不是剧院天使呢？”

拉奥眼睛扫视了一圈周围，显然是在寻找某人，现在他认定只有借助警署的力量才能尽快找回克莉丝汀并使她免遭伤害。而那个神秘的波斯人刚刚对他说过不要泄露歌剧魅影的秘密，如果此时波斯人能现场说几句话就好了，但是波斯人不知道去哪儿了。拉奥只好自己对警长说明情况。然而当他面对这么一大群各怀心思、居心叵测的看客们时，他不知道该怎么对警长讲述事情的经过。

“没错，警长大人，就是剧院天使干的！而且我还知道他住在哪儿……”

“您慢慢道来，子爵先生。”米佛罗伊德警长把众人轰出门外只留下两位经理，然后把拉奥拉到身旁坐下，准备好好问个明白。两位经理沉默不语，显得心事重重的样子。

拉奥看到众人都散去后再也忍不住，告诉警长：“先生，那个天使是生活在剧院地底下的一个音乐怪才，他的名字叫艾瑞克。”

“音乐怪才？生活在地底下？哇哦！太有意思了，音乐天使真的吗？”米佛罗伊德警官转头望着两位经理笑道：“你们剧院地下生活着一个音乐怪才，音乐天使！二位先生知道吗？”

理查德和蒙沙曼俩人茫然地直摇头。

“哦！这样啊，那二位先生肯定听说过歌剧魅影传闻吧？我敢断定歌剧魅影和沙尼子爵口中的音乐天使就是同个人，他的名字就叫艾瑞克！”

米佛罗伊德警官用寻求确认的目光望着拉奥。

“不好意思，子爵先生，您一定是在说笑吧？”

“我怎么会说笑！我没必要拿克莉丝汀·戴伊小姐的性命开玩笑！”拉奥愠怒地说道，心想真是一群蠢货，到这个时候了还在那疑神疑鬼。

“您是在编一个鬼怪故事来娱乐我们吗？沙尼子爵？”

“我没想编故事，我只想知道二位经理是否对歌剧魅影传闻早已听说？”

“那您真的亲眼见过魅影？”理查德站起身来，双手摸下巴。

“没见过，警长大人，但是我们很想查出这个人，他是个可恶的贼，我们两万法郎被他偷走了！”

理查德转身望着蒙沙曼，眼神犀利而冷酷，似乎在向他暗示：“赶快把两万法郎拿出来！不然我就告你！”蒙沙曼一下子明白了他的意思，毫不示弱地回答：“你说啊！我才不在乎！最好现在说！”

米佛罗伊德警长感觉气氛有点尴尬，一会望望经理一会又望望拉奥，不知道该说什么好，像个神经病一样手足无措。

“那个魅影，绑架了歌剧院女演员克莉丝汀·戴伊，又从经理那偷走了两万法郎现金！这一切发生地太巧合了！我希望您能把事情经过说清楚，先谈谈克莉丝汀·戴伊小姐是怎么失踪的，然后再说失窃的事。沙尼子爵，此案受害人多，涉案金额巨大，您确定是一个叫艾瑞克的人劫持了克莉丝汀小姐吗？如果是？您是怎么认识他的？在哪认识的？”

“没错，警长大人，我确定。”

“那么您在哪儿和他认识的呢？”

“沛洛斯镇公墓。”

米佛罗伊德警官大吃一惊，不可思议地望着拉奥：“那种地方通常是撞鬼的地方，您跑那去干吗啊？”

“警长先生，我知道我的话听上去很滑稽，我也明白你们很难相信我，但是我还是不得不说。我绝对没有撒谎或胡说八道，我绝对不会拿我最爱的女孩的生命和我哥哥的名誉开玩笑！现在一分一秒对我都是煎熬，我还是尽量简单地说明情况吧，故事很长，我就省略开头，直奔主题吧，我巴不得把我所知道的一切告诉您，不管您是否相信。虽然我就知道那么多，但我希望我提供的信息对查案有用。”

“说吧！说吧！但说无妨！”理查德和蒙沙曼不耐烦地催促

道。然而，除了提到沛洛斯镇公墓、骷髅头还有充满魔力的小提琴等这些天方夜谭般的故事之外，这个深中情毒的傻小伙子根本不能提供任何有价值的破案线索。两位经理和米佛罗伊德警官都感到非常失望，但又碍于情面不好让他住口，如果此时有人进来，他们一定会找个借口让拉奥闭嘴。

突然，有人从门外闯进来，只见他宽衣长袍，头戴高帽，帽檐把眼睛和耳朵都盖住了，那个陌生人直接走到警长面前，悄悄在他耳边说要和他私聊。那个人大概是因为紧急情况赶来向米佛罗伊德警官汇报的国家安全局工作人员。警长目不转睛地望着拉奥，淡淡地说道："子爵先生，关于歌剧魅影的故事暂时讲到这里吧，如果您愿意的话，可以告诉我们您和克莉丝汀·戴伊的私奔计划吗？据我所知，您预计今晚带她远走高飞的，对吗？"

"没错，警长大人！"

"是准备演出一结束就准备走吗？"

"正是！先生。"

"那你早已制订了详细的计划，对吗？"

"对，先生。"

"那您已经安排马车在剧院大门接应，车夫随时待命，私奔路线也安排妥当，每一处更换车马的站点也已安排好了？"

"确实如此！警长先生。"

"这么说来，您的车夫还在洛顿大街等您命令，是吗？"

"您说的一点没错！"

"那您知道吗，除了您的马车之外，旁边还有另外三辆马车吗？"

"这个，我就不清楚了！"

"那我告诉您吧，除了你的马车之外，索瑞丽、卡洛塔和沙尼伯爵的马车也分别停靠在那里，索瑞丽就停在剧院大门口正前方，卡洛塔和令兄则停在两侧。”

“这是真的吗……”

“是真的！但是现在您、卡洛塔还有索瑞丽的车都在那儿，唯独沙尼伯爵的马车不见踪影，这怎么解释？”

“警长大人，这跟克莉丝汀小姐失踪有什么关系吗？我不这么认为……”

“令兄不是一直不赞成您和那位女演员结婚吗？”

“我想这是我们的私事。”

“这么说，您已经告诉我答案了，沙尼伯爵反对您娶克莉丝汀小姐，所以您决定反抗兄长，带上您的女友远走高飞避开家族的门第之见……但是您私奔的消息不幸被严厉的兄长知道了，所以他先下手为强，直接派人绑架了克莉丝汀小姐。事情就是这样，不是吗？”

“怎么可能！您完全一派胡言，我大哥绝对不会做这种事情！”拉奥胸口发痛，双手紧捂着，声音近乎呜咽。

不可能是伯爵先生单独执行绑架案，一定还有帮手，我们绝不会放弃追查，一定是伯爵吩咐手下的人带上克莉丝汀小姐驶向巴黎郊区。

“驶向巴黎郊区？您从何得知？”拉奥好奇地问道。

“他们已经出了巴黎城……”

“出城？如何出城？”

“他们走的是布鲁塞尔大街，直往城外走。”

“布鲁塞尔大街？那我一定可以追回他们！等着看吧！”说着，拉奥一个猛子转身直往外走，像离弦之箭一样冲出了经理办公室。

“赶紧去把她追回来啊！她可是全剧院的台柱和希望啊，

我们的女主角!”米佛罗伊德对着拉奥的背影大声喊道，嘴角带着一抹狡黠的笑意，然后转身对着在场的三位经理传授了一遍有效利用资源的方法：“其实我根本就不知道是否是沙尼伯爵派人绑架了克莉丝汀，我们需要多一个帮手多一分力量，现在沙尼子爵比谁都希望马上找到克莉丝汀小姐，此时他比任何一个办案人员都要积极而主动，他巴不得自己有千里眼、顺风耳的特异功能。因此调动起他的冲动和积极性会让我们查案变得更加高效而快捷！我们必须擅长调动一切非警力资源，把细致而麻烦的工作分到不同角色身上，这样调查就变得容易多了!”

然而，米佛罗伊德的如意算盘并没有想象中敲得那么顺利，他利用的资源跑到中途就停止不动了，原来他是被一个神秘黑影拦下了。空荡荡的走廊显得空旷而阴冷。

一个巨大的黑影挡在拉奥急转疾飞的去路上。

“沙尼子爵，您这是去哪儿呢?”神秘黑影头也不抬地问道。

拉奥一抬头发现是那天那个头戴皮帽的陌生男子。

“怎么又是你！你究竟是谁啊？既然你知道艾瑞克的全部秘密，你就该嘱咐你自己而不是我守口如瓶。你到底是谁?姓甚名谁?”

“我的名字不重要，不过谢谢您还记得我，请叫我波斯人……”黑影不紧不慢地说道。

第二十章　魔镜

拉奥清楚记得有天晚上和哥哥一起在剧院听戏时，他曾对自己谈到过波斯人，这个神秘人物的生平经历无从得知，无名无姓，不知是何方神圣。不过，人人都喊他波斯人，他的小公寓就在里沃利大街某处。

波斯人是位皮肤黝黑，眼珠碧绿，身材高大健壮，头戴一顶破羊皮帽，行踪诡异的男人，据说学识渊博、背景很深。他悄无声息地靠近拉奥，在他耳边低声耳语道："沙尼子爵，我真心希望您并没有把艾瑞克的秘密泄露出去！"

"我为何不能把他的秘密告诉别人呢？他的那些十恶不赦的行为迟早会被揭穿！我又何必要对这个恶魔守秘呢？您跟他很熟吗？"拉奥语气中带有一丝不耐烦还有厌恶。

"我希望您遵守诺言，守住秘密，您知道诚信的人通常赢得大家尊敬。艾瑞克的秘密和克莉丝汀小姐的秘密是连在一起的，您如果泄露任何一方的秘密对大家都不好！所以还请您再三斟酌!”

“哦?是吗,先生?您知道的可真多啊!您怎么知道我在想什么?不过我现在很忙,改日再听您慢慢道来。”

“好的,不过在您走之前请允许我再问下您,您这是要去哪?”

“您这么会猜心思,难道不知道吗?我要去找克莉丝汀我的爱人!”

“原来是这样啊,那您最好就待在这里!克莉丝汀现在很安全。”

“和艾瑞克在一块儿吧?”

“没错,正和艾瑞克在一块儿!”

“您从何得知的?”

“事情发生的时候,我也正在观看歌剧,这世上只有他才会使用这种神不知鬼不觉的绑架手段!哎,我太了解他的手法了!”波斯人长长地叹息道。

“如此说来,您跟他是朋友咯?”

波斯人又深深地叹了一口气,并没有确认也没有否认。

“先生,我不知道您跟艾瑞克是什么关系,您有什么苦衷,不过我希望能寻求您的帮助,帮我救出我的女友。我很担心她的安全,那个艾瑞克嗜血如命,我怕他会伤害她!太可怕了,我无法想象!求您帮我!”

“在下一定尽力,我拦下您就是不希望您莽撞行事,搅乱大局!我的本意就是来帮您的!相信我吧!”

“那您打算如何帮我呢?”

“我会尽全力带您去找艾瑞克,求他放过克莉丝汀小姐。我会跟他协商谈判,万一不行我们另行商议。”

“那太好了!先生,您知道自从她失踪后,我试过很多办法去搜救她，都失败了，如果您可以帮我救回我的爱人，我一定会永远记住您对我的这份恩情！在下还有件事要拜托你，米佛罗伊德警官现在怀疑我大哥绑架了克莉丝汀，希望您能帮我澄清谣言。”

“菲利普伯爵？这简直太荒谬了！”

“就是啊，完全一派胡言……”

“我虽不十分确定，但以菲利普伯爵的人品，他绝不会干这种低劣而愚蠢的事情来活生生拆散一对苦命鸳鸯的！”

“您说得一点没错，先生！我现在已经彻底失去方向了，我不知道该怎么办！我们现在还是快去救人吧，我随时听候差遣，您叫我做什么我就做什么！我想您跟艾瑞克一定交情深厚，也许只有他才肯听您劝告，因此我毫无疑问地相信您！”说着，拉奥讨好似地一把抓住波斯人双手紧紧握住，以示亲热，没想到他那双手像死人般冰凉，吓得拉奥一下子缩回了伸过去的热手。

“嘘！安静一点！”波斯人示意拉奥别出声，停止脚步，把耳朵贴在墙面上听到剧院不远处传来一些动静还有细微的沙沙声。“我们最好换个地方说话，还有最好不要说‘艾瑞克’这个名字，我们简称为‘他’吧。他很可能已经发现我们了。”

“您的意思是他就在周围？”

“如果现在他不是跟克莉丝汀一起待在湖边小屋的话，那很有可能就在我们附近某个位子。要知道，他没事就喜欢在剧院晃悠！剧院里里外外上上下下他都一清二楚！”

“啊！您怎么知道他有个湖边小屋呢？”

“这会他若不在湖边小屋，必定就在这儿某堵墙内，或许在我们脚底的地板下面，还有可能在我们头顶的天花板上……或许他正透过某个小洞在偷窥我们的举动，又或许他早已竖起耳朵窃听我们所有的谈话……他在这座剧院里来去无踪，神出鬼没！”波斯人停顿一下，然后作为向导带拉奥参观了很多克莉丝汀上次没有带他去看的密室和走道。

“如果大流士(Darius)[①]在这就好了！”波斯人自言自语。

“谁是大流士？”拉奥疑惑地问道。

“我的奴仆。”

过了一会儿，波斯人把拉奥带到一间灯光昏暗，宽敞空荡的房间里然后刻意压着嗓音问他：“子爵先生，您方才跟警长们交代了些什么？”

“我告诉他们是剧院的一位神秘音乐怪才绑架了克莉丝汀，克莉丝汀一直称呼他为音乐天使，而剧院其他人就叫他歌剧魅影，他的名字就叫……”

“嘘！……别说了，那他们相信您说的话吗？”

“不相信。”

“那警官有没有把您的话放在心上？”

“根本没有！”

“他们是不是都认定您脑子有问题？”

“确实如此！”

“幸亏如此！”波斯人无比庆幸地冒出这一句。

然后，波斯人继续在前面带路，拉奥跟在后面，绕过几个生僻的旋转楼后，拉奥被带到一扇大门前，波斯人小心翼翼地从身上摸出了一把小巧别致的钥匙，大概是万能钥匙。

---

① 大流士：一般指大流士一世(Darius I the Great)，波斯帝国君主(前522～前486)。出身于阿契美尼德家族支系。大流士随冈比西斯二世出征埃及，被任命为万人不死军的总指挥。大流士不仅是波斯帝国的伟大君主，也是世界历史上的著名政治家之一。(在此用作人名，寄托英雄寓意)——译者注

两人都穿着黑色燕尾服，头戴礼帽，只不过拉奥戴着巴黎上层社会绅士的必要装备——一顶高礼帽，而波斯人则头戴一顶破旧的羊羔圆皮帽。

“子爵先生，您能否把高礼帽寄放在化妆间里呢？恐怕您的帽子太高不便于行走。”

“放在哪个化妆间？”

“克莉丝汀·戴伊的化妆间啊！”

门一推开，拉奥发现果然是克莉丝汀的专用化妆间。

从前厅到克莉丝汀化妆间的路自己走了无数遍，竟然不知道还有其他通道到克莉丝汀的化妆间，现在他就站在走道尽头，面前是一扇门。

“噢！先生，您怎么如此熟悉剧院？”

“哪里……哪里……我可比不上他！”波斯人连连谦虚，一把将拉奥拉进了房内。

只见克莉丝汀的房间还跟拉奥上次离去时一样丝毫未变，波斯人不声不响地关上大门，走到房间中间一面薄薄的夹板墙前，轻轻磕了一下又干咳两声，再细听动静。片刻之后，夹板那边有人回应，然后有人在外面敲门。

“请进！”波斯人对着门口说道。

然后，一位宽衣长袍头戴羊皮软帽的男子进入房间，两人互相行礼作揖之后，那人从袖子里掏出一个精巧细致的小木盒子，搁在化妆桌上，然后再行个礼，退到门边。

“有人看到你过来吗，大流士？”

“绝对没有，先生。”

“那你出去的时候仔细点，千万不要叫人看见。”仆人顺从地点点头，朝门外左右瞟了一眼然后快速走开，一切看起来很神秘。

“先生，我觉得我们在这里谈话很容易被人看到，警署的人马上会带人来调查这个房间。此地不宜久留，我看还是尽快撤离为妙！”拉奥说道。

“别担心！我们不用怕警察，他们管不到我们头上！”说着“吱嘎”一声打开那个精致小木盒，露出两把精致的小手枪，枪身泛着雪白的银光。一得知戴伊小姐被绑架的消息，我马上让我的仆人把我这秘密武器送过来。子爵先生，我已经使用这两把枪多年了，我敢向您保证没有比它们更好使的手枪。”

“您想让我用这枪跟他决一死战吗？”拉奥望着眼前精致漂亮的小手枪，似乎有道寒光射向他，让他猛地一惊又不知如何是好，于是无比惊讶地问道。

“没错，我们必须和他决一死战，这将是一场你死我活的决斗！虽然我们是二对一，但我们千万不能掉以轻心，必须随时保持警惕。不是吓唬您，他远比我们想要的要厉害残忍，所以我们必须全力以赴。您深爱着克莉丝汀小姐，是吗？您要娶她为妻？”

“是的，我很爱她！除了她我谁都不想娶！但是，先生，您跟克莉丝汀非亲非故，为何要冒着生命危险跟我一起去解救她呢？难道您跟艾瑞克有血海深仇？”

“不是的，子爵先生，我跟他并没有什么深仇大恨，即使他伤害过我我也并不记恨他。正因为我如此包容他，他才屡屡作恶……”

“他曾经伤害过您吗？”

“都已经过去了……就不用再提了……”

“太古怪了，您口口声声说他是魔鬼，您也知道他的底细，而且还被他伤害过，可为何您跟克莉丝汀都对他充满仁慈和怜悯呢?”

波斯人沉默不语，找来一条大板凳，搁在镜子前，然后站上去，脸部紧挨墙面，似乎在搜寻什么。

“先生，您在干什么?我很担心!此地不宜久留，我们还是赶快离开吧。”

“您要去哪儿?”波斯人头也没抬地问。

“我要去找魅影算总账，现在!马上!我要下到地下室去，您不是熟悉剧院各个地方吗?快带我下去!我等不及决斗了!”

“我不是正在找入口嘛!”波斯人专注地贴着墙面细细寻找，“哈!我找到了，就在此处!”波斯人一手按墙，一手扶住凳子下来“再过片刻，我们就会打到他的老巢去了!”随后，他又在墙上敲敲打打，摸摸镜面，“咦?怎么还没有反应……”他小声咕哝。

“您说，我们可以像克莉丝汀一样从镜子里穿越过去吗!?”拉奥感到又惊奇又不可思议。

“您从何得知?”

“那晚，我躲在克莉丝汀化妆间屏风后面，看到她被镜子吸进去了，倏地消失在我面前，我看得一清二楚!”

“那您当时怎么想的呢?”

“我吓坏了!以为我在做梦或者疯了!”

“您可能还以为是魔鬼的妖术吧?”波斯人打趣道。

“嗨，子爵先生!真希望我们的敌人就是个魅影，这样就不用浪费子弹了!您现在可以把帽子脱下放在房间的桌子上，然后尽可能扣好衣服，竖起衣领，遮住自己的面容，像我这样。“波斯人边说边在镜子上继续摸索。

静默一会儿之后，波斯人继续说道:“如果我们在这头用力撬动弹簧，非常难，必须在房间那头使劲转动杠杆才能让这面大镜子瞬间启动。”

“哪个杠杆?”拉奥问。

“就是您那天看到吸走克莉丝汀的魔镜后面的操作杠杆！您想想看，这世上怎么可能有魔法让镜子自己移动呢?”

波斯人一面说一面一把抓过拉奥，一只手始终抵着镜子。

“别着急，再过片刻您就会看到这面大镜子开始上升移动，左右旋转几寸，因为支撑轴开始运动了，镜子会被带着移动！杠杆的力量就是这么强大，阿基米德(Archimedes)曾说给他一个支点他就能撬动地球，这虽然夸张但原理是正确的。一个小孩用对杠杆也能撬起一座大卡车……虽然这面墙看起来巨大厚实，其实用杠杆撬动它也不是什么难事!”

“那怎么还不转呢!”拉奥焦急地问。

“别慌！少安毋躁！再等一会儿，奇迹就快要出现了！也许机关老化生锈的缘故，需要润滑一下，又或者是其他原因。总之，耐心一点，等等看吧!”波斯人若有所思地说道。

“什么原因，先生?”

“和杠杆相连的绳索很可能被人为割断了，整套设备无法启动……奇怪了……他根本就不知道我俩准备从此地下手啊!”

“他太狡猾了，也许早已料到我也会启动这套设备。”

“是您帮他设计的吗?”

“不！我曾尝试跟踪他，但每次都让他从我眼皮底下溜走了，直到后来我发现这扇暗门。其实它的原理很简单，是用一种古老的设计手法做成的，世界上很多著名古建筑群都有用到。”

“它怎么还没有动静呢！还不转！克莉丝汀！……克莉丝

汀！……”

“别叫了！目前只能这样了！”

“难道这些墙壁都被施了魔法只听他的话吗？”

“他懂得控制剧院所有通道、暗门和密室的机关，只有他才是剧院真正的主人，可以随意出入。我们给他起了一个绰号名为‘天窗恋人’(Trap-Door Lover)①。”

“难怪克莉丝汀常常说他具有某种超能力，像幽灵一样无孔不入，不过，这一切太不可思议了！……为什么这些墙壁和镜子只听他的话呢？难道真的被施了魔法？”

“确实如此！子爵先生！”

拉奥怔怔地望着他，没有说话，波斯人让他别出声，然后用手按住镜子，让他看镜中两人的影子像水波一样不停地闪烁跳跃又变幻，少顷风平浪息恢复原样。

“哎！它怎么还不转动？难道坏了吗？我看我们还是去找其他通道吧！”

“今晚不行动，就再没时间行动了，现在，集中精神，我要开火了！”波斯人脸色阴沉，不容置疑地说道。

只见他掏出手枪，拉奥也照做，被波斯人一把拉到身边。波斯人用枪瞄准镜子，奇迹出现了。镜子开始移动然后旋转，就像当下高级酒店大堂旋转门般缓缓地转动，一股神秘的力量把拉奥和波斯人一起吸进去了，随后镜子瞬间停止，人去房空只剩一片死寂。

---

① 天窗恋人：因艾瑞克擅长设计各种机关、暗门因此被戏称为此绰号。

第二十一章　地宫寻踪

“举起手来！准备！开火！”波斯人神情专注，厉声说道。

只见镜子后面的墙还在转动，一圈又一圈，最后停止，关闭。两人屏息凝神，伺机而动，周围是一片黑暗。夜静得令人恐怖，波斯人看准时机决定开始行动，他欠下身子，双手着地不断摸索着什么。

突然，一抹刺眼的光线刺进无边的黑暗中，像暗中埋伏的敌人进行的突袭，这亮光让拉奥睁不开眼，照得他连连后退。不过，他马上看清那光线原来是波斯人点的一个小灯笼。波斯人四处指点告诉拉奥哪里是墙壁，哪里是地板，红色的火光在黑暗里闪烁跳跃。拉奥明白了那晚，克莉丝汀就是循着歌声从这条秘道穿过黑暗和恐惧被他一步步骗走的。波斯人告诉拉奥说，魅影自己修建了这条秘道，事实上他只是剧院一个发现并使用这条前人修建的秘道的人，冥冥中这条秘道仿佛就是等他发现一样。剧院上下有大大小小无数条秘道，都开凿于巴黎公社革命时期，那是官方狱卒为了更方便地押解犯人囚禁他们，于是打通了连接剧院地下黑牢的各个通道。

1873 年 3 月 18 日革命起义之后，革命人士疾风骤雨般攻占了庞大的巴黎歌剧院，把整栋建筑作为公社战士的指挥所，而地下室却是国家秘密监狱。

波斯人弯腰，灯笼放在一边，趴在地上摆弄一个什么暗门，灯笼一下子熄灭了。一声浑重的机关开启声打破夜的寂静，头顶似乎有扇天窗被打开了，投影在地面一块正方形的亮影。波斯人消失不见转瞬又回到拉奥面前，两人的呼吸此起彼伏，清晰可闻。

“学我的样子，务必跟在我后面照做！不要到处瞎走！”

于是，拉奥也走到那块明亮区域，学波斯人的样子双膝跪地，双手顶住低矮的天花板，口含手枪，随后整个人一下子滑了下去。

拉奥从不纠结波斯人是敌是友这个问题，虽然此人背景神秘，无从得知，说话总是阴阳怪气一惊一乍，但拉奥相信波斯人是来帮他的，是要跟自己一起去解救克莉丝汀的。因为听波斯人的语气，他表露出的是真诚、善意还有机智，让人没有不相信的理由。就算他要害拉奥，干吗要把手枪借给他用呢？现在只要有任何人前来协助解救克莉丝汀，拉奥都无比欢迎。因此，他打消所有的戒心和疑虑，波斯人让他做什么，他就做什么。

拉奥滑下去之后被波斯人在下面接住了，还没等他大叫一声，波斯人已经捂紧了他的嘴，让他马上趴下，随后身后的暗门迅速关闭，根本不知道是如何关上的，整个过程发生得太快了。突然，头顶传来米佛罗伊德警官的声音，拉奥听出来了就是刚才那个嘲笑他疯言疯语的警官。

一面夹板墙壁隔在拉奥和波斯人身后，墙壁旁边还有一座窄窄的楼梯通往头顶的房间，米佛罗伊德警官大概就是在那间房间里走来走去，询问调查。脚步声和说话声在头顶如滚滚惊雷听得一清二楚。

光线微弱，不过比起刚才根本辨不清方向的黑暗相比，这点亮光已经好多了，可以让人稍稍看清周围的景象。拉奥突然吓得大叫一声连连后退，只见三具尸体横七竖八地躺在地上。

第一具出现在通往头顶房间的楼梯上，其他两具交叉躺在楼梯下面，隐约中还可以看到尸体双手抱胸，拉奥手稍稍往前伸就可以摸到尸体的手。

“嘘！别吵！”波斯人也有丝恐惧，显然他也对眼前的景象惊讶不已。“一定是他！”波斯人断定。

头顶上警察们的声音越来越清晰，也越来越嘈杂，显然他们在询问灯光师解释舞台照明系统，因此可以判断头顶正是剧院灯光室，然而那个时代灯光室跟音乐一点关系也没有。虽然已经发明了电，但并不普及，大多数情况下剧院还是习惯使用煤气灯照明，只在必要时候才用电力来营造舞台灯光和特殊声响。剧院的煤气灯系统其复杂和精细程度与教堂庞大管风琴的复杂构造不相上下，因此得名为“灯光室”，其实主要是控制舞台照明效果。

剧院台词提示工作间旁边是声控组长控制音效变幻，制造华丽视听效果的小屋，灯光组组长名叫马克莱尔，他的工作区域就在这里，此时他不见踪影，其他组员也不在岗位。

“马克莱尔！马克莱尔！”舞台指导大声呼喊他的名字，却得不到任何回应。他们发现通往地下室楼梯口有扇小门，米佛罗伊德警官推了下竟然打不开。“这是怎么回事？”他向舞台指导问道。“您看看，这里有扇死门，怎么也开不了，你们剧院的门都这样吗？真是搞笑！”

舞台指导用力撞门，一下子撞开了，门后面躺着一具尸体，他大声尖叫起来。该男尸正是马克莱尔！一群人立刻围拢过来。

“可怜啊！他就这样死了！”舞台指导无比沉痛地叹息道。

“他没死呢，只是喝醉昏迷了。”米佛罗伊德弯腰检查，凭着多年丰富的办案经验他非常确定地告诉众人。

“真的吗，我从没碰到过这种情况！”舞台指导说道。

“也许他被人下了迷药。”

“你们快看！”米佛罗伊德警官指着楼梯大声叫道。

借着室内明亮的光线，众人顺着警官手指的方向看到楼梯下躺着另外两具尸体，舞台指导走近一看发现是马克莱尔的两位助手，警官赶紧走过去检查。

“他们只是昏睡过去了，不要紧！抬回去睡一晚就好了！”他长舒一口气，对大家说道。

“一定是演出当晚，有人私自闯入灯光室断掉灯光、迷昏灯光师然后乘乱劫走克莉丝汀……。不过那人众目睽睽之下绑架剧院女演员的作案动机是什么呢？这真叫人匪夷所思！去请剧院医生先来帮忙解酒吧。”米佛罗伊德警官吩咐道。嘴里还念念有词：“奇怪了！奇怪了！……”随后转头跟几个人交谈，拉奥和波斯人一直躲在暗中目睹这一切，没有出声。

“诸位对此事有何看法？不妨说来听听，我们一起来分析下。”警官探寻地询问众人。拉奥和波斯人这时看见两位经理也到场了，他俩神情不安，脸上布满惶恐和惊慌。只听蒙沙曼颤抖地说：“警长大人，我们对剧院接连发生的怪事无从得知也无从解释，还请劳您尽快侦破，还巴黎歌剧院一个安定和谐的演出环境。我们代表全巴黎城歌迷朋友拜托您了!”说完，他那张谄媚的侧脸湮没在一片黑暗中。

“我还得谢谢各位先生配合我的工作呢。”警官一脸不悦，没好气地回敬一句。

“这不是马克莱尔第一次玩忽职守了，上次我还看到他在演出途中不顾工作，躺在地上睡觉，烟斗丢在一边。”一边的舞台指导讨好地说道。

“什么时候的事?”米佛罗伊德警官一边追问，一边小心擦拭眼镜上的灰尘，他是个近视眼，随身携带一块干净的手帕用来擦眼镜。

“噢，天哪！就在不久前……让我想想，对了……。就在浮士德之夜，卡洛塔变癞蛤蟆叫的那晚，没错就是那晚!”

“你确定就是那晚？先生?”米佛罗伊德警官带上干净的镜片，目不转睛地望着舞台指导，似乎想要钻到他心底里去。“照你这么说，马克莱尔抽烟对吗?”

“确实是的，先生。那天我看到的烟斗就是他的，他是个老烟枪，从来烟不离手，烟瘾大得很！这一点我们同事都知道。”

“哦？我跟他是同类!”说着，警官轻轻地把自己的烟斗装进口袋。然后吩咐几个工人过来把三具睡得死猪样的“活尸”抬走了，众人跟在警官身后上楼去了。片刻之后，拉奥和波斯人又听到楼梯被踩得“吱呀吱呀”的声音，才确定警官离开了。人们都走出了房间，房间转瞬归于平静。黑暗中，波斯人对拉奥示意起身，拉奥忘记举起手来做出射击姿势，波斯人要他牢牢记住各项动作要领，要求拉奥一丝不苟地照做，无论如何没有他的命令不可轻举妄动。

“这完全是消耗体力，等我真正拿枪射击的时候，早就没了力气！”拉奥不耐烦地抱怨道。

“你不会换只手吗？”波斯人有点生气。

“换哪只手？我习惯右手，左手根本无法使力。”

“左手右手不重要，重要的是你一定要做出专业的蓄势待发的开枪动作，手枪并没有多大用处，尽管可以放在兜里，切记要随时做出扣动扳机的动作！”波斯人神秘兮兮地解释道，拉奥觉得很奇怪。

“您必须听我的话，不然别想我告诉您更多信息！切记，现在救人要紧，不要在这些小事上跟我做这些无意义的争论，别出声，动作小点，跟上我的脚步！”波斯人不容置疑地命令道。

他俩慢慢走到地下室负二层，看到有几盏煤气灯在黑夜里散发异样而诡谲的灯火，让地下室充满神秘和魔幻色彩，这里就像是探险小说中的藏宝室，又像沉寂千年的古墓。谁也想不到巴黎歌剧院地底下竟有这样一个地方！

轮滑道是由布景卡槽改造的，横木架子支撑着各个机关和活动暗门，这里无数根柱子安放在各个机关、卡槽的结合处，中间是一条连通各个通道的主干道，错综复杂像蜘蛛网一样交叉遍布。根据演出需要，这些机关会随演出需要自动铆合连接又松开，坚固而稳定，灵活而精密。借助于这些机关，舞台布景可以呈现出千变万化的各种景象，这是大型歌剧演出必备的设施，它们能营造出美轮美奂的视觉效果，必要场景还能帮助演员变戏法似的消失在舞台上。

“佩德罗·盖哈德先生（M. Pedro Gailhard）曾经告诉过我他的设计原理，运用这一套设备可以让呆板不变的舞台布景变得生动有趣，可以在演出中把胆小鬼换成勇猛武士；把白发老媪变成美艳少女；撒旦和上帝从这里出现交换角色；

地狱之火和天堂之光在这里交替出现；鬼哭狼嚎和天籁之音可以轮换上演；就像万花筒一样神奇而梦幻。”波斯人无比崇拜地介绍道。

拉奥对波斯人的每句话每个字都深信不疑，对他唯唯诺诺奉若神明，根本没去想为何他要做出这些指示，他只是一再告诫自己：“只要能救出克莉丝汀，让我做什么都行！”

有了熟悉路线的好同伴，让穿梭这座庞大的恐怖迷宫变得简单有效，没有波斯人带路，他可能一步也走不了。这是一个密密麻麻的布景丛林，各个绳索机关交叉缠绕在一起，稍不留神就会摔个鼻青脸肿，保不准还会掉进哪个活动暗门中。

他俩一直在深入地下室，不停地走着。远处依稀闪烁着诡异的灯火……

越往深处走，波斯人越小心，不断回头叮嘱拉奥一定要保持随时射击的姿态，不管手里有没有拿枪。

突然，一个声如洪钟的男人声音在头顶大叫道：“警长有令！所有暗门负责人赶紧过来集合！”霎时间，头顶人头攒动，脚步匆匆，工人们火速围拢到舞台上。波斯人赶紧把拉奥拉到一个隐蔽的位子，侧耳倾听。一群弯腰驼背的剧院老工人颤颤巍巍地走来走去，似乎趴在地上寻找着什么，指关节在舞台上的叩击声震耳欲聋。他们都是一辈子生活在剧院的老工人，年老退休后获得经理恩惠，重新编制为暗门守门人，负责剧院大大小小的暗门，每天检查关好暗门，以免演出途中穿堂风影响演员的歌唱效果，他们被人尊称为“捕风人(Wind Catcher)”，没人比他们更熟悉剧院的各个通道。他们垂垂老矣，后来大概都已过世了吧。

拉奥和波斯人暗暗松了口气，幸亏警官把这些守门人全部召集过去了，不然他俩很有可能碰到这些像打洞耗子一样的老人，救人计划就全落空了。

不过，这份沾沾自喜马上就要落空了，黑暗中一队人打着灯笼沿着通道走下来，灯火在眼前晃来晃去，左闪右闪，他们也下来找人了。

“真烦！不知道他们下来找什么，打乱我们的计划，我们待在这里很快就会被发现，还是快走吧，快跟上！快！准备好射击姿势，准备！手臂往下弯，照我这样做！视线与手臂平齐，想象你的敌人就站在面前，听我命令！我一发话，你就开枪！现在还是把手枪装进兜里，保持警惕！快跟我往下跑！性命攸关，您快点！”波斯人带着他一口气从地下负四层跑到负五层。波斯人大口喘气，表情抽搐，如临大敌。手臂上扬随时准备射击。

直到跑到一个他认为安全的地方，才肯歇息。拉奥跟在后面一口气跑到头，累得半死，稍顿片刻他想提出一些意见，但转念一想无论说什么都没用，波斯人总有理由证明自己的话是废话。不过这种疑神疑鬼故弄玄虚的防御动作实在是太傻太逗了！

拉奥又想到波斯人在化妆间对他说过这两把手枪他无比信任，但是既然这么看重它们为何又放在口袋当个摆设呢，一点意义都没有。波斯人看出他的心思，一把把他拉回到现状中，吩咐他原地不动，自己往楼梯上爬停留片刻之后回到原地。

“哈哈！我们真傻！这些打着灯笼的是剧院消防员，正在检查消防，我们不用担心，他们发现不了我们！”

于是，俩人在原地待了五分钟，随后波斯人带着拉奥重上楼梯，旋即，波斯人大手一挥，让拉奥趴下别动。两人同时趴下，周围悄无声息。

原来是一个黑影穿过黑暗，他手里没有提灯，就从两人头顶几厘米处走过，宽衣长袍在地上带过一阵风，拂过两人头顶。那个黑影全身上下裹在一件长袍里，头戴圆帽，紧贴墙角鬼鬼祟祟地走过去。

“感谢上帝！他没发现我们！这人我知道，我们曾经在经理办公室见过两次。”

“他是剧院消防队的人吗?”拉奥问。

“如果是就好了!”波斯人讽刺道。

“难道是……他?”

“如果是他，他一定会从我们背后袭击，我们会看到那张泛着金光的扭曲的脸，我们在明处这是我们的劣势，他最擅长背后突袭这种把戏，冷不防置人于死地……如果我们不随时保持射击动作，我们就玩完了!”波斯人严肃地对拉奥说。

话音未落，一张诡异恐怖的脸出现在眼前。那是一张闪着火光的脸，就像熊熊燃烧的火炬一样，这张烧得通亮的脸在黑暗中高速前移，身体悬空没有双脚，就像火焰幽灵一样。

“该死！我从没将见过这个怪物！庞潘队长说得没错，他看到的就是这个怪物，这是怎么回事？他是谁派来的，难道是他的仆人？赶快！赶快！举起手来，握好手枪!”那颗火焰人头就好像冥王哈德斯(Hades)①——正不慌不忙地向两人靠近，拉奥早已吓得魂飞魄散。

---

① 冥王哈德斯是古希腊神话中统治冥界的冥帝，相对应于罗马神话的普路托(拉丁语：Plūtō)。他是第二代神王神后克洛诺斯和瑞亚的儿子，宙斯的哥哥。他的婚配者是二姐得墨忒耳的女儿珀耳塞福涅。冥王在动画形象中头发常被描绘成熊熊燃烧的火焰，这里用来比作猎鼠者的“火焰人头”。——译者注

“也许就是他的手下，他想前后夹击我们，真是老谋深算！他的花样我了如指掌，没想到他玩这招！我们小心为妙，还是走为上策，赶快保持射击动作！快走！”

两人撒腿就跑，看到前面有条通道，赶紧钻了进去，没跑几分钟两人感觉跑了上千公里，累得不行，便停下来休息。

“他一般不来这边，这里跟地下河不相连，不是他出没的地段！或许他已经获知我俩的计划，尽管我曾向他保证再也不会干涉他的生活。”波斯人说着别过头去，拉奥也学他的样子。

然而，那颗火焰人头还在后面穷追不舍，他一定也在奔跑，而且步伐更快才会轻而易举跟上他们，这会儿他越来越近了。一种刺耳的摩擦音跟随者那颗快速移动的人头不断靠近，像锐器刮擦玻璃的声音，又像石块相互挤压的声音，叫人听得忍无可忍，无比烦躁。两人连连后退，火焰头不依不饶，终于把他们逼到角落了，这时借着火红的亮光他俩终于看清了他的脸：那是一张扁平塌陷的大脸，眼睛圆突像核桃，厚厚的大嘴唇像南美丛林里散发毒气的剧毒花朵。

这颗恐怖的火焰头是如何无须任何支点做到了快速移动的呢？他和人的高度平齐，精确而平稳地往前推移，伴随着一阵聒噪刺耳的摩擦声，这些到底是怎么回事呢？拉奥和波斯人已经没有精力去推理，只好身体贴墙，静候命运的安排。那些噪音还在耳边回荡，庞大的噪声群似乎由千万个细小而密集的小噪音组合而成，像一股洪流一样越来越密越来越刺耳，让人的神经系统快要决堤。

火焰头还在继续移动，一股热浪迎面袭来，巨大的声浪席卷过来！……两人紧靠着墙根，吓得寒毛直竖，一动也不敢动。有无数个细小柔软的小东西在黑暗中如海浪翻滚而来，成群结队从他们身体上爬过，有的还爬上他俩的腿肚子，一股电击般的酥痒和恐惧让两人再也无法控制，大声喊叫身心狂乱，声音绝望而痛苦。

波斯人努力保持镇定，让拉奥准备射击姿势，自己双手按住手枪手往腿肚子上移动，想把这群长着利爪、浑身火红的小东西赶走。他俩早已像当初庞潘消防队长一样被突然出现的恐怖景象吓得半死，这时那颗跟在后面的火焰人头转过脸来对他俩说道："别怕！别怕！不要动……我是剧院猎鼠人(Rat Catcher)，我在工作，让我先赶着这群该死的耗子过去好吗？……"说完，那颗火焰人头追着老鼠群往前跑了，幽暗的通道被他的火光照得火红火红的。这是猎鼠人惯用的伎俩，为了不惊动老鼠他们都是把火光对准自己，因此整个身子看起来没有下半身，只剩一颗火焰头颅在移动。

现在猎鼠人为了把耗子群逼到一个角落，已经加快脚步火光开路，连抓带扫地把那群叽叽作响的小老鼠逼过去了。

看到是猎鼠人在追捕耗子，拉奥和波斯人稍稍放心了，心里仍然后怕不已。"艾瑞克从没对我提过剧院猎鼠人，难道是我记性不好吗？这个面目狰狞的猎鼠人，我从没听说过，真是把人的魂都快吓出来了！我还以为是那个老妖怪在玩什么新把戏呢！不过，这里确实不是他的地盘，他不会往这边来！"波斯人心有余悸地说道。

"如此看来，他的湖边老巢离这里还有一段距离，对吗？我们还有多久抵达湖边？赶快带我去吧！带我去湖边！一靠岸，我就会大喊克莉丝汀的名字！……她一定会听到我的呼喊，然后出来……艾瑞克也会听见……既然他是您的故友，您可以跟他谈判放人，他会听您的话。"

"您真是太天真了！他的老巢我们不可能进去！"

“为何进不去?”

“他的住处戒备森严，没人可以轻易擅自闯入，我曾经试图从湖岸这边划船过去，结果还是失败了。他对渡船做了手脚，无论谁靠近船到中央都立马沉没，剧院那些试图渡河的老工人都死在了地下湖底！……太残忍了！……而我……因为他没认出我来，所以我侥幸逃脱。因此，子爵先生，我衷心提醒您千万不要冒险靠近那条河，而且如果您听到湖底传来美妙的歌声时，千万要堵住耳朵，那是水怪在勾引猎物上钩!”

“是吗？我们到这里来不就是冒着各种危险去救人的吗，如果不渡过这条河，我们怎么上岸去救人呢？您如果害怕可以回去，让我一个人去好了!”拉奥没好气地说。

波斯人试图劝服冲动的拉奥，对他解释道：“镇定，子爵先生！千万不要意气用事！现在能救克莉丝汀的方法就一个，那就是找到其他暗道偷偷潜入他的老巢，带走人质!”

“这样做可行吗?”

“相信我，如果我没有百分百的把握，我不会带您冒险!”

“除了这几个通道之外，还有其他进入他老窝的捷径吗?”

“有！就在地下室负三层，在《拉合尔》(Roide Lahore)王宫布景和田庄布景之间，也就是约瑟·比凯被吊死的那个地方……我现在带您过去看看……”

“就是那个首席布景师吗?”

“对，就是他！他上吊死后，没人找到那根缠在脖子上的绳子！他死得很蹊跷，根本不像是自杀！快走吧，时间有限，我们得快点赶路，先生，注意保持射击姿势！……咦？我们走到哪儿了?”波斯人语气很古怪。

波斯人再度点亮灯笼。带着拉奥往眼前的一个十字路口走过去，只见路口有个喷泉，正在汩汩冒水。

“我们现在大概是在巴黎地下水源保护区……哎！该死！我的暖风炉一点灯光都没有了！”

波斯人为拉奥在前面开路，每当听到脚步声经过时，他就停下等候水利工程师脚步声走过才继续走，黑暗中，拉奥似乎看到克莉丝汀说到过的那些地下精灵。

七绕八绕，他俩又回到刚才来过的位子——舞台正底下。

其实，他俩正处于一条很深的沟渠部位，是当时修建剧院时为了抽干地下积水而形成的一条排水渠道，这条渠道深十五米，曾夜以继日地排水，排除的积水足以装满巴黎圣母院整个教堂穹顶，这些积水在地底下形成了一座规模庞大的地下湖，湖水与城市下水道连接。

“如果我记性不错的话，这些墙与他的房子是连通的！”波斯人指着一块光滑的墙壁说道。

于是，他俩摸摸墙壁，捶捶打打在听里面是不是空心的。在此，我向诸位看客科普一下剧院构造，帮助大家更好地理解以下情节。

当时，修建剧院时，建筑师们为了不让所有地基保持干燥，于是建议修建双层夹壁，这道特殊墙壁整整修建了一年。波斯人刚刚敲击的正是双层夹壁的第一层，波斯人对建筑原理很在行，推算出艾瑞克的住所一定是在第二层夹壁后面。这两面墙壁构成了一个坚不可摧的天然屏障。

听到波斯人这么说，拉奥也上前来耳贴墙壁，仔细听里面的动静，但除了头顶上工作人员的走动脚步声外，其他什么也没听到。

波斯人吹灭了蜡烛，神情变得更加紧张起来。“注意姿势，举起一只手！保持高度警惕，我们现在正在他的地盘行走！”

随后，他带拉奥往那座楼梯走过去，每前进一步都要四处张望，直到走到负二层。波斯人暗示拉奥双膝着地，一手爬行一手保持高举姿势，一直爬到了墙角。面前出现搁置不用的《拉合尔》王宫布景还有几根柱子，两根柱子之间正好容下一个成年男子的体积，正是老约瑟吊死之地。在地上匍匐前进的波斯人突然停止移动，似乎听到什么动静，用一种疑惑的目光打量拉奥。一道昏黄的光线从天花板间透过来，这光线明显让波斯人感到心烦。最后，他下定决心似地点点头，身子一闪躲进《拉合尔》王宫布景和木柱子间的狭小空间。拉奥紧跟其后。

波斯人用空出来的一只手上下叩击墙壁，拉奥也用力推动，就像狠推克莉丝汀化妆间的魔镜一样。

推着推着，一块巨石移动了……。一个大洞出现在墙面上……波斯人从口袋里摸出手枪，拉奥也照做，子弹上膛，双膝着地，慢慢往洞中爬去，拉奥本想走在前面被波斯人拦住，只好乖乖走在后面。

洞口幽暗狭长，只能容一人进去，波斯人进去之后继续叩击墙壁，点亮灯笼蹲在地上仔细看下面的东西，随即熄灭灯笼。

“我现在不得不往下滑几米，保持安静！脱掉鞋子！放在墙角，回来时便于我们找路。”说着波斯人脱掉长靴扔在一边。波斯人继续往前滑动一步，刚要抬头，两人一下碰头了，撞得生疼。“我们马上就要从这里滑进他的房间，您在后面跟着我做，别担心，我会在下面接应您。”说着，波斯人便松手往下滑，顷刻拉奥听到地下发出一声沉闷的物体撞击声，波斯人大概是着地了。拉奥害怕声音引来魅影，不禁浑身打个冷战。然而，巨响之后并没有传来任何动静，拉奥不由地担心起来，下面正是魅影的老窝，却听不到克莉丝汀的任何呼叫……为什么没有声音……为什么……难道？……难道他们来晚了？拉奥不敢多想，赶紧钻进洞里，抓住湿滑的洞壁，小心地往下滑，突然他感到下面有东西抵住他，正要叫出声来。

“安静！别出声，是我！”波斯人接住他。

两人卡在洞口，细听周围的动静……黑夜让一切显得死寂而神秘，让人感到毛骨悚然。

拉奥死命用手捂住自己的嘴生怕自己按捺不住大喊克莉丝汀的名字，这样就完了。过了一会了，波斯人再次点亮灯笼，顺着灯火摸索着，突然发现洞里有根绳子，他细看一眼赶紧丢掉。

“是旁遮普套绳(The Punjab lasso)①！”他自言自语道。

“那是什么！?”

“这是……这就是约瑟·比凯被吊死的那根绳索……”

拉奥感到脊背发凉，一阵阵地痉挛。

突然一束灯光打在一棵奇形怪状的树上，树叶摇动似乎活了……树干和藤蔓顺着墙壁往上攀爬，最终隐没在天花板里面。

灯光微弱，两人看不清到底是什么，乍一看是枯枝一角，再一看好像是一根树藤，再看看就不知道是什么了……只剩一束幽暗的光芒在黑暗里跳跃闪烁……拉奥双手突然碰到光滑的壁面，大叫一声缩了回来。

---

① 旁遮普套绳：原著中歌剧魅影的标志性武器，可以很快置人于死地，约瑟·比凯就是死于魅影的旁遮普套绳。——译者注

“啊！是一面镜子！”

“对，就是面大镜子！”波斯人也激动万分，拿枪的手拂过额头，擦拭一片冷汗。紧接着说道：“我们滑进了苦刑室内！”

第二十二章　安魂曲

——以下故事细节来源于波斯人的亲口叙述。

沙尼子爵和我顺着洞口滑进了一个四面镶嵌着玻璃镜子的房间，房间从上往下看呈六边形，墙壁镜子与镜子之间完美黏合不留一点空隙。在房间一角，我俩发现每个机关都暗藏在镜子里面，转动机关就可以开启小转盘。一棵铁制的大树矗立在转盘后面，泛着银光的树干和树叶在黑暗中显得格外耀眼，这棵铁树就是吊死比凯的凶器。

我死死拽住子爵的胳膊，生怕他情急之下喊出未婚妻的名字，他的手臂在我的掌中战栗着，似乎稍不留神就会挣脱，我不知道我能拽住多久不松手。

突然，左边门被打开旋即又关上，随后一阵女人的啜泣声从房间隔壁传来，我拼命拉住子爵，他情绪激动欲往前冲。一个男子咆哮的声音打破死寂的黑夜：“你到底干不干！是想听《婚礼进行曲》(Wedding Dash)①还是《安魂曲》(Requiem Mass)②?”

那个男人正是艾瑞克，毋庸置疑哭泣的女子一定是克莉丝汀。断断续续的抽泣声持续了好长一段时间，随后一切又归于沉寂。

现在，我可以完全肯定艾瑞克不知道我们已经偷偷潜入他家，否则他不会如此放肆大胆地对克莉丝汀咆哮。幸亏他没有发现我们，否则，我们早已被关进了死囚苦刑室被他折磨得死去活来了。这样看来，敌人在明处我们在暗处，我们明显占了上风。

因此，当务之急是务必保持我们的秘密状态，不能被他发现。子爵是个大隐患，他那么天真而愚蠢，总想着逞英雄冲出去救未婚妻，我必须得时时抓住他、制止他。

“哈……安魂曲可不美妙哦！婚礼进行曲就不一样了，动听极了，像仙乐一般美妙！你现在必须选择一样！告诉我你到底想要什么！我再也受不了这种日子了，像地鼠一样活得萎缩惶恐不见天日！我已写完《唐璜的胜利》，现在我想像普通人一样生活，娶妻生子成家立业，在周末和她一起牵手散步。我已制作出了一种超级仿真人脸面具，戴上后没人会觉得我很奇怪，我再也不会吓到任何人。我要给你所有人都给

---

① 世界音乐史上有三首著名的《婚礼进行曲》。一为肖邦所作曲，二为门德尔松所作序曲《仲夏夜之梦》的第五幕前奏曲，三为瓦格纳所作歌剧《罗恩格林》第三幕开始时的一段混声合唱《婚礼大合唱》，因常用作婚礼音乐而得名《婚礼进行曲》，后被改编成管弦乐曲。前者欢快激情，后者庄严肃穆。按照西方的传统，新娘入场时要奏的是瓦格纳的《婚礼进行曲》。新人步出教堂时要奏门德尔松的《婚礼进行曲》。——译者注

② 《安魂曲》：是一种用于天主教追悼仪式的合唱套曲，原为悼念死亡者的弥撒曲。作于1791年，是莫扎特最后的作品。——译者注

不了的幸福，你会因为我而感到骄傲而自豪！我们将整日唱歌，直到终老。你为什么要哭呢？难道你怕我？可是我的心是爱你的啊！求求你也爱我吧，我从小到大都那么缺爱！分给我你的爱哪怕一点点，我保证像羊羔一样乖巧而温顺，我会为你付出一切也在所不惜！”

然而，这柔情而真挚的告白换来的不是感动与温柔而是更加大声与凄惨的哭泣，那声音似乎包含世上一切的绝望与痛苦。我和子爵侧耳细听，却发现这哭声来自于一个男人的声音，就是艾瑞克。而克莉丝汀，大概是蜷缩在某个角落，又恐惧又不知所措地颤抖。也许她就蹲在我们这面墙壁后面，她的泪水大概都已经流尽了，现在只剩绝望和无助，面对趴在地上痛哭的艾瑞克无动于衷，麻木得像个木偶！

绝望的泪水像翻滚的怒海，淹没痛苦的恋人。

“你为什么不爱我！为什么？为什么？为什么？”他一连追问好几个为什么，随后声音稍稍平和，“不要哭泣，看到你哭我心里更加难受！都是我不好，不要再哭了好吗？”

随后，两人再度沉寂，每一次房间内陷入沉寂时，我们都希望他把克莉丝汀一个人留在那里，自己走出房间别再进来。

我们那时是多么希望克莉丝汀就知道我们在她墙后，而那个恶魔一点都不知道！现在，必须依靠克莉丝汀给我们开门，不然我们根本出不去，这个镜面房间中必有一面是门，但是我们根本分不清是哪一面。

突然，从里面穿来一阵刺耳的电铃声，把两人吓了一跳。那个房间里似乎有人正在发出阴冷的大笑。随后发出一声跳跃的巨响。“这会儿会是谁在外面呢？稍等一下，我要叫他好看！”

最后，沉重的脚步声依稀淡去，门又被带上了。我根本不知道接下来会发生什么事情，我已做好最坏的打算，如果被那个恶魔发现我们很有可能死得很惨。那时，浮现在我脑海里的只有一个念头：克莉丝汀就在我们背后，而且独自一人！

沙尼子爵再次大喊恋人的名字。黑暗中他的声音像一阵阵声波一样被拉得老长。

“克莉丝汀！克莉丝汀！”

我们紧张地等着墙壁那边克莉丝汀的回应，结果悄无声息。难道克莉丝汀没听到子爵的呼喊吗？这不可能！子爵一直持续不断地在呼唤她。

我们等了好久，终于一个奄奄一息的声音从墙那边传过来，正是克莉丝汀的声音。

“我在梦里吗？……我在做梦还是？……”她自言自语。

“克莉丝汀！克莉丝汀！你还好吗？我是拉奥啊！”

依然是死一般的沉寂。

“快说话啊！克莉丝汀，我来救你了！……你房间里有没有人啊，天哪！你快告诉我啊！我来救你来了！”

克莉丝汀不说话，只是一个劲儿地喃喃自语重复着拉奥子爵的名字。

“亲爱的，你没有做梦！我来了！相信我，回答我！我就在你后面，不要害怕不要惊慌，我就在这里……。如果那个恶魔敢伤害你，马上告诉我！”

“拉奥！……拉奥！”她赶紧回应了几声，确定了这不是梦境，拉奥带人来救她了，她的骑士来了！

然而，她马上转喜为忧，声音听起来又惊又怕。她对拉奥说，让他赶紧离开这里，如果被艾瑞克发现就性命难保了。

她隔着墙壁小心告诫我们，艾瑞克现在已精神失常，他还放话出来说如果克莉丝汀不同意嫁给他并在教堂举行婚礼的话，他就要报复全世界。现在他给她半天时间考虑，到明晚 23 点他就要她做出最后抉择。正如我和子爵先生听到的一样，艾瑞克让克莉丝汀在《婚礼进行曲》和《安魂曲》间二选其一。艾瑞克还说了一句狠话，到底干不干？如果不干，他就要所有人死得很难看！尤其是拉奥子爵。我十分了解他的脾性，他是那种说做就做的人！

“艾瑞克到底在哪？他出去了吗？”我问道

“他不在这间房里。”克莉丝汀回答。

“你可以四处看一下，核实一下吗？”

“我……被绳子捆住了，无法动弹……。”

听闻此言，拉奥和我都血脉贲张，无比愤怒！拉奥更是气得直跺脚，大叫道：“混蛋！该死的魔鬼，我要把他拖出去千刀万剐！让我去救她，让我去救她！”

“拉奥，你和那位先生现在在哪？”克莉丝汀问道。

“这个房间是一个路易斯·菲利普时代的老式房间，我曾告诉过你！这里有两扇门，一扇只有他进进出出。另一扇门我从没看他打开过，我被囚禁了，他哪儿也不让我去！他恐吓我说另一扇门是通往苦刑室的门，如果我胆敢私自闯入我会被酷刑折磨而死……”

“克莉丝汀，我们就在苦刑室啊！……”

“什么！你们在里面？你们还好吗？”

“别担心，我们一切都好，只是现在不知道出口在哪。”

“原来如此！让我试试爬到那边去，我来敲敲墙壁就知道出口在哪了。”

“你看到钥匙孔了吗？”我问她。

“对，这里有个钥匙孔！”

于是，我马上断定这间所谓的苦刑室的另一边是一间普通的房屋，而且一定有扇跟其他房间一样普通的门，可以被钥匙打开，而我们所在的这间房间却必须借助杠杆原理和弹簧来开启，这不是一件容易的事。

“克莉丝汀小姐，现在只能由你来开门了！”

“告诉我，我现在该怎么做?”我们可以听见那边可怜的女孩正在用力挣脱绑在身上的绳子，她很焦急。

“不要慌张，小姐，我们必须运用智谋找到打开房门的钥匙。”

“只要挣脱这可恶的绳索，我就可以拿到钥匙了！可恶，我根本无法动弹……”克莉丝汀绝望地啜泣起来。

“你知道钥匙放在哪儿吗?”我试图安抚她的情绪，同时还要时时制止拉奥子爵大喊大叫。时间一分一秒地流逝，我得同时兼顾这两个绝望而莽撞的年轻人，真不是一件易事啊！

“钥匙和另一把铜质钥匙系在一起放在管风琴房旁边的空屋子里。艾瑞克用袋子把它们装起来，还把皮袋命名为‘生死袋’，拉奥，你还是快走吧！赶快带上你的朋友离开这里！这里一切都在他的掌控之下，你们斗不过他的，他现在已经丧心病狂，而你们又在那个恐怖的苦刑室里！他会随时回来，如果发现你们，我们就都完了！快原路逃出去，那个苦刑室的称呼一定有它血腥的来由，听我的，赶快走！不要管我！”

“我们能否成功脱险，全靠上帝安排，现在我们得努力保持镇定！克莉丝汀小姐，你能告诉我们为何他要捆绑你呢?他心里早就知道，你是个手无缚鸡之力的弱女子，他又何必把你绑起来呢?”

“他害怕我自尽！今晚我昏迷不醒，他把我关在这个房间内然后出去做他的事情了，等他回来打开我房间时，发现我整张脸血迹斑斑……我试图用头撞墙自尽！他怕我再次自尽，于是把我捆得严严实实。”

“克莉丝汀……你受苦了……”拉奥声音哽咽，泪流满面。

“他把我五花大绑，我一动也不能动……现在，我在明晚23点做出抉择之前根本就自尽不了，我简直生不如死！”

我们和克莉丝汀之间的交流并非如我叙述的一样畅通无阻，而是伴随着模糊、恐惧还有心惊胆战，我们常常因为听到一点动静儿中断谈话，有时轻微的一点声响，任何风吹草动都让我们吓得一跳。克莉丝汀反复告诉我们：“不是的，不是他！他刚刚出门了，关门的声音很大。”

“克莉丝汀小姐，为了不引起他注意，我们需要您保持淡定与他周旋，尽量不要激怒他，他很爱你，无论如何不会伤害你的！”

“哎，悲哀的是我真想忘掉他爱我这个事实！”她叹息道。

“记住，取悦他与他周旋，等他回来告诉他解开你的绳子，说绳子勒得很不舒服。”

“别出声……。我听到脚步声了，他快回了！……你们赶紧走吧，快！趁现在赶快！”克莉丝汀不安地乞求道。

“我们现在哪儿也去不了，苦刑室的大门被锁住了，就算想走也不可能了！”我沉重地说道。

“嘘……安静点。”克莉丝汀用极小的声音说道。

我们顿时大气都不敢出。

我们听到一个男子健壮而有力的声音越来越近，稍停片刻又继续振聋发聩，回响在封闭的地下室。

只听，克莉丝汀的尖叫声像流星一样坠落，旋即她改变口吻用一种温柔而妩媚的声音对艾瑞克表示柔情。艾瑞克语气稍稍平和，对她说道："克莉丝汀对不起，我的脸又吓到你了！不过，我不是故意的，我也没办法改变它，今天我心情很好，你感觉到了吗？不过私自闯入的人真讨厌，干吗要来我的地盘呢？他今天来了以后再也不会有第二次了，真是个莽撞的东西。"

过了一会，克莉丝汀发出一声痛苦的惨叫，吓得艾瑞克连忙询问。

"你不舒服吗，克莉丝汀？"

"是的，你这绳子太勒人了，我都快被你勒死了！"

"原来是这样，哈！我以为是我的丑陋脸庞让你感到恐惧呢！"

"艾瑞克，你到底想怎么样！我们曾经是老师和学生，现在我变成了你的奴隶，你不觉得这很讽刺吗？"

"那我松开你的话，你还会寻死觅活吗？"

"你让我明晚 23 点给你最后答案，放心我不会再做傻事了！艾瑞克……。"

艾瑞克开始在房间内来回踱步，脚步沉重而阴郁。

"无论如何，你要死我也不会苟活，要死咱俩死一块！我跟你一样忧郁焦虑，我受够了这阴暗的环境和黑暗，我巴不得我们马上离开这里！你懂不懂？……稍等片刻，我这就给你松绑，只要你敢拒绝我的求婚，我们就和整个世界同归于尽。你是对的！为何我非要等到明晚 23 点再听你给我答案呢？为何现在不回答我？我们的爱情注定伟大而奇特！我爱你爱得热烈难以自拔，我就是这样表达爱意的！……我喜欢热烈刺激的东西……没有谁能像我这样爱你！生命中除了你跟我之外，所有一切都是浮云而已！这世上只有两样东西最真实，一个是死亡，另一个是我对你的爱。你看到了吗？亲爱的克莉丝汀，我现在浑身湿淋淋的，我真不该出去的，我该养条狼狗在外面……。克莉丝汀，我发现我常常处于神游状态，我感觉外面的湖底有只水怪，有人偷偷潜入进来被水怪给发现了……。那个冒失鬼不小心按响了电铃！哦！上帝啊，我真不该把你绑得这么紧！瞧，你的手腕都勒出红印了，对不起，我真是该死！现在你感觉舒服多了吧？来，转个圈，活动一下！还疼吗？克莉丝汀，我想我得去给那个可怜鬼唱支安魂曲，他大概死得够惨吧……。”

听到艾瑞克这一番神经兮兮的话，我突然有种不寒而栗的感觉，我曾经在试图潜入他的住所时按响过电铃，那天发生的一切仍历历在目！我看到深不见底的黑色湖水中伸出一双枯柴似的双手，幸亏我躲过去了，不过不知道他刚才说的那个可怜的私闯者是谁？现在是生是死呢？

一想到那个可怜的牺牲者，我就义愤填膺，根本无暇顾及克莉丝汀的精湛演技。一旁的沙尼子爵不停地在我耳边嗡嗡念叨克莉丝汀的名字，还絮絮叨叨地说道：“自由……自由……”不过我很想知道那个人到底是谁？艾瑞克为何如此善心地为他吟唱安魂曲？这对于残忍的艾瑞克来讲，简直不可思议！

只听那哀婉悲怆的安魂曲回响在寂静的黑暗中，婉转的调子中充满艾瑞克独有的阴郁和怨恨，他的声音恢宏有力，震得整个屋子都似乎地动山摇起来……我和沙尼子爵紧紧面贴墙壁，希望能更清晰地听到那边发生的一切，却只能听到艾瑞克低沉的安魂曲调，那声音似乎不是从喉咙里发出而是从他的身体深处爆发出来的哀号一样。

直到今日，我仍然难以忘怀艾瑞克的声音，一会和风细雨，一会疾风骤雨，一会电闪雷鸣，一会风雪交加，一会又像暴风雪席卷而来。我曾经听他在波斯王宫献唱过，那时他唱得快要让王宫墙壁上的雕塑泪流满面，为之悲恸了……而今天他的歌声是我从来没有听过的那种，仿佛具有魔力，能呼风唤雨兴风作浪。

过了一会，歌声和管风琴的伴奏瞬间停止，我们顿时乱作一团连连后退，生怕克莉丝汀遭遇不测。只听艾瑞克气急败坏地吼道："你！为！什！么！动！我！袋！子！"

第二十三章　丛林腹语

那个声音暴跳如雷一声接一声地严厉质问“你为什么碰我袋子！？”

此时，我们的心都快提到了嗓子眼，比克莉丝汀更加惶恐不安！

“好哇！你让我给你松绑就是想去偷我的皮袋对吗？说啊！”

接着我们听到男人沉重的脚步像我们这边走来，克莉丝汀大概是跑到路易斯·菲利普房间躲起来了，又或者是想要寻求我们的保护。

“给我回来！你往哪去？把我的皮袋给我！我告诉过你那对我极其重要！”

“艾瑞克，你听我解释！既然你说我俩从此要相依为命，相敬如宾，白头偕老彼此不分离，为何你要对我有所保留呢？为何我不能看看你的皮袋呢？难道你没把我当自己人吗？

……。”这些话说得含情脉脉又战战栗栗，即使心肠再硬的男人也会被软化。克莉丝汀一定鼓足了全部勇气，克制全身的恐惧才说出这番话的。然而魔鬼就是魔鬼，作为一个高智商的魔鬼又岂会被这点小诡计所戏弄。

“你明明知道，那袋子里只装着两把钥匙，你要它们做什么?”他满腹狐疑地追问道。

“人家只是好奇而已，你说有把钥匙是开苦刑室的门，我很感兴趣想知道里面是什么样子的。”克莉丝汀满以为这句话可以让魅影消除疑虑，没想到适得其反艾瑞克变得更加阴沉而狐疑。

“我最恨女人的好奇心！你难道不知道希腊神话中潘多拉的故事吗？好奇心是开启一切罪恶的罪魁祸首！太好奇是不会有什么好结果的……。你最好还是收敛住你的好奇心吧！现在，把皮袋交给我，马上！立即还给我！我希望你没有弄丢里面的钥匙，好奇的小姑娘！哈哈……”接着爆发出一阵嚣张的冷笑，混杂着克莉丝汀的挣扎和尖叫……艾瑞克从她手里抢走了袋子。

拉奥子爵听到克莉丝汀的尖叫还有艾瑞克的冷笑，全身都快气得冒烟了，他再也忍不住大声叫了起来，这一叫让我的计划全盘打乱，我来都来不及制止他。显然魅影已经听见了他的愤怒叫喊。

“你听，克莉丝汀，刚才是什么声音?”魅影问道：

“有吗？我怎么没听到!”

“我刚才好像听到有人在附近大声叫嚷了一声!”

“大声叫嚷？你出现了幻听吗！艾瑞克，在这个黑黢黢的房间里，除了你对我大喊大叫之外，难道还有其他人吗？如果你真听到其他人大叫，就当是我好了！你让我很难受！我为你感到悲哀和痛苦！但是，事实上，我什么声音都没听到！”

“那你为何浑身颤抖？……。你很害怕吗？……还是你在撒谎？……我的确听到有人在叫，对！就是附近，啊哈！我明白了，那个声音正是从苦刑室内传来！里面一定有人，我懂了！”

“附近根本没人！更别说苦刑室了！”

“我懂了，我终于懂了……”

“里面根本没人！”

“没人？也许是你未婚夫来救你了……”

“胡扯，我哪有未婚夫！我难道没告诉过你吗？”

魅影不说话，只是发出一长串阴阳怪气的诡笑。

“你想看里面有什么东西，里面装饰怎样只需要跟我说一声嘛！我可以随时带你去看！我的小克莉丝汀，小女孩！其实你根本不需要偷我的钥匙去特意开门，用其他方法就可以看到里面的一切……你想试试吗？来吧，我们可以找个靠近亮窗的隐形小窗洞来看里面的动静，来只需关上窗帘，熄灭灯火……再过来……。我吹灭灯火吧！不要怕，你的未来老公就在旁边陪着你，不要怕黑哦！”

这时，我们听到克莉丝汀气若游丝的声音，显得那么苍白而软弱。

“不！我不要看！我告诉过你，我从小就很怕黑！我不想再看那个房间了，你总是说如果我不听话就要把我关进苦刑室里，就像恐吓小朋友一样。我告诉过你，我刚才很好奇，所以想拿你的钥匙开门去看一看，不过现在我已兴致全无了！真的，我什么都不想看了！”

但是，我最害怕的事情到底还是如期而至。我们所处的这个漆黑房间突然一下子变得通红火亮，拉奥被这突如其来的刺眼灯火给照得眼睛都睁不开，跌跌撞撞直往后躲，隔壁依然传来艾瑞克愤怒嚣张的叫喊：

“如我所料，隔壁真的有人！你抬头看看，头顶那扇闪闪发光的明窗……。这是只有我们才能看到的光亮，苦刑室的人是根本看不到这景象的。你可以爬上这个梯子去看，你不是一直很想看吗，爬上去你就可以看到苦刑室了！你这个好奇的女人……”

“什么苦刑？里面有死囚吗？……。艾瑞克！艾瑞克！你到底什么意思啊！快告诉我！……别卖关子！如果你爱我，你就早该告诉我那里面根本就没有什么死刑！不是吗？你只是编造故事来恐吓我的，不是吗？”

“是不是，你待会上去看了就明白了！亲爱的，快爬上去看看啊！……”

不知道拉奥子爵是否还有心情继续听恋人虚弱的声音，一道刺眼的光线把他照得眼睛快瞎了。而我很早以前在波斯宫殿里就领教过他的这些诡计，现在我在专心致志地聆听隔壁的动静，试图找出破解方法。

“快爬上去！快去看看，然后下来告诉我你看到了什么！”

于是我们听到了梯子碰撞墙壁的声音，艾瑞克大概在为克莉丝汀固定梯子。

“快爬啊！你不是很想看吗？爬上去啊！你不爬，那我自个儿爬了……”

“噢！不……。还是让我自己爬上去吧！”

“啊哈！亲爱的，你真是太好了！你还考虑到我的一把年纪，为我的安全着想……。过会告诉我你看到了什么。”

“我看了，里面什么都没有啊！”我们听到克莉丝汀在头顶大声叫道。

“没有吗？……。你确定你看仔细了吗？……”

“是的，我看得很仔细！里面什么都没有！”

“噢！那就好，你感觉怎么样，克莉丝汀？……。你脸色看起来很差，你哪里不舒服吗？既然里面什么都没有，那你赶快下来吧！小心点……。”

“好的，我下来的……。”

“这座房子设计真奇怪！我从没看过这样的排列与布局！”

“没错，简直堪比皇家博物馆！艾瑞克，你骗我，里面根本就没有死刑，我都快被你吓死了！”

“哦？是吗？里面真的什么都没有吗？”

“对呀，那个房间是你设计建造的吧，真是太漂亮了！你真是个天才建筑师！艾瑞克！”

“没错，我就是属于天才建筑师那类人……”

“但是，你干吗要把他命名为苦刑室呢？”

“哈哈哈……。你先跟我说你到底看到了什么，我再告诉你原因。”

“我……我看到了一片镜海！”

“还有呢？”

“镜海上漂浮着一座小岛，小岛上生长着一片树林……。”

“树林里呢？”

“树林里长着各种各样的树……”

“什么样的树呢？还看到了什么？”

“树上停着很多小鸟……”

“你真的看到了很多小鸟吗？”

“噢！没有小鸟，我看错了！”

“那你看到的到底是什么呢，再仔细想想……。你应该看到了一些树干吧，树干上有哪些东西呢？艾瑞克用一种阴沉的声音问道。

“我之所以把它称为‘苦刑室’的理由说来是个玩笑，因为里面有台绞刑架！至于苦刑室只是个名称而已，不必纠缠！我不喜欢随波逐流，别人做什么我就做什么！那样让我感觉自己很没有个性，我喜欢另辟蹊径，你知道我早已无法忍受这幽暗潮湿的环境还有这阴森恐怖的‘苦刑室’！我受够了与老鼠蟑螂做伴，我受够了无法见人的痛苦，再这样下去我会一辈子在这里郁闷而死！我想过正常人的生活，住在一套白色的小公寓里，有普通的油漆门和镶着铁花的窗户，还想要一位善良忠心的妻子。我们住在我们的房子里，就像所有普普通通的夫妻一样。克莉丝汀，你懂我的心吧，我没必要总是重复解释我的想法……。我想要做一个普通的正常的丈夫，娶一个我挚爱的女人，每个周末牵着她的手去公园散步，每天都让她开心幸福！

跟我一起生活，你的生活将永不会枯燥，我会很多魔术和戏法。你喜欢看我变纸牌吗？我表演给你看好吗？明晚23点之前，你最好给我答案，克莉丝汀我亲爱的……。你到底有没有在听我说话呢？你会接受我的爱吗？我实在是太爱你了！你现在不爱我没关系，你以后一定会爱上我的！我知道我的脸让你感到恐惧，你以前根本不敢正眼看我，现在你敢这样直视我了，这说明你开始接纳我了……。忘掉我本来的样子吧，爱我的灵魂和才华！时间会让你习惯一切，我们终将幸福到永远！

哎！上帝啊！我到底在想些什么呢！相信我，我有能力给你幸福，我会让你成为世上最幸福的女人！我对你发誓，我会很多戏法，我会每天逗你开心。你知道吗，我还会腹语，神奇吧？没人比我更精通这种能力，哈哈哈！我想我是世界第一腹语大师，好玩不？来，笑一笑，你一笑我就比什么都开心，哈哈……你听听我的肚子在说话……”

狡诈的艾瑞克，没错他确实是世界第一腹语大师，但此刻他如此这般取悦克莉丝汀只是为了转移她的视线，因为他早已发现苦刑室里的秘密。可怜的克莉丝汀还在一心担忧我们的安危！只听她不断地乞求他马上关掉苦刑室上的灯，她的声音极尽柔情和谄媚，就算心肠再硬的人也应该被感染。

“艾瑞克，你快关灯吧！那灯光太刺眼了！”

她坚信艾瑞克打开这盏灯一定是发现了什么，现在她唯一能做的就是劝说他关掉灯，好让我们不被发现！一切处在黑暗中的东西往往是最安全的！艾瑞克没理会她的请求，开始自顾自地表演起腹语来。

“哈哈！看我，我的面具一点点往上拉，露出了我的嘴唇，你看到了吗？我根本就没有动嘴！但是我却在说话，好玩不？那是因为我的腹部在动，它在说话！喂！克莉丝汀，你好吗？我叫艾瑞克，哈哈！你猜我的声音从哪儿进入你的耳朵？左边还是右边？我告诉你哟，我的声音其实是从那个木质八音盒里发出来的，你想我大声点，还是小声点？柔软点还是尖利点？我的声音还可以像空气一样四处浮动呢！

亲爱的克莉丝汀，你再听听，那个八音盒里在说什么来着，是让你把蝎子转过来吗？再听听我的小皮袋在说些什么，噢！它说了它是‘生死袋’……听听卡洛塔说了些什么？她那尖利刺耳的嗓子里发出的是什么声音？那晚，其实是我在代替她演唱那一段，‘那缥缈神秘的旋律……呱呱……那声音……呱呱呱……’哈哈哈不过她的声音确实跟癞蛤蟆一样！她的歌唱可以把整个剧院唱塌下来，更别说一个水晶灯了！

艾瑞克的声音从哪儿来的呢？亲爱的克莉丝汀，听听……艾瑞克的声音就在‘苦刑室’后面！……。而我人却在‘苦刑室’里面……你不觉得很神奇吗？你知道我有多羡慕那些有鼻子的正常人吗？他们可以发出各种鼻音、边音，我却只能这样模仿腹语。不过一旦他们不小心闯入我的‘苦刑室’里，可就别想活着出去了！哈哈哈哈！……”

我们听到艾瑞克恐怖的腹语从四面八方汹涌而来，穿过窗玻璃和厚厚的墙壁，仿佛穿越千万个世纪在我们周围萦绕回荡……艾瑞克似乎乘着声音飞到了我们面前，面对面在跟我说话！我伸出双手想要一把抓住他，结果鬼魅的声音一下子穿过墙壁溜走了！

然后，什么声音都听不到了！只传来克莉丝汀一声接一声的祈求：“艾瑞克，求你停停吧！我很累，我不想再听了！这个地方真是又燥又热！你不觉得吗？”

“是啊！真是快热死人了！”艾瑞克附和道。

随后又传来克莉丝汀有气无力的声音：“到底是怎么回事？这间房间热得快爆炸了！”

“让我给你解释解释吧，亲爱的克莉丝汀，那是因为我们这个房子周围被热带深林包围了！”

“什么？热带森林？”

“难道你刚才没看到吗？那是一座庞大的非洲原始森林！”说完，恶魔开始神经质似地大笑起来。克莉丝汀的哀求声淹没在他肆意的笑声中。

一边的拉奥子爵早已气得发疯了，他像囚徒一般用身体猛烈地撞墙，一边撞击一边大喊，我拦都拦不住。恶魔还在不停地大笑，也许他在嘲笑这对努力想要在一起的恋人，也许他在自嘲自我卑贱幽暗的命运！随后，传来一阵打斗的巨响，有人重重地摔在了地上，随后被拖出房间，房门摔得一响！片刻之后，一切归于宁静，我们真的像处于一片浩瀚无边的非洲原始丛林中！

第二十四章　地窖的秘密

正如上文所述，我和拉奥子爵被困在了一个镶满玻璃镜子的六边形房间内，这种房间今天我们可以在各种大型展览会和艺术馆中看到，被人们称之为“镜屋”或“水晶宫”。当然，这些艺术建筑灵感均来自于艾瑞克。我们在波斯的时候，他曾建造过世界上第一座玻璃迷宫。在迷宫中放置某件东西，例如一根铁柱，就可以被房间四壁折射成万千根铁柱，放一棵小树就可以变成一座丛林，光的折射和反射原理被他运用得炉火纯青！同样，一个房间可以被镜子折射成无数个房间，每个房间的空间感都被无限地拉大。

当年在马赞德兰省（Mazandaran Province）①时，为了逗小王妃开心，艾瑞克为他建了一幢迷宫，小王妃刚开始感觉

① 马赞德兰省：旧时波斯的一个行省名称，曾被作过首都。——译者注

很新鲜，后来就玩腻了。于是，艾瑞克又把它改建成一个“苦刑室”还在里面放了一棵小铁树，之所以用铁浇铸是保证其坚不可摧，抵抗死囚的挣扎。这棵铁树从外形上看简直可以以假乱真，在镜子里显示出无数个铁树。我们刚才也看到过了，六角形房间里出现了万花筒似的景象，不停地旋转、变幻、接合又分离。这借助于房间里的三个滚筒，每个滚筒都被刻上精致的花纹，花纹随着滚筒转动而变换出不同的造型。除了这些华丽的外表之外，六角形房间墙壁是用许多层厚玻璃做成的，纵使死囚犯有三头六臂也在劫难逃。

这间房间内部空空如也，没有家具和装饰，顶头天花板还会发光，艾瑞克还设计了一套自动调温系统，可以任意上调或下调室温。在此，我之所以反复描述房间细节是因为我希望各位看官能看到这个恶魔天才的一面，而不仅仅咒骂他为“一个魅影！”或“一个魔鬼！”或者骂我是在痴人说梦。

下面，还是让我做个简短的描述吧：

“当我俩掉进苦刑室之后，我发现周围是一片无垠的原始森林。”如果我这样写，各位看官肯定觉得很扯，然而我叙述这个故事的目的不是为了制造惊悚感来达到哗众取宠的效果，我只想将发生在我和拉奥子爵身上的奇异事件真实还原，因为我俩的奇遇曾一度引起巴黎警署的深入调查。

现在我还是回归正题吧。

当整个房间一下子被灯光照亮时，我和拉奥子爵都被吓了一跳，在这座密不透风，没有尽头没有出口的热带丛林里，他感到绝望和惊悚。拉奥为了保持清醒不停地用双手捶打自己的头，似乎想要确定这不是在做噩梦，恐惧和惊慌让他感到极度疲惫，他的双眼一眨一眨的，想要努力看清这现实。他看起来就像处于昏迷状态的病人，自己都不知道自己在干什么，说什么。

我提到过，早在波斯的时候，我就见识过艾瑞克设计的这种神奇的镜子戏法，因而现在我并不觉得太多的恐惧和惊悚，我把注意力一直放在隔壁房间，倾听里面的一举一动，随后我把视线转回到这个囚室，我发现光滑的镜面上有一道道爪子的抓痕。

尽管镜子是由钢化玻璃做成的，但还是有什么东西在上面留下了爪印。这些痕迹很明显证明，曾经有人在苦刑室里受过残酷的精神虐待！那个不幸的家伙大概在不小心掉进苦刑室时进行过殊死挣扎，用尽全力敲击镜子，结果除了在上面留下几道爪印之外镜子墙壁依然岿然不动，而更诡异恐怖的是镜子里出现了成千上万个自己，绝望的脸庞在镜子里张牙舞爪、扭曲变形，那棵冰冷坚硬的铁树就是预留给囚徒最后的自我了结工具，只等囚徒心理底线崩溃然后上吊自杀。我猜想囚徒最后看到的景象大概就是镜子里无数个自己悬挂在树上的恐怖情景吧，就这样艾瑞克无须费力就可以残忍地杀死私闯者。

如果猜想没错，约瑟·比凯大概就是囚徒中的一个！难道，我们也会像他一样死于残酷的自我了结吗?

我不想做最坏的打算，乐观算来，还有好几个时辰可以用来寻求逃离方法，况且我比可怜的老约瑟更了解这个囚室的由来和构造，艾瑞克曾经设计的大部分物件和机关，我都做过研究和破解，现在正是我大显身手的时候!

首先，根本不用想试图从来时的入口逃出去，也不必白费苦心去房间里凿通通向出口的巨门，我们没有工具也没有那个气力！我们从高处落下，现在无法原路爬上去，即使把拉奥子爵放在我肩上也做不到。

我们唯一可以做的是努力找到通往路易斯·菲利普房间的大门，然而那扇门在这个镜子房间里却根本看不到痕迹。我们必须试图定位它，然后打开它，显然这不是件易事！

我猜测艾瑞克已将克莉丝汀转移房间，估计不想让她打扰他折磨我们的计划，现在靠克莉丝汀是彻底没戏的了。我们只能依靠自己的力量找到隐形门。拉奥子爵也是个麻烦，此时他像个精神病人一样走来走去，嘴里口齿不清、一会蹦跳一会呐喊，我试图让他平静下来。其实，我也理解他的心情，克莉丝汀和艾瑞克的对话早已让他气得发疯，而现在自己又被困于囚室什么也做不了，两种情况夹击下再正常的人也要发疯，而且房间里的温度越来越高，简直让人快要融化了！无论我怎么劝说，他依然不言不语，旁若无人地发着疯。

他来回转圈，一会儿急速前冲一会儿戛然止步，他以为前方是一条没有尽头的暗长通道，其实除了幻影之外什么都没有。他刚往前几步，就一头撞上发烫的镜面上。他像只可怜的无头苍蝇，到处乱飞乱撞，眼睛里只有克莉丝汀的身影，嘴里只会发出一个名字："克莉丝汀！克莉丝汀！"他掏出手枪，咬牙切齿地大吼恶魔的名字，发誓要把他碎尸万段！而真正的酷刑就在他毫不知觉的情况下慢慢开始实施了。

我用尽全力想要平息这头发怒的野兽，想让他保持头脑冷静，我抓起他的手按在镜面上、铁树叶上还有树干上，向他解释光学折射的魔幻效果，告诉他所有的一切都是镜子制造出来的幻觉。我们必须努力保持镇定才能免遭于魔镜的毒害！我们不能乱了方寸，做出无谓的牺牲！

"这只是一个运用了特殊效果的普通小房间，普通得不能再普通了！我们必须不断告诉自己，只要找到出口我们就能成功逃离！现在，放下绝望和幻想一起来寻找那道门吧！"我向他保证，只要他能保持安静不再大吵大闹，我保证在一个小时内找到那道隐形门！

然后，他就平静下来了，还煞有介事地躺在地上，告诉我说既然不能改变现状还不如就地躺下，睡个好觉做个好梦，希望梦醒后能看到出口。他还讽刺地自嘲了一句："风景这边独好！"我没去理会他。

而我，努力让自己不受干扰专心致志地摸索每一面镜墙壁，努力寻找那隐藏的一道暗门，据我了解，这种镜面结构的旋转暗门只需定位一个关键点，用力一扭就可以打开整扇门，而通常这个关键点不会很大，大概只有一粒豌豆那样大小却控制着整扇门的开关。

我不停地寻找，敲击每一片我可以摸到的区域，艾瑞克跟我差不多高，他不可能把关键点安放在高处——尽管我只是这样猜想，但我希望这猜测是对的。于是，我用自己的身高仔细丈量了下镜墙，再查看地板再丈量天花板。我做得很快，因为我已感觉到一股热气正向我们不断涌来，温度正在升高，再过不久整个房间就会变成大烤箱，把我们活活烤死。所以我此时正以飞快的速度检查墙壁，没到半个小时三面镜墙已检查完毕，然后事不由己，拉奥子爵嘶哑的吼叫仍然不停扰乱我飞转的大脑。

"我快热死了！"他抱怨道"这些可恶的镜子在散发毒辣的热气！找到出口了吗？快点！我实在受不了了！"

我并没有对他的抱怨做出回应也没有感觉烦躁，因为他至少停止描述"热带森林"这个字眼了，这说明他的理智逐渐恢复，这是好兆头！任何危急情况下，只要保持头脑清醒，任何困难都有迎刃而解的希望！

"现在唯一值得欣慰的是，克莉丝汀做出选择的时间是在明晚23点，如果我不能活着出去，至少可以当着她的面死去！那个混蛋的安魂曲也会如期奏响。”说完，子爵深深叹了口气，快要昏厥过去。

他的悲观情绪丝毫不会影响我，只会让我更加坚定决心一定要马上找到出口，让这对有情人终成眷属。我耐着性子劝慰了一下，然后继续我的搜寻。然而，我犯了个低级错误，在回头那一瞬间我改变了方向，于是虚幻的镜面模糊了我已经排除过的地方。眼看一切又得重新来做，于是我再也无法控制我的狂躁了。子爵显然也明白了这个天大的玩笑，变得愈加烦躁不安了。

“我们注定要死在这片丛林里了！”他绝望地说道。他的悲观情绪愈演愈烈，根本不顾及周围只是虚幻的景象，我只好硬着头皮加快搜索，简直是活受罪！老天爷就是爱开玩笑，我不停地敲啊捶啊……。汗湿衣襟还是一无所获，房间里是死一般的沉寂，如果我们找不到出口就只有热死在这个诡异的房间里了。我们根本无法指望任何人来救我们，虽然我已精疲力竭但只要还有一口气在，我就会坚持到底。眼前有无数片树叶在晃动，烈日透过缝隙似乎照射到我们头上，这里俨然就是一座密不透风的热带森林！

我俩一会脱下衣服一会再穿上，反反复复不停来回，穿上衣服酷热难耐，脱下衣服又汗如雨下，这个该死的苦刑室就是想让囚徒求生不得求死不能！我有极好的自控力可以克制自己不要冲动，然而拉奥子爵早已精神崩溃，他眼前出现了幻觉，认定自己在原始丛林里游荡了几天几夜寻找失踪的克莉丝汀，有时他认为她就躲在树后，或在不远处的树林里哭泣呼唤。然后，子爵越想越激动，最后大哭起来，哭得连我都泪流满面。

“克莉丝汀！克莉丝汀！你在哪？你不要我了吗？为什么要离我而去呢！我们已经订婚，你说过要做我的妻子！难道你忘了吗？快回来，看看我！我已筋疲力尽，克莉丝汀！我想在死前看你最后一眼！”

“我……快干死了！”他躺在地上无力地呻吟着，我也干得嗓子冒火，但能怎么办！我依旧不放弃寻找，外面大概已是深夜，丛林里变得更加酷热阴森。一瞬间，夜色吞没了一切，迅猛而浓烈，就像真的在赤道上，根本看不到落日夜就黑了。

夜晚的热带森林潜伏着各种凶猛野兽，况且我们根本没有任何防身工具，我试图从树上折下一根树枝做成一个火把，却猛然被镜墙撞醒，现在连我也开始出现幻觉了，浑然不知这所谓的热带森林只是镜子里的幻影！

酷热丝毫未减，尽管白昼已被黑夜代替，热浪的温度却越来越高了。镜子里投射出一股蓝色的白月光，让人更觉憋闷烦躁。我强迫拉奥子爵做好射击动作，不可有丝毫放松，我则继续敲敲打打。

突然，不远处传来一阵雄狮的怒吼，那吼声震耳欲聋。

“它来了，就在我们身边……你听到了吗？就在附近……在我们身后……如果它敢上前一步，我就把它的脑袋打开花！”

狮吼声越来越近，拉奥忍不住放了一枪，这显然是徒劳而愚蠢的，因为什么都没有一切都是心理幻象，第二天早上我们只会在镜墙上发现一个小弹孔罢了。

这一夜如此漫长而煎熬，我们走了很多路，穿过树林来到了一片浩瀚无垠的沙漠，无边无尽的沙丘蔓延至天际。早知道丛林外面是沙漠，我们根本就不应该行路。现在沙漠比热带丛林更难活命了！这真是名副其实的苦刑室啊！我疲倦地躺倒拉奥旁边，告诉他我们这一路夜行竟没有遇上凶猛野兽也算我们够幸运的了，不知道接下来还会碰到什么！

我打心底里知道，这些都是艾瑞克的诡计，他运用多种工具模仿各种猛兽的嘶叫。那狮吼声只是他用驴皮鼓，肠皮绳还有松油手套一起合成的特殊音效，在模仿动物叫声方面，我不得不佩服他是个天才！

现在，艾瑞克大概就在隔壁，监视着我们的一举一动，突然我想到事已至此我们必须和他谈判，如果谈崩了再出其不意攻下他，于是我对着隔壁房间大喊："艾瑞克！艾瑞克！……"

我声音嘶哑地大喊，希望冷酷的他能听到我的呼喊，然而没有一点回应，四周仍是一片死气沉沉的荒漠。命运之神究竟想要怎样玩弄我们？我已嗅到了死神的味道，那干渴，那饥饿还有疲倦和恐惧。

突然，我看到拉奥子爵颤抖地站起身来，双手指着地上一个小点，嘻嘻笑着说："啊！快看！前面有片绿洲！"在远方沙丘尽头确实有片亮晶晶的小圆点，像是波光粼粼的水面，里面出现铁树的影子。很快，我明白了那只是幻景，根本没有绿洲！然而，沙漠中的人常常因为过度干渴而把海市蜃楼当成真实物体，徒劳地向远方奔去，没有可以抵抗沙漠中的绿洲、雪地里的木炭！我克制自己不要发疯，告诉自己那是假的，我知道幻想破灭的那一瞬间就是意志垮台的时候，我们只会被逼上吊自尽。

"停下！停下！这都是幻景！没有沙漠！没有绿洲！……都是假的！"我不停地对拉奥子爵大吼，他却依然我行我素，朝着对面镜墙头也不回地走去，嘴里念念有词，他看起来陶醉而疲惫，还带着愤怒和音乐，认定我不是疯了就是瞎了，我口口声声辩称那一汪清泉只是投影而已，而他却不听我劝一个劲地往前奔。我感到很诧异，拉奥子爵曾环游世界见识过无数奇观异景，怎么会被眼前这点小幻景给迷惑了呢？

他在地上匍匐前行，嘴里依然念叨着："水！水！我要喝水！……。"他的嘴一翕一合，像条搁浅的大鱼，看得我都情不自禁地张开了嘴……

过了一会，他不仅看到水源还听到了水声，潺潺流动的水声！那清脆悦耳的声音简直对我们是一种致命的诱惑。你能明白诱惑一词的含义吗？诱惑是可望而不可即的折磨和痛苦，让人肝肠寸断欲罢不能！

最后最严酷的刑罚终于来临了，我分明听到哗哗的雨声在四周回响，然而却看不到一滴雨点！这是多么卑鄙残酷的手段啊！我可以想象到艾瑞克是如何制造出的这些模拟声音，他一定是把一个细长的玻璃罐填满了沙石瓦砾，然后用木条或铁条封口，然后反复摇动玻璃罐使之发出沙沙声，让人听起来就像雨点落下的声音。我和子爵都情不自禁地往水源流淌处走去，嘴巴张得老大，舌头直往外伸，我们像狗一样贪婪地舔舐镜墙，舌头却火辣辣的烫得难受！原来镜墙现在滚烫如火！

我们绝望地躺倒在地上，拉奥子爵举起手中的枪，里面只有一颗子弹了，他把枪对准自己脑袋，准备自尽，而我一直死死盯着地上的旁遮普套绳。现在我明白了为何铁树会出现在沙漠清泉幻景之后，它就是为我们最后自尽做准备的！

就在我俩万念俱灰准备就此了结时，我突然发现套绳不远处有个小东西，我的心猛烈地跳动着，我大叫一声："啊！我找到了！"拉奥子爵被我的大喊怔得停止了自杀动作，循着我的声音看去。我顺势夺过手枪，把他按住不动。然后吃力的趴在地上仔细看那个小黑头针，这枚针就算烧成灰我也能辨认出来。

它正是我要找的关键点！可以打开囚室的针孔钥匙！让我们逃离死亡的救命稻草！我轻轻敲了下那枚小黑针，转身如获至宝地望着拉奥子爵，随后我把小黑针按了下去……。奇迹出现了……我们没有打开暗门，却打开了地窖的洞门。一股凉飕飕的寒气迎面扑来，我们趴在黑漆漆的洞口往下张望，陶醉地呼吸着甘甜清爽的空气，然后俯下身去靠近洞口，想看看下面到底是什么，兴许里面装有冰块或冰水。

我伸下手臂，在下面摸到了一块坚硬的冰石，随后摸到更多的石头……。原来有条石阶通到下面，拉奥急不可耐地往下面爬去。就算下面没有水，我们也不至于热死，但是我担心这是艾瑞克的另一个诡计，于是我劝住他让我先下去探路。石阶幽暗而深邃，看不到底，那股让人沉醉不已的清爽源源不断地往上冒，真是舒服啊！我猜想，这个降温系统不会是艾瑞克的设计，而是来自于地下湖的潮湿水汽，地下暗河大概就在附近。

确定没有危险后，拉奥也走了下来，我俩很快来到了楼底，在黑暗中艰难地辨认方向，哈！我看到了一些圆木形的东西，我把灯笼凑近一照，你猜我看到了什么？

——竟然是一排酒桶！

这里大概就是艾瑞克的地下酒窖，他酷爱美酒，一定储存了很多名酒佳酿在这里，我们可以尽情畅饮！

拉奥喜不自禁地摸摸这些圆滚滚的酒桶，兴奋地念叨着：“哇！这么多酒桶！我们可以活下来了！”

确实如此，我们看到整整有两排酒桶码放得整整齐齐，推在酒窖两边，数量可观不过都是小号酒桶。我猜想，或许是为了运输方便艾瑞克才采购了这些小号酒桶吧。

我俩一桶桶检查，想要打开一两桶开封的喝个痛快，但发现所有酒桶都死死钉住了！我们坚信里面装满了琼浆玉液，于是取出小刀用力撬动。

突然，我们听到远方传来一阵吆喝声，由远及近由小到大，是那种巴黎小巷里常听到的小贩吆喝："酒干倘卖无！……酒干倘卖无！……倘卖无？(Barrels! . . . Barrels! . . . Any Barrels to Sell?)"我们紧紧抱住酒桶，死死不放，拉奥子爵也听到了收酒瓶子的声音，于是说道："太奇怪了，我听到声音好像是从酒桶里传出来的！"

吆喝的声音再次响起，这次听起来更加模糊。

"酒干倘卖无！……酒干倘卖无！……倘卖无？"

"我敢确定，声音就是从酒桶里传出来的！"

我们同时站起身来，四处张望。

"你听，就在这里面！就是这里！……。"我侧耳细听随后什么都听不到，最后我们咒骂自己有病，大脑失常……

随后我们还是决定撬开一个酒桶一探究竟，拉奥双手扶住桶身，我用力拔塞。

"什么东西!？根本不是酒！"

拉奥大叫一声，双手瘫软，我立马把灯笼举到酒桶上方，吓得扔了灯笼，灯笼壳被火苗烧成一缕黑灰。

酒桶里分明装着满满的一桶火药！

第二十五章　水漫金山

现在，我终于明白了艾瑞克的可怕，日积月累的仇恨和恐惧早已压得他扭曲变形，这个可悲而可怜的人曾经放话只要有人胆敢闯入他的领地揭露他的丑陋，他就要引爆火药和整座城市同归于尽，原来他说的都是真的！

自卑和仇恨让艾瑞克早已变成一个阴郁愤恨的人，他像地鼠一样整日与黑暗和潮湿做伴，躲藏在不见阳光的地下室，只要发现擅入者，他会想尽办法把别人折磨而死！

突然，我们回想起艾瑞克对克莉丝汀说的狠话，威胁她如果她不答应嫁给他，他既要让全巴黎的人给他陪葬！是的，每晚华灯初上灯火辉煌的巴黎歌剧院就是个巨大的名利场，各种政商名流汇聚于此，弄死这些各界精英代表就代表毁掉了整个巴黎城，现在没有什么比等待更恐怖！他处心积虑地策划了这一切，想要让自己人生最后的时光在获得爱情满足和取得歌剧辉煌后死去。

“截止日期就在明晚23点!”

“精明的他真是机关算尽啊！明晚23点，各路名流淑女汇聚剧院，他制造的死亡结局真是与众不同啊！到时候如果谈判崩溃，他可以让全巴黎城的精英陪着他和他心爱的女人共赴黄泉。

所有的人命悬一线，只要克莉丝汀拒绝，一声爆炸将结束这世间一切的浮华！然而，心有所属的克莉丝汀又怎能答应魔鬼的要挟呢？一个妙龄少女下嫁给一个丑陋的活死人，换做谁都不愿意！但克莉丝汀可能还不知道她掌握着所有人的命运。

明晚23点，时间一分一秒地流逝，在最危急的时刻时间总是快如流水!”

我俩在黑暗中小心翼翼地移动，尽量远离危险的火药，并找到爬上去的石阶，抬眼望去苦刑室已是漆黑一片，我们默默祷告着：上帝保佑明晚23点!

最后，我摸上石阶，一个恐怖的想法浮现在我脑海，我一下子瘫软在石阶下面。

“几点钟了?”

“几点钟？也许现在就是明晚23点，我们在黑暗中什么都看不到，什么也听不到！我多么希望现在有只手表啊！尽管已在这里待了一天，我们却感觉好像过了几个世纪那么漫长！忽地我们听到咔嚓一声，从某个阴暗角落发出，大概是炸药引爆装置启动的声音！……天哪！他想干什么！难道他已经决定要跟整座剧院同归于尽了吗?”

我俩绝望地叫喊，再也无法克制内心的极度惊恐，我俩踉踉跄跄地往石阶上爬，然而洞口的门不知什么时候被关住了，周围漆黑一片！我们像无头苍蝇一样在黑夜里乱撞乱叫，和外面的亮光相比，黑夜无疑更让人害怕和凌乱！我们要出去！我们要自由！终于费了九牛二虎之力，我们终于上了石阶，发现洞门是开的，然而地窖外面也是一片漆黑，我们只得再次爬回地窖，和那些火药离得远远的。

现在究竟几点钟！我们大声叫了一声，拉奥子爵则不停地呼喊克莉丝汀！而我则喊叫着艾瑞克的名字，无论如何他得报答我的救命之恩，然而上面却没有一点回应……。除了我们着了魔的疯狂大喊，没有任何声音。

于是，我们安静下来估算现在到底是几点钟，然而根本就不知从何算起！我的手表莫名其妙地停走了，拉奥子爵说他的还能用，真希望现在还没有到23点。现在，一点点声响都会让我们感到全身战栗，这是一场时间战，而我们却不知道时间，没有灯火没有工具，我们是在做困兽之斗！

拉奥子爵擦拭了下光滑的表面，他的手表上看不到具体时间，只能根据时针和分针的交叉角落来判断大概时间。

也许，现在就是23点整！

也许，那个决定最后命运的23点已经悄悄滑过……

也许，现在还是今天，距离明天23点还有整整24个小时……

也许……各种可能性！

“安静！别说话！”我突然对拉奥子爵吼道，因为我依稀听到隔壁传来轻微的脚步声，没错那脚步声变得迅疾而猛烈，有人用手在捶击墙壁！对，是克莉丝汀！她来了！

“拉奥！拉奥！是我！”

“啊！”

我和拉奥子爵同时大叫着回应，可以听到墙壁那边克莉丝汀早已哭成泪人，这对有情人不知道这辈子是否还有机会重逢。丧心病狂的艾瑞克完全丧失了人性，在困住克莉丝汀的这几天里，艾瑞克也变得神经兮兮，经常自言自语不知道在说些什么。

克莉丝汀向他保证只要他同意开门放我们出去，她就同意做他妻子，然而这一提议被艾瑞克毫不留情地拒绝了，艾瑞克还是一如既往地威胁恐吓她，时间在流逝，事情依然没有任何进展！

刚才，隔壁房间里传来艾瑞克的最后通牒，要求克莉丝汀尽快给出最终答复。

“克莉丝汀，告诉我们现在是几点钟？”

“二十三点整……不是！还差五分到二十三点，刚才艾瑞克离开房间时说的！”

“是那个‘明晚23点’吗？”

“对！正是！”

“决定最后命运的那个生死23点就要来了！”那边传来克莉丝汀伤心欲绝的哭泣声……

“他已经疯了，他要毁灭我们所有人！我实在是怕他！他对我露出他那张恐怖的脸，两眼通红仿佛闪烁着火光，他就像个杀红了眼的嗜血者，冷笑着说道：‘你还有五分钟考虑时间，你最好想清楚！不要等到我为你带上结婚戒指时还两颊通红！那可就没意思了！我完全了解你的那点小心思！’然后他从口袋里掏出一把铜质钥匙，告诉我这把钥匙可以打开路易斯·菲利普房间大门里的一个小木盒，盒子里装着一只铜雕蚱蜢和一只蝎子，蚱蜢代表‘不答应’，蝎子代表‘答应’，只要你转动蝎子，房门就会打开放我进去。这个路易斯房间就是婚房，如果转动蚱蜢，我就进不去啦，这里就将成为我们所有人的葬身之地！

随后，他就像暴君一样大笑起来，我除了跪在地上向他求饶之外什么也做不了。我哀求他只要给我钥匙打开苦刑室，我就答应嫁给他相伴到老。然而，他却说那把钥匙一点用处也没有，早被他丢进了湖里！他冷笑着走出房间，说五分钟后回来听我答复，那时我将看到一位真正地懂得如何尊重女士的绅士！他还说让我当心那只蚱蜢，它不是一般的蚱蜢，它会跳会叫还会咬人，动作非常优雅漂亮！”

在此，我忠实地转述克莉丝汀说的每一句话，我知道我们三人都在饱受艾瑞克的折磨，而她一个弱女子承受的痛苦更多！而她却不时地停下询问子爵的感受：“拉奥，你还好吗？……”

她用双手在已降温的镜墙上抚摸着，关切地问我们刚才墙壁为何发烫。

五分钟很长也很短，悄无声息地过去了。现在我眼前已出现那两只四处蹦跳的小动物，我努力让自己保持镇定，我清楚地知道那只所谓的小蚱蜢就是引爆地窖火药桶的开关，只要克莉丝汀一转动它我们瞬间灰飞烟灭！

拉奥在克莉丝汀的安抚下平静了不少，现在他正努力向未婚妻解释包括整栋剧院观众所有人的处境都维系在那个小木盒上。毫无疑问，她不得不选择蝎子……

蝎子不就是艾瑞克梦寐以求的答案吗？那只蝎子就是所有人的救命稻草！

“选吧！选吧！克莉丝汀，我的爱人！”拉奥哭泣道。

那边是一阵沉默。

“克莉丝汀，你在吗？!”突然我想到什么，对着墙那边大叫道。

“我打开木盒了，准备转动蝎子！”

“住手！别动它！”

一个念头从我脑子里浮现，我太清楚艾瑞克的套路了！他给你 A，你必须选 B 才对，选项 A 常常是一个诡计！也许，蝎子就是真正的导火索！

他怎么还不现身呢？时间应该早就到了午夜十一点，还没有听到艾瑞克回来的脚步声，或许他早已预知克莉丝汀的选择，现在正躲进一个幽暗的角落，默默等待最后灰飞烟灭的时刻，这一切难道不是他预料之中的吗？

克莉丝汀的心里装的根本就不是他，这一点他比谁都清楚。

现在他在哪儿呢？无论如何都不能转动蝎子！

“他回来了！是他的声音！”克莉丝汀大叫道。

是的，艾瑞克回来了，一声不响地走进克莉丝汀房间，阴沉着脸沉默不语。

这时我不管那么多了，放声大叫道：“艾瑞克！艾瑞克！还记得我吗！”

“看来，你的命可真够硬的！没有死在苦刑室内，算你命大！现在给我闭嘴！”艾瑞克听到我的声音，冷冷地答道。我本想还说点什么，但被艾瑞克冰冷坚硬的语气给生生地咽了回去！

“你要是再多说一句话，我就炸掉你的嘴！”然后他话锋一转，继续说道：“不过，还轮不到你来引爆炸药，应该由我亲爱的克莉丝汀来做！她现在正在蝎子和蚱蜢之间徘徊犹豫呢，一个都没有碰！我们的时间多着呢，别着急……放心，我根本不用钥匙就可以控制这些机关和木盒，别忘了我可是机关大师啊！”那边传来艾瑞克讽刺的笑声，听起来真是又狂妄又嚣张！

“你瞧！克莉丝汀，这两只小动物非常可爱不是吗？多么惟妙惟肖啊，看起来是那么纯洁而无辜！你可要想清楚啊！蚱蜢一动，我们就全部死光光了。我告诉你，地窖里我藏有足够的火药，可以把整个巴黎城四分之一的面积炸个底朝天！如果你选择蝎子呢，我们大家就相安无事！而你可以快快乐乐地做我的新娘，我们将在所有巴黎上流精英面前许下终身誓言，所有人都会祝福我们！亲爱的克莉丝汀，你一定要考虑仔细啊！”

随后，沉默半晌他又说道：“你还有两分钟，120 秒钟之后你如果还不做选择，我就帮你选择，我的手表分秒不差！我可不希望你选择让我来引爆剧院哦！”

我深知艾瑞克此刻已走火入魔，当他失去理性时谁也无法控制他，每次当我听到他冷淡而充满嘲讽意味的说话口气时，我就知道他已经什么都不管横着心要走极端了，无论付出多大代价他都要达成目的。这个时候，只要有人胆敢反对或阻拦，他会暴跳如雷，行为疯狂。拉奥子爵大概对目前的情况也很清楚，除了祈求上帝保佑之外别无他法。此时，他双膝下跪，双手合十向天祈祷，专注而虔诚。我的心脏怦怦直跳，我害怕它会突然爆裂，因此双手捂紧胸口，感到一阵阵的疼痛感。可想而知，柔弱的克莉丝汀现在承受了多么巨大的痛苦啊，所有的压力都集中在她的选择上，选择蚱蜢所有人的生命和幸福就毁于一旦；选择蝎子，她的幸福就毁于一旦。这真是个两难的抉择！如果蝎子才是导火索的话，那说明艾瑞克无论如何都想和我们同归于尽了。

好了，到点了。

这时，艾瑞克的语气变得温和起来，轻声细语地说道：“时间到了，克莉丝汀，我要转动蚱蜢了！永别了……”

“不！艾瑞克！你曾对我说过，你对我的爱是永恒的！还是让我转动蝎子吧！”克莉丝汀大叫一声，紧紧抓住他双手。

“是的，我永远爱你……”

“可是要是我转动蝎子的话，我们就瞬间被炸得灰飞烟灭没有未来了……”

“不会的，傻丫头！……你想多了，你害怕转动蝎子吗？好吧，那让我转动蚱蜢给你看看！”

“艾瑞克！不要！”

“够了，你到底转还是不转？”

我在心底里跟克莉丝汀同时大声呼喊起来，绝望的子爵还趴在地上，默默地向他的上帝祈祷着。

“艾瑞克，还是让我来做吧！”

又是一阵可怕的寂静，静得连呼吸都听不到。

我在等待着最后的审判，想象最坏的结果就是地窖里的全部炸药顷刻间爆炸，我们被炸得血肉模糊、脑浆四溢，死不瞑目……。整个剧院陷入一片黑暗，人们鬼哭狼嚎、血流成河尸横遍野……。这样想着想着，我似乎听到脚下传来炸药的响动，像死亡奏鸣曲一样咬噬着我们的神经。过了好半天，并没有传来可怕的爆炸声，而是一股流水潺潺的声音。

我从洞门下去，想要听得更仔细些！

听了一阵果然是涓涓细流的声音，听上去如此清脆而清凉，这让我们的顿时感到无比喜悦，长时间的饥困也消失得无影无踪！啊！是水！有水了！水源在不断往上涌出，涌进地窖、漫过一排排酒桶，哈哈！还记得那首收酒瓶子的歌吗？”“酒干倘卖无……酒干倘卖无……酒干倘卖无？”这下真的没得酒瓶子卖了，都被淹在水底了！我和拉奥把脖子伸得老长，贪婪地去舔地下的水，欢喜着！激动着！我们感到一种从未有过的清凉感滑过我们的唇齿，滑进我们的喉咙，在咽喉里低回婉转，那滋味真是说不出的美妙！

我们尽情痛饮着甘洌的泉水，浑然不觉水位已经升得和我们一样高了，我们只得顺着石阶往上爬，避免被淹死。

艾瑞克说的是对的，只要转动蝎子就相安无事，地下河水会漫进地窖打湿所有炸药……。但是水这样一直漫下去也不是办法，整个地下宫殿都会进水，到那时我们大家也会被淹死。

不知道这源源不断的地下水会涨到什么时候才停下，我们奋力爬出地窖，水仍然在后面追赶着我们，现在已经漫出地窖上涌到苦刑室了。苦刑室俨然变成了一座水牢，我们像落水的倒霉鬼一样拼命地在水里划啊游啊！不行，再过不久水漫上屋顶，我们就完蛋了！必须让艾瑞克停止那个入水口！

“艾瑞克！艾瑞克！你快关闭机关！快点关掉蝎子！”我冲着隔壁大喊道。然而，他没有回应。除了越来越大的流水声之外，什么声音都没有，而现在水深已超过我们腿肚子。

“克莉丝汀！克莉丝汀！水快漫过我们膝盖头了，快让那个疯子关上开关！”拉奥子爵也冲对面大声呼喊。然而，回答我们的依然是寂静无声，克莉丝汀不知道去哪儿了！水还在不停地往上涨，我们除了不停呼救外，没有任何办法！

他们离开了，不知道是无意还是有意，没有让那个控制水流的蝎子复位！

死气沉沉的黑暗里，一潭黑水像毒液一样蔓延，一点点地顺着我们的身体往上爬。

“艾瑞克！克莉丝汀！艾瑞克！克莉丝汀！你们快开门！”

此时，水已经漫过我们的胸膛了，迅猛的水流把我们像气球一样吹来飘去，一会撞在镜墙上，一会弹到铁树上。我们在翻涌的水浪中随波逐流，听候天命……难道我们就要死在这里了吗？从前我和艾瑞克在波斯宫殿里待在一起的时候，他还是那么善良而可爱，从来不会以折磨他人的生命为乐趣。

“艾瑞克！艾瑞克！艾瑞克！是我啊，你的波斯朋友，你难道忘了我对你的救命之恩吗?！好好想想以前你被判绞刑的时候，我是怎样营救你的!”

我们还在激烈的水浪里浮浮沉沉，突然我一把抓住了坚硬的铁树树枝，于是顺势把拉奥子爵抓住往上一推，他就一下子挂在了树干上。就这样，我俩找到了一个暂时安全的制高点，但是水位还在持续升高……

我思索着，树顶和天花板之间的垂直距离，按照最乐观的情况，地下水还得好一会才能漫到屋顶，而且地下水位也有它的最高水平线吧！过了一会，我们发现水位好像停止上升了！……快游起来！快游起来！我们双手紧握，屏住呼吸在漆黑的水里挣扎，窒息的胸闷像垂死的浅滩鱼。我们听到头顶传来隆隆的响声，大概是抽风机的声音吧，水流形成一个急促的漩涡携卷着我们不停旋转、下沉、上升又下沉……。我早已被转得晕头转向，艰难地抓着镜墙，墙壁又滑又难抓，我死命地挣扎努力抵挡下沉的吸引力。完了……我们到底抵不过水流，在死亡到来之前，我再次爆发出一声呐喊：“艾瑞克!!! 克莉丝汀!!!!”

咕咚……咕咚……咕咚……我们的意识随着漫进口腔的水流慢慢消失。

在完全呛死之前，我们仿佛又听到那熟悉的收酒瓶子的声音，像魔鬼的嘲笑一样回荡在漆黑的水面“酒干倘卖无……酒干倘卖无……酒干倘卖无……”

第二十六章　放手

——以上事件经过均来自于波斯人的亲笔回忆录。

下面还是由我来描述后来发生的事件吧！在波斯人和子爵命在旦夕的情况下，克莉丝汀成功地说服艾瑞克放过波斯人和子爵一条生路，由此看来她是一个身体柔弱但意志强大的女子！我去会见波斯人时，他还住在里沃利大街一幢靠近图乐利(Tuileries)[①]花园的小房子里，那时他已是耄耋老人又疾病缠身，他根本没必要理会我的调查，然而他却尽可能地为我的调查取证提供各种线索。

那天，我去拜访他时，他的老仆人大流士把我带到他面前。只见一位白发苍苍的老者静静地坐在窗前，窗外是一片幽静的小花园，老人看到我来了，竭力坐起身来，双眼熠熠

---

① 图乐利：位于巴黎卢浮宫前面的一个精致小巧的花园。——译者注

生辉，显露出这个年纪智者应有的光芒。饱经沧桑的脸庞上布满皱纹和伤痕，还有饱受疾病折磨的苦痛和疲倦，他的白发浅薄稀疏，头顶上还戴着那顶羊皮小帽，依旧身披一件宽衣长袍，宽阔的袖笼下露出不自觉活动着的枯枝般的手指头。波斯人看起来气色很好，思维也很敏捷。

当他努力回忆起过去在苦刑室遭遇的各种惨无人道的虐待细节时，一抹悲怆和悲哀的神色写在他脸上，有时他要思考良久才能回答我的问题；有时他又思绪勃发说个不停，事无巨细地描述当时的种种经过以及艾瑞克的丧心病狂和极端报复。

于是，就在波斯人吃力而艰难的回忆片段中，我们终于拼凑出了整个事件的结局。

那天等到拉奥和波斯人在水里挣扎着失去知觉后，他们以为他俩死定了，结果昏迷了很久醒来发现自己躺在一张舒适的大床上，竟是路易斯·菲利普房间，一边的拉奥子爵斜躺在穿衣镜旁的大沙发里，睡得安稳而酣畅，像一个纯洁的天使……

在遭遇过苦刑室里的重重幻景折磨之后，波斯人也开始怀疑这个华丽房间的真假，怀疑这是否是艾瑞克的另一个诡计。只见这间房内陈列着精致的檀木床、木椅、五斗柜、铜制器皿还有沙发床后的挂饰、挂钟还有精美的乌木小香盒……在沙发的另一侧摆放着一个不大不小的立柜，顶上搁着贝壳相框、红色手工包、珍珠母帆船模型还有一颗不知从哪弄来的鸵鸟蛋……一盏罩着花布的小台灯在昏暗的房间内散发迷人的光芒，十分浪漫优雅，这一切与苦刑室内的恐怖肃杀形成鲜明的反差，让人不敢相信。

艾瑞克还戴着那半边面具，在昏暗的光线和古老的房间映衬下显得如此惊悚而骇人，尽管房间被打扫得干干净净整整齐齐，但依然透露出它的年代感和阴暗。艾瑞克轻轻走到床边，靠在波斯人身边，轻声问道：“达罗伽（Daroga），你现在感觉舒服点吗？哈！你在观察我的家具对吗？我的家具好看不？这都是我那可怜的老母亲的遗物……”艾瑞克还说了些什么，波斯人记得不太清楚，但有一幕场景波斯人终生难忘，现在仍百思不得其解。那就是，当艾瑞克平静温和地跟达罗伽说话时，克莉丝汀像个哑巴一样做她的事情，既不嘘寒问暖也不看他俩一样，她专心做着她的事情，一会给大家端来一杯热茶一会递来一块毛巾，一会又端来一些点心，像个周到的女主人。

拉奥子爵依然昏迷不醒……

艾瑞克给波斯人倒了一大杯朗姆酒(Rum)①，然后安抚他不要担心拉奥子爵，告诉他子爵没事，只是太困倦昏睡过去了。

坐了一会儿，艾瑞克就出去了，波斯人一个人坐在大木床上，单手托腮四处观望，看到克莉丝汀还在壁炉旁忙碌着，他准备跟她说几句话，但是感觉喉咙里发不出声音来，也许因为灌了太多水的缘故，全身乏力一头栽倒在床上。

克莉丝汀急忙走过来，摸了下他前额又走开了，一点也没管拉奥子爵，像不认识一样，冷冷地回到自己的座位上，继续做她的家务活，完全像个陌生人。艾瑞克拿了几个空瓶子摆在壁炉架上，然后又坐到波斯人床边，关切地摸了摸他

---

① 朗姆酒：一种以甘蔗糖蜜为原料生产的蒸馏酒，也称为兰姆酒、蓝姆酒或朗姆酒。原产地在古巴，口感甜润、芬芳馥郁。——译者注

的脉搏，然后释然地舒了一口气叹道："哎，你俩总算是大难不死啊，现在我会尽全力把你们送回家，这样我的老婆就开心了……"说完他又出去了。

波斯人一言不发地注视着克莉丝汀的一举一动，只见她面无表情地坐在台灯下读烫金大书，貌似和宗教有关，面庞平和而安详似乎已默许"艾瑞克的太太"这一角色。波斯人仍在反复回想刚才艾瑞克意味深长的一句话："这样我的老婆就开心了……"心里为拉奥感到很难过。

波斯人再次坐起身来，试图和克莉丝汀说句话，然而根本说不出来很大声音，克莉丝汀根本没有听见。艾瑞克再次走回来，给波斯人端来一碗热汤并警告他不要再试图和克莉丝汀说话，否则所有人不会有好下场。

自此，波斯人只得老老实实地照做，依稀记得艾瑞克和克莉丝汀穿着一黑一白两件衣服在眼前晃来晃去，他们走到拉奥子爵旁边，没有说话，也不知道他们在看什么。波斯人也无暇顾及他们两人，自己已经虚弱得不行了，任何一点轻微的响声都让他感到头部发裂似的疼痛，没过一会儿他也昏昏入睡。

再度苏醒时，波斯人已经躺在了自己家中的床上，大流士不离不弃地陪在主人身边，对他说前晚有位陌生黑衣男子把他扶到家门口，交到仆人手上后立马走了，没有留下姓名。波斯人在家休整了好几天等完全恢复后马上赶去菲利普伯爵家里打听拉奥子爵的消息，然而却得到一个惊天噩耗：沙尼子爵至今仍未归家，而菲利普伯爵暴尸斯克利布大街河滩，他的尸体被路人发现并打捞起来，巴黎警署正在全力调查此事。

波斯人大吃一惊，立刻回想起那天在地下室陡然听到的一声刺耳的电铃还有艾瑞克充满冷嘲的安魂曲。伯爵死于谁手已经很明显了，就是艾瑞克！

“哎！他又杀死了一位无辜的人，他已失去控制了！可恶！”

那时，伯爵一定以为弟弟要跟克莉丝汀私奔，于是急忙赶去剧院，他早已知道拉奥要从布鲁塞尔大道(Brussels Road)逃出巴黎城区，又想到弟弟提到的那个恐怖的神秘敌人，为了阻止弟弟做出疯狂举动，伯爵不顾一切毅然前往克莉丝汀的化妆间，却发现空无一人，只有弟弟的礼帽留着凳子上以及一个空的手枪盒子。

他瞬间明白一切，对之前发生在家的奇异事件还有弟弟几近疯癫的描述深信不疑，原来巴黎歌剧院地下室确实住着一位神秘男士，一直在跟弟弟暗中作对，伯爵一方面担心弟弟的安危一方面恼怒他的不辞而别，于是决定潜入地下室去把弟弟和克莉丝汀给拉回来。然而他却不知道前路凶险，狡诈的艾瑞克在通往地下宫殿的道路上设置重重致命障碍，只要有人私闯必死无疑！沙尼伯爵大概就死在了那个黑暗的地下湖中。

波斯人感到一阵恐怖，他现在非常担忧子爵和克莉丝汀的安危，这对忠贞不贰的恋人势必会联合起来反抗艾瑞克的暴虐，肯定凶多吉少。波斯人赶紧去法院报案了，希望警署立案专门调查此事。于是，整个案子交到弗尔大法官手上，波斯人还专门亲自拜访大法官细说此事，然而法官根本不相信他的陈述，只当作是他病入膏肓时的死亡噩梦。波斯人对这群官僚感到无比失望，根本没有人能够耐心理性地听他描述事件经过，于是他只好回家撰写回忆录，把所有细节描写得清清楚楚，打算写好后交给报社登载，如果司法部门不作为，他就要向媒体曝光这件事。

正当他写到最后一页时，仆人大流士走进来说外面有个神秘黑衣男士请见他，被仆人阻拦之后那人威胁道，见不到达罗伽他就一直守在门口。

波斯人立马明白神秘来宾正是艾瑞克，于是赶快把他请进来。

没错，神秘男士正是幽灵艾瑞克。

艾瑞克身体孱弱地依靠墙壁，似乎稍不留神就会轰然倒地似的，他脱帽致礼，露出光秃惨白的头顶，整个脸庞仍被半个面具牢牢遮住。

波斯人径直走到他跟前，厉声说道："你这个杀人不眨眼的恶魔，沙尼伯爵跟你无冤无仇，你为何要害死他！现在你还想杀掉拉奥子爵和克莉丝汀吗？"

听闻此言，艾瑞克神情悲怆地往后倒退几步，沉默良久，步履蹒跚地走到一张摇椅上坐下，深深地叹了一口气。瘫倒在摇椅里。

他大口喘气，心里似乎被什么东西压得很沉重，一字一顿地说："达罗伽，沙尼伯爵不是我杀死的……。当我听到外面有响动走出去看时，他已经溺亡在湖里了……这完全是场意外……谁也不希望看到……然而事不由己，他就那样沉入湖底了……我搭救都来不及……"

"你个骗子！"波斯人依然怒气冲冲地骂道。

艾瑞克心虚地垂下头，不再和波斯人对视，依旧有气无力地说："达罗伽，我今天过来不是为了跟你谈一个意外溺水者的事情，我想说说我的问题……我已经濒临死亡了……"

"那么，你把拉奥子爵和克莉丝汀怎样了？"

"我已经是快死的人了……"

“我问你，你把拉奥子爵和克莉丝汀怎样了?”

“苦涩的爱情啊！……为何爱情叫人如此痛苦？……达罗伽，我已经快被爱情折磨得发疯而死了……尽管她那样对我，我的心里依然爱得不可自拔！达罗伽，我从来没向别人吐露过心声，我把你当最好的朋友，现在我已是将死之人，我想告诉你我全部的感受……请你做我的听众好吗？你知道我有多么爱她吗？她是如此纯洁而美丽，像坠落人间的天使一样！多少次我都想吻一吻她，然而内心的自卑让我不敢轻举妄动……那一次她吻了我……你能想象我有多么幸福吗？我的初吻献给一个天使，真是莫大的荣幸，第一次我吻到一个美丽的女人，一个真实的女人……她优雅高贵的嘴唇闪耀着一种冷冰冰的光芒……”

波斯人猛地站起身来，一把掐住艾瑞克的肩膀，死劲地摇晃，愤怒而鄙夷地问道：“你把她怎么样了！你杀了她了吗?”

“你冷静一点好不好！我怎么会杀死她，是她正一点点杀死我……我告诉过你，苦涩的爱情让我的心一点点死去……”

“那克莉丝汀呢？你到底把她怎么样了?”

“我在她饱满的前额轻轻吻了一下……她没有反抗……我绝不可能亲手杀死最心爱的女人，这个想都不用想……谁敢伤害她我就叫谁不得好死！我怎么会伤她一根汗毛呢？她很安全，完全不用担心！达罗伽，她是一位坚定而勇敢的女孩，若不是她，你和拉奥早就淹死了！我才不管你们的死活呢！是你们逼我那么做的，你们想把克莉丝汀从我身边夺走，我会和你们拼命！当她看到你和拉奥在苦刑室里苦苦挣扎时，她跪下来大哭着求我放你们出来，起先我立马拒绝。我冷漠地告诉她，既然她已选择蝎子，现在就成了我的女人，你和拉奥跟我没有半毛钱关系，是死是活全凭天命！但她仍然坚持着向我乞求，你们疯狂的求救喊声让她哭得更加泪雨滂沱了！她怎么也不起来，跪在冰冷的地板上，美丽的蓝色眼眸里溢满泪水和悲哀，她向我发誓只要放过你们，她会一辈子一心一意地做我的妻子。那一刻，我被她的泪水和真诚感动了，我毫不怀疑她的誓言。于是，我马上关掉入水口，不到一分钟，水位便全部退了下去。我赶紧把你抱到床上，用尽全力把你和拉奥救活，我深知一旦我害死他，克莉丝汀也不会活下去……。于是，等你再无大碍之后，我把你送到了家门口。”

“那你后来把拉奥子爵怎么样了?”波斯人焦急地问。

“哈！那个胆小鬼啊！……达罗伽，我告诉过你我不敢动他一根汗毛，但是我也不可能就这样让他回去，不然他会带人来围剿我的地宫……我决定把他作为人质囚禁起来，但是因为克莉丝汀在，我不会把他关在我们身边，于是我把他关进了巴黎公社时期的一个地牢，那个房间离我们婚房最远最偏僻，深处地下室负五层，我估计除了我之外根本没有人曾到过那，即使他再怎么喊叫也不可能被听到。我给他喷了特制的波斯香水，可以让他全身发软，不再挣扎，你知道的人越挣扎越消耗体力。当然，我并没有虐待他，我给他好吃好喝招待得妥妥帖帖。然后回到我新婚妻子身边，和她畅叙未来……”

说完，艾瑞克脸色阴沉地站起身来，波斯人也跟着起身，似乎害怕他要做什么。波斯人觉得接下来艾瑞克会讲述更重要的事情，自己不应该坐在那听，于是立马脱帽致礼，露出光秃秃透着油光的秃顶，期待接下来的叙述。(这些细节都是晚年的波斯人亲口回忆的)。

“没错，我的新婚妻子正在房间等我……”艾瑞克动情地说道，全身激动地颤抖着，像蝴蝶的翅膀在微风中抖动，看得出是真情流露。

“她就站在昏黄的灯光下，像一幅美丽的油画，就像殷勤的妻子在等待做工晚归的丈夫，而我像失落的小男孩见到母亲般欢呼着蹦到她面前时，她并没有回避……静静地站在原地，姿态那么优雅而圣洁！达罗伽，你知道，她好像知道我要亲吻她一样，微微抬起前额，配合我低垂的头颅……然后，一切那么自然而温柔……我亲吻了她的前额……她没有害怕没有躲闪……泰然自若地任我亲吻。

噢！亲吻心爱的女人是多么美好而快乐的事啊！你永远无法体会我当时的心情……我兴奋地快飞到天上去了！在我成长过程中，从来没有人愿意让我亲吻，即使是我的母亲，我那可怜胆小又冷酷的母亲，她看见我就转身走开，把一面面具扔给我，其他的女人我根本不敢靠近她们！从未亲吻任何人！噢！那美妙的吻让我终生难忘！我哭得泪流满面，眼泪像断线的珠子不停地流下，流到她的脚下，我贪婪地亲吻着她的双脚，就像一位忠实的奴仆亲吻女王大人……只听她也哭了，眼泪落到我的脸上……”

话到这时，艾瑞克几近哽咽，泣不成声，肩膀哭得一颤一颤的，胸口剧烈地起伏着，时而断断续续地说几句话，时而抽噎着无法呼吸，波斯人面对面前这个卑微渺小为情所困又身负几条人命的杀人魔头兼痴心汉子时终于也按捺不住心酸的泪水，和昔日好友艾瑞克哭作一团。

“噢！达罗伽，我感到她的泪水是如此轻盈而清爽，轻轻地落在我的额头上，渗进我的面具里，我俩的泪水交融在一起，最后汇聚成一股涓涓细流，流过我的嘴唇，又咸又甜……我啜饮着她的每一颗泪珠，不愿浪费一颗，我摘下面具，露出我可怕的脸庞，克莉丝汀岿然不动，丝毫没有退却和恐慌。她呆呆地守在这儿，望着我，最后扑进我的怀中，和我一起失声痛哭。感谢主，那一瞬间我得到了世界上全部的幸福！……”

说完，艾瑞克颓唐地瘫倒进沙发里，眼眶里包含着幸福的泪花：“噢！我现在一时半会还死不了……那就让我临死之前哭个淋漓尽致吧！”他哭着说道。

两人沉默一阵之后，艾瑞克继续讲述道：“达罗伽，你知道吗？当我像个仆人一样跪在她的脚下时，她对我感叹了一句‘可怜的艾瑞克！’随后牵起我的双手……像仁慈的主牵起赎罪的信徒……一直以来，我想我只是一条不计成本为她付出一切的狗，一条忠心耿耿的狗而已，她怜悯我，但永远不会像爱拉奥一样爱上我……仅此而已，我一直都知道，达罗伽！”

我手里托着一枚黄金戒指，那是我之前当作定情礼物送给她的，后来她无意中丢失了，是我把戒指找了回来，那可是我的求婚戒指啊！我硬要把戒指重新送给她，对她艰难地说道：“克莉丝汀，请务必收下我真挚的礼物……我没有什么好送的，这就算作我的一点心意，当作你们的结婚贺礼吧！我知道你心里爱的人一直是他，我永远走不进来，别再哭了，克莉丝汀，我希望你幸福！”

她无比感激地问我为何这样做，我把我的想法都告诉她了，我跟她说我感觉自己就像一条可怜的忠心耿耿的老狗，为了主人的利益可以献出一切包括生命。只要主人可以过得好，我可以忍受分离的痛苦，让她去找她最爱的人，无论如何我都很感激她曾为我的身世流下过悲悯的泪水，这点就让我心满意足了……

达罗伽，你知道，我并非那种巧舌如簧的人，我所说的每句话字字发自肺腑，你能想象出我说出这些祝福的话时，内心深深的疼痛吗？可是我没办法，克莉丝汀为我哭过，为我悲惋过，一直同情我的遭遇说我是"可怜的艾瑞克!"我永远不会忘记她的泪水……

艾瑞克已经悲哀到极点了，哭得快要昏死过去，他让波斯人不要看他，他还是很自卑自己难堪的外貌。

波斯人对我说，当他听到艾瑞克让自己转过头去时，他理解地走到窗户边去泪流满面，既为艾瑞克的不幸遭遇感到扼腕叹息，又为他对克莉丝汀的一片痴情感动不已，但他还是假装去看图乐利花园里开得正艳的花朵，尽量掩饰自己的泪水和同情。

"后来，我下到地牢去把拉奥放了出来，把他带到克莉丝汀面前，他们一见到彼此深情地紧紧相拥，丝毫不顾及我的感受。就在我为克莉丝汀准备的新房，那间路易斯式房间内，克莉丝汀手指上还套着我送的那枚金戒指。我让克莉丝汀对我保证，一旦哪天我死了，她必须从斯克利布大街下水道铁栅栏进来，把我送她的那枚戒指和我的尸体埋在一起，我告诉她去哪可以找到我的尸体，以及该怎样掩埋我等等。

这时，她主动亲吻了我的前额，啊！就在这里，我感觉好幸福啊！嘿！别看我！别看我！达罗伽，头转过去！随后，他带着她一起走了，克莉丝汀转悲为喜，再也没流下一滴泪水……黑暗中，只有我一个人在空荡荡的房间内独自啜泣着，达罗伽、达罗伽！如果克莉丝汀是个守信用的女孩，她马上就可以回来看到我了……"

随后，艾瑞克陷入沉思中，没有说话，波斯人也没有继续追问什么，他知道现在克莉丝汀和拉奥已经完全脱险，他相信艾瑞克发自肺腑的叙述全部是真实可信的。

他再次戴上面具，与波斯人拥抱道别，他说他永远铭记达罗伽的当年的救命之恩，因此他要在死前给他留下一些他这辈子最珍爱的东西。这些东西包括：克莉丝汀被囚禁后每天写给拉奥的深情的信，这些信件后来都落在了艾瑞克手上，还有克莉丝汀的贴身物品例如三条手绢、一双手套还有一枚蝴蝶结。艾瑞克怕波斯人还不放心，就告诉他现在拉奥已经按原计划带克莉丝汀远走高飞，去往北方一个宁静的小村庄，在当地牧师的见证下完成他们的简单婚礼，然后厮守到老，现在大概已在途中了。

临别之际，艾瑞克拜托波斯人为他办一件事，即在收到艾瑞克寄来的珍贵物品时，立马写信告诉年轻恋人他的死讯，到时还要麻烦他在《巴黎早报》(Epoque)为他发布一条讣告。

会面到此结束，艾瑞克起身告辞，走出了波斯人的公寓。

波斯人一直把艾瑞克送到大门外，还让仆人大流士小声搀扶着艾瑞克，直到把他扶进停靠在人行道上的一辆马车里，才转身回到寓所。在转身的一刹那，他最后听到艾瑞克响亮清脆的声音对车夫吩咐道："师傅，歌剧院！"

颠簸的马车消失在了无边的夜色中，这一会面真的成了永别，往后波斯人再也没见过他。

大约过了三个礼拜，《巴黎早报》广告版最显眼处刊登了一条醒目的讣告——"艾瑞克逝世！"

结 语

歌剧魅影的故事到这里就告一段落了。

正如我在故事开头提到过的，艾瑞克其人其事毋庸置疑，种种有关他的事件、故事还有各种证据表明他真的存在过，像我们每个人一样在这个世界存在过。巴黎歌剧院布景师吊死事件、水晶灯砸人事故、当红小花旦被劫、沙尼伯爵神秘溺亡、沙尼子爵意外失踪，还有地下室昏死过去的三位灯光师等等，这一切都让人浮想联翩！这一连串事件的女主角在歌剧事业最顶峰时选择隐退，从此再未登台，她往后的人生究竟是怎样呢？

人们始终猜测克莉丝汀是沙尼家族两兄弟爱情争夺战中的牺牲品，但猜测归猜测，事件真相随着当事人的神秘死亡和年轻恋人的远走高飞而永沉入海底。其实，拉奥和克莉丝汀选择远离众人的真正原因是经历着一系列挣扎和痛苦后，他们看淡人间种种喜悦和悲欢，从此想要寻一处世外桃源过上闲云野鹤的自在生活。

他们毅然踏上北上的列车，和喧嚣浮华的巴黎永别了。

也许哪一天，我也会循着他们的踪影，搭乘北上的列车，去哪个有着众多湖泊、高山峡谷的美丽国度，会一会这一对充满传奇色彩的恋人。噢！静谧的挪威！幽深神秘的斯堪的纳维亚半岛！一缕芳踪弥漫冰天雪地的地方！

也许，他俩生活得很好，瓦勒留斯夫人也安享晚年，当年他们走的时候也带上了年迈的瓦勒留斯夫人。在这个被幽深峡谷还有茂密林海覆盖的北欧国度，在寂静的冬夜，我们或许会听到夜空里不断传来音乐天使那悠扬婉转的动人旋律。

首席大法官对此案进行了一番仓促草率的调查审理后就没再管它了，这起案件也随着时间流逝而被人遗忘。只有偶尔好事的媒体人还会把它拿出来挖掘、讨论，做成各种赚人眼球的奇闻怪谈。神秘凶手究竟是谁？现在是死是活？我记得我曾在街边一份小报上看到了这样的报道：“幕后黑手正是歌剧魅影！”写这篇报道的人自称对剧院各种事件十分了解。

没人相信波斯人的话，大家都认为他疯了，在那天艾瑞克登门叙谈之后，他再也不想诉诸法院了。然而他掌握着大量真实可信的第一手资料，了解事件来龙去脉，没人比他的亲身经历更具有说服力。况且，艾瑞克还给他寄了大量的物品和信函。这些对我的调查非常有用，我想我是唯一受用的人。波斯人还带我去剧院实地走访过，尽管当年被艾瑞克送回家后他再也没去过剧院，却对剧院内部的各个机构了如指掌。我在他的指引下看到了很多剧院隐秘的一面，在我查案遇到障碍一筹莫展时，他总是告诉我该去向谁咨询打听。

他还告诉我剧院前任经理波利尼先生掌握很多信息，尽管波利尼先生那时也是薄暮老者，生活境况潦倒不堪。我永远记得那天我采访他询问歌剧魅影信息时，他眼神中流露出的极度惊恐还有惴惴不安，这么多年过去了，歌剧魅影的心理阴影还在恐吓着他。回答我的问题时这位老人战栗如筛糠就像魅影仍在他眼前一样，他意味深长地告诉我，歌剧魅影的存在改变了他的人生轨迹。

我把走访情况全部跟波斯人汇报了，他听完只是淡然笑之，说道："波利尼到死也不会知道，他被艾瑞克这个无赖的诡计给耍了，都怪他自己那么迷信，才会对艾瑞克俯首称臣！"

当年波利尼在五号包厢看戏时，一个神秘声音告诉他他的准确上班时间还有对另一位经理的怀疑心理时，他默默放在心里没有对任何人讲。起初，他以为上帝显灵，后来被那个神秘声音敲诈勒索，让他更加确定是合伙人的阴谋，指导后来两人一合计才发现都是受害者。

于是，二位经理萌生辞职的念头，不想对魅影进行更多追查，还同意魅影条件签了一份《剧院管理条例》，里面答应了魅影所有的无理要求，心想把这个烂摊子交给下任经理，自己甩手走人即可，自此以为不用再受魅影恐吓煎熬。

波斯人似乎很了解当时两位前任经理的心理活动，说到这我又想起了两位新任经理的事迹。让我感到无比疑惑的是，蒙沙曼经理在《剧院经理回忆录》中事无巨细地记录了歌剧魅影的种种行为，而在第二部回忆录里再也没有提起魅影二字。第二部中写着这样一段文字，揭露了四万法郎的最后下落，各位看官不妨细细阅读琢磨一下：

关于歌剧魅影，笔者已在前章做过详细描述，现在我想特别强调某件事，关于四万法郎的最终结果。也许，幕后黑手觉得玩笑开得有点大了，不得不收手，尤其是如此"巨额"

的玩笑，我们向米佛罗伊德警官报案了。事实上在克莉丝汀失踪之后，我们就决定报案，我们找个时间把他约到办公室，准备告知一切。那时，我看到理查德桌上有个红色墨水字迹的信封，打开里面正是四万法郎。理查德当场拍手叫道："既然物归原主，此事就不再追究了，也不要宣扬出去，影响不好！"

在两万巨款完璧归赵后，蒙沙曼更加怀疑同伴理查德，认定就是他偷钱不成栽赃魅影的诡计，而理查德呢则认为是蒙沙曼跟他开的这个惊天玩笑，最后玩笑收不住才用魅影名义散场。

我无比好奇地询问波斯人，艾瑞克究竟是如何在四万法郎被别针别住的情况下调包钱币的，波斯人无法解答这个问题。不过在我看来，艾瑞克"机关大师"的封号可不是凭空产生的，他应该会很多近景魔术，能神不知鬼不觉地偷龙转凤。波斯人拜托我，一定要把这个事件调查清楚。

现在，我敢负责任地告知各位，调查结果很是让人满意。我根本没想到有这么多有力证据还有这么多善良又有真实经历的证人来协助我的调查，充分证实歌剧魅影的真实性。波斯人札记、克莉丝汀亲笔信、蒙沙曼回忆录、理查德、小吉莉(她母亲吉莉夫人已去世)的亲口证词，此外退休隐居在路维希安(Louveciennes)①的剧院舞蹈演员索瑞丽也给我提供了一些资料，因此我的调查变得简单容易起来。我把这所有的资料文献统统打包整理成档，存进巴黎歌剧院资料库里。现

---

① 路维希安：巴黎塞纳河边的一条大道，风景怡人，著名印象派画家还为此创作过名画《路维希安的雪》(Snow at Louveciennes)(1874年)

在回想起当时收集资料的各种艰辛过程和辨别事实真假的种种经历真是叫人难以忘记！我为我进行的这项伟大工程感到无比自豪！

我到底是没找到地下室湖岸边的那间房子，或许艾瑞克堵住了所有出口入口。不过，我坚信只要抽干地下水就可以进入，我曾向有关部门报告过此事。我还找到当年公社革命时期的一条暗道，现在已成废墟，我还发现了波斯人所说的滑入苦刑室的暗门。

在地窖墙壁上，我发现很多法语名字的缩写，我推测是将死囚犯留下的最后遗言，在众多歪歪扭扭的字迹中我发现了一个字母“R”还有一个缩写“C. R. C(Count Raoul de Chagny)”。这些字母非常清晰，很好辨认，我还发现处于地下室负一层和负三层之间的旋转门，即使最有经验的剧院老机械师也从未发现这些旋转门。

此外，我在此还想忠告各位读者，假如你们往后去巴黎歌剧院探秘时，千万不要跟随走马观花的旅行团，一定要选择自助游。好好地把剧院里里外外、上上下下打探一遍。特别是当你们走进五号包厢时，一定要注意包厢栏杆之间的大理石柱子，用双手或双拳轻轻叩击一下它们，你会有意想不到的发现，因为你会听到石柱中间传来清脆的回响！显而易见，它们是空心的！没错，现在我们知道歌剧魅影的藏身之处了，他当年就是躲在柱子中用腹语戏弄众人。那根巨大的粗石柱可以足足装下两个成年男子！

你可能会疑问，为何在发生一系列怪事后，人们都没发现这些柱子有什么问题呢？在这里，我向各位解答，因为柱子是大理石做的，艾瑞克在里面用腹语说话时声音听着是从反方向传来的。再者，这些石柱表面雕刻着精美花纹，很难让人想到中间暗藏玄机。

某天，我有幸发现了五号包厢石柱上有处活动机关，可以打开关闭任由人进进出出，我想艾瑞克大概就是此机关的发明者吧。但我深知，我的这点发现在庞大复杂的巴黎歌剧院建筑群中实在不算什么，这里处处机关遍布，设计精巧缜密，宛若天作！艾瑞克利用剧院结构设计的机关数不胜数！不过，从这根石柱上的极小机关足以窥见他的设计才能！

还有一次，我还在离经理办公室桌子几厘米的地方发现了一扇小暗门，宽不过十几厘米，长度约一个男子前臂，看起来就像一个合拢的木盒。行政经理当时也在现场，可以想象一定是有双黑手伸出掏走了剧院经理口袋里的四万法郎，随后又物归原主。

后来，我又向波斯人说明了这个情况。我说道："看来艾瑞克并不是存心想偷钱，只是拿两位经理要一要来证明他们签证的《剧院管理条例》的权威性。如果不是这样，他干吗又把钱退了回来呢?"

而波斯人却反驳道："不是这样的！艾瑞克很缺钱，也花钱如流水。每当他沉浸在艺术创作中时，根本不把钱当钱。而且他从不把自己划为人类族群，因此自认人间一切法律条文、道德律例对他没有任何约束力。因为长相丑陋，他便拼命挥霍手中钱财，来补偿自己扭曲的心理。他对艺术创作极度追求完美，常常为了一部作品不吃不喝不睡直到修改到满意，他试图在地下王宫建立一个属于他和克莉丝汀的音乐天堂，然而克莉丝汀的拒绝和冷漠让他心灰意冷，看破红尘，于是便把四万法郎还给了两位经理，自此销声匿迹。"

波斯人还告诉我，艾瑞克出生在离鲁昂不远的一个小镇，父亲是泥瓦匠。艾瑞克很小就离开家门，因为父母为他的丑陋脸庞感到恐惧和悲伤。他常常一个人在各个集市游荡，后来跟着一个马戏班走了，马戏团的人把他装进笼子里打扮成“畸形人”供人观赏。他就这样跟着马戏团走南闯北，去了一个又一个城市、乡村，足迹遍布全欧洲，后来还在波西米亚接受吉卜赛人(Gipsies)[①]的专业表演培训，变戏法技术得到了飞速提升。后来他还在下诺夫哥罗德(Nijni-Novgorod)[②]的集市上出现过，在那里他充分展示了他的隐身才艺还有动人歌喉，没人唱得比他好！他的腹语术和变戏法也很精妙强大，以至于吉卜赛马戏团用大篷车带着他前往亚洲表演。他的名气还传到了位于马赞德兰省的波斯王宫里，一个从下诺夫哥罗德返回撒马尔罕(Samarkand)[③]皮毛商人把他在下诺夫哥罗德的所见所闻四处宣扬，最后被波斯王最宠爱的小王妃听到了，她为了消遣枯燥的宫中生活也请他来表演。那时，艾瑞克是被时任波斯王宫官职的达罗伽亲口盘问并带进宫中的，因此他们两人结下了深厚的友谊。

然而，宫中的日子并不那么好过，他并不十分理解宫中的权力游戏和人心险恶，竟然设计机关协助一些政治犯越狱。然而国王依旧欣赏他的过人才华，以礼相待。在波斯王宫卖艺的这段时间，他设计了很多巧妙的机关，这些波斯人在他

---

① 吉普赛人：深色皮肤的高加索人，原住印度北部，现遍布世界各地，尤以欧洲为主。大多数吉卜赛人讲吉普赛语(Romany)，一种与印度北部现代印欧语密切相关的语言；也讲各居住国的主要语言。——译者注

② 下诺夫哥罗德：俄罗斯城市，机械工业中心、文化中心，下诺夫哥罗德州(Нижегородская область)首府。位于伏尔加河与其支流奥卡河的汇流处。——译者注

③ 撒马尔罕：乌兹别克斯坦第二大城，撒马尔罕州首府，位于国境东南部泽拉夫尚河谷地。——译者注

的札记中也提到过。

艾瑞克也是个建筑天才，在他眼中，王宫就是个巨大的积木玩具，可以自由改变模型，发挥天马行空的想象力。国王曾下令让他设计一座可以自由隐形的王宫，他果然没有让国王失望，在宫殿内部设计了很多机关暗门，国王可以随处隐身不被看见；人们可以自由穿梭没有阻挡，让皇室成员实现了来无影去无踪的神奇愿望。

然而，国王就是国王，当艾瑞克知道的事情越多，国王就越加寝食难安。于是，他决定挖掉艾瑞克的那双蓝眼睛，这样他就看不到宫中的一些秘密了。转念一想，即使挖出他的眼睛，他的大脑仍可以思考，仍可以凭记忆设计出一座一模一样的王宫。所以他必须死！不光是他，所有参与修建的工人都必须死！而达罗伽被指派执行这项死刑，两人自相识以来，已成为莫逆之交。而且艾瑞克处处帮助达罗伽，因此达罗伽更是惦记他的恩情，决定无论如何也要营救他。

达罗伽抗旨不遵，差点被处死，结果在里海（Caspian Sea）①岸边发现了一具被秃鹫啃得剩下一半的尸体，在友人的帮助下用这具尸体顶替艾瑞克向国王交差。然而，还是被国王下令免职抄家然后逐出波斯，流放海外。因为继承了波斯旧贵族的头衔，因而波斯皇室还是每月按时给他一些名义上的俸禄，靠着这点钱他前往巴黎谋生。

后来，艾瑞克穿越小亚细亚（Asia Minor）②，前往君士坦

① 里海：是世界上最大的湖泊且为咸水湖，位于欧洲和亚洲的交界处。——译者注

② 小亚细亚：又名小亚细亚或西亚美尼亚，是亚洲西南部的一个半岛，位于黑海和地中海之间。——译者注

丁堡(Constantinople)①做了苏丹(Sultan)②国王的门客。

19世纪末期的土耳其经历了风起云涌的革命岁月，此时，艾瑞克也为伊儿迪兹·科沃斯克(Yildiz-Kiosk)王宫设计了很多举世闻名的暗门、秘道还有各种各样令人拍手称绝的保险盒。大家应该能想到暴君用这些巧妙的机关做了些什么勾当。艾瑞克还替国王做了一个惟妙惟肖的木制替身，在苏丹王不想上朝时，用这个木偶来代替国王放在龙椅上接受大臣的朝拜。看上去就像勤政爱民的皇帝真的坐在龙椅上聆听大臣议事，实际上真国王早就不知道跑哪儿去睡大觉去了。

然而，又因为同样的原因他被国王逐出宫殿，再次像离开波斯一样离开土耳其。艾瑞克那时已极度厌倦游离不定的生活，下决心要过上普通人的生活。为此他成为了一个木匠，到处接百姓家盖房加瓦的活计，同时还通过招标拿到了巴黎歌剧院地下室的建筑工程。

当他看到巴黎歌剧院地下有这么一大片土地可以自由发挥创作时，他的艺术冲劲又上来了。尽管他一度渴望普通人的生活，然而丑陋和残疾浇灭了他的种种美好幻想，于是他下定决心利用巴黎歌剧院地下室为自己修建一个私人王国，在此终老，再不出去。

随后发生的一系列事情都是这个疯狂想法所衍生出的附带品，这就是艾瑞克传奇而精彩的一生！

可怜又可悲的艾瑞克！他的毕生愿望就是和我们一样过上普通、正常的家庭生活！然而丑陋拉开了他和我们平常人

---

① 君士坦丁堡：又译康斯坦丁堡，是土耳其最大城市伊斯坦布尔的旧名，现在则指伊斯坦布尔金角湾与马尔马拉海之间的地区。它曾经是罗马帝国、拜占庭帝国、拉丁帝国和奥斯曼帝国的首都。——译者注

② 苏丹：旧时土耳其政教合一的君主。——译者注

的命运分界线，他更应该抱怨、诅咒命运的不公！如果他有一张正常脸孔，凭借他的才华早就平步青云、声名大振，备受瞩目了！然而，丑陋的面庞阻挡这一切唾手可及的成功，因此他把自己封闭在空无一人的地下空间，过着孤独隔离的囚徒生活！

无论他曾犯下何种滔天罪行，当他去世时他的灵魂也会得到祷告和保佑，相信上帝听了他的故事也会暗自垂泪，心生怜悯！相信他的灵魂将在天国得到安息！命运之神有时候就是这么不可理喻，既然给了他过人才华，为何剥夺他正常人的脸孔，非要他躲在面具后和地底下孤独死去呢？

当剧院工人挖开地下室准备埋掉过期录音带时，无意中发现了他的尸体。那天，我在他的尸体旁连续做了两场祷告，我毫不怀疑那就是艾瑞克！并非是从那张模糊腐烂的丑陋死人脸庞上发现的，而是尸体手指上套着一枚闪闪发光的金戒指，信守承诺的克莉丝汀一定是在他死后立马赶来归还了戒指。

尸体躺在地下室小水井旁，那是艾瑞克第一次将爱人拥入怀中所站的地方。

我们对如何处理这具尸骨产生分歧，该把他安葬在哪儿好呢？丢进巴黎郊区乱坟岗吗？

在我看来，歌剧魅影的尸骨应该保存起来作为巴黎歌剧院的研究资料。

——无论如何，这具尸骨非同寻常！